© 2006 by Mondadori Education S.p.A., Milano
*Tutti i diritti riservati*

www.mondadorieducation.it

I edizione Nuove letture: febbraio 2006

*Edizioni*

| 14 | 13 | 12 | 11 | 10 | 9 | 8 |
|----|----|----|----|----|---|---|
| 2017 | 2016 | 2015 | 2014 | 2013 | | |

Il Sistema Qualità di Mondadori Education S.p.A. è certificato da Bureau Veritas Italia S.p.A. secondo la Norma UNI EN ISO 9001:2008 per le attività di: progettazione, realizzazione di testi scolastici e universitari, strumenti didattici multimediali e dizionari.

*Questo volume è stampato da:*
Lineagrafica s.r.l. - Città di Castello (PG)
per conto di Mondadori Education S.p.A., Milano
*Stampato in Italia - Printed in Italy*

Le fotocopie per uso personale del lettore possono essere effettuate nei limiti del 15% di ciascun volume/fascicolo di periodico dietro pagamento alla SIAE del compenso previsto dall'art. 68, commi 4 e 5, della legge 22 aprile 1941 n. 633. Le fotocopie effettuate per finalità di carattere professionale, economico o commerciale o comunque per uso diverso da quello personale possono essere effettuate a seguito di specifica autorizzazione rilasciata da CLEAREdi, Centro Licenze e Autorizzazioni per le Riproduzioni Editoriali, Corso di Porta Romana 108, 20122 Milano, e-mail autorizzazioni@clearedi.org e sito web www.clearedi.org.

| *Redazione* | Alberto Pozzi |
|---|---|
| *Grafica* | Gloriano Bosio, Alfredo La Posta |

Per eventuali e comunque non volute omissioni e per gli aventi diritto tutelati dalla legge, l'editore dichiara la piena disponibilità.

*Per informazioni e segnalazioni:*
**Servizio Clienti Mondadori Education**
e-mail *servizioclienti.edu@mondadorieducation.it*
numero verde **800 123 931**

# Un secolo di racconti
## 1902-2003

A cura di Vincenzo Viola

Einaudi scuola

# Premessa

La lettura è una delle attività piú complesse e affascinanti della mente umana: complessa perché il lettore non incontra mai un solo livello di significato in ciò che legge, ma deve misurarsi con una polisemia presente anche nel testo piú semplice e affascinante, perché il lettore sente di essere lui a dare vita a quell'insieme di parole che l'autore ha steso sulla pagina; senza la partecipazione di chi legge, infatti, la pagina rimane inerte e fredda, anche se è l'opera del piú grande degli scrittori.

Partendo da questa convinzione abbiamo deciso di rinnovare – a quasi quindici anni dalla prima edizione – la raccolta *Racconti italiani del Novecento*, sostituendo metà dei racconti ma lasciando invariata l'impostazione e l'organizzazione del libro: abbiamo infatti potuto costatare come il favore degli insegnanti per quest'opera sia derivato dalla semplicità e linearità dell'impostazione e dalla varietà e ricchezza della proposta.

La fedeltà al modello originario non ha però impedito due novità di un certo peso: la presenza di una parte dedicata alle bio-bibliografie dei singoli autori e la proposta di itinerari coerenti con le indicazioni nazionali per i Piani di studio personalizzati.

Le bio-bibliografie hanno la funzione non solo di inquadrare lo scrittore, ma anche di offrire al lettore gli strumenti per conoscerlo meglio, sia in maniera limitata e diretta (cioè attraverso la lettura del racconto), sia in maniera piú ampia e approfondita, raccogliendo l'invito che è implicito nella presentazione di un testo dell'autore in questione.

Quanto al secondo aspetto, presentando possibili itinerari di approfondimento cerchiamo di rispondere alla sollecitazione all'educazione alla convivenza civile presente nella riforma del primo ciclo della Secondaria superiore. Educazione alla convivenza civile tramite i contenuti di alcuni di questi racconti, ma soprattutto attraverso l'approccio al genere stesso del racconto: perché qualsiasi racconto, di qualunque cosa parli, è un incontro con l'altro, o meglio è una serie di incontri. Leggendo ci si imbatte nei personaggi, ognuno con il proprio carattere e le proprie esigenze, si scopre ciò che l'autore vuol farci sapere di sé, si trovano a volte (o forse sempre) tracce di noi stessi. Inoltre un racconto è un dialogo: lo scrittore, grazie alla sua creatività e alla sua arte, ci offre la prima battuta, da cui nasce un mondo di parole armoniosamente collegate tra loro; ma è il lettore a fornire il secondo e decisivo intervento: se egli non mette a disposizione la sua capacità di comprendere e la sua fantasia che dà vita alle immagini, le parole restano lettere silenziose stampate su un foglio bianco.

# Fantasia e realtà

Gianni Celati

Com'è cominciato tutto quanto esiste

C'è un uomo molto vecchio e sdentato che dice di sapere com'è cominciato tutto quanto esiste. Se n'è accorto una notte guardando il cielo, e dopo l'ha studiato nei libri.

Quando l'ho conosciuto questo vecchio era all'ospedale da molti mesi, avvolto in garze e dentro un pigiama di tela grigia fornitogli dagli infermieri. Nello stanzone dove mangiavamo il suo posto era in un angolo, sotto una statuetta di Cristo col lumicino verde. Nello stanzone la televisione era sempre accesa e gli infermieri, servendo il cibo, scherzavano sempre sul fatto che a lui cosí vecchio le donne non interessavano piú, e dunque era in pace col mondo. Il vecchio sorrideva appena e alzava gli occhi a guardare la televisione.

Dopo pranzo andavamo a passeggiare sul viale maggiore dell'ospedale, lui in pigiama col cappello in testa e le mani dietro la schiena. Se qualche altro malato lo invitava a prendere un caffè nel bar sul viale, frequentato da dottori, infermieri, studenti di medicina e visitatori, lui rifiutava dicendo che è meglio se i malati non si mescolano con i sani. Beveva il caffè d'un distributore automatico, in piedi, dentro uno sgabuzzino pieno di scritte oscene sui muri.

Secondo lui tutto è cominciato in questo modo: che c'era un polverone lassú, nel buio senza fine. Quando dice buio senza fine vuol dire che non si può immaginare dove quel buio finiva.

Il buio era freddissimo, e c'era un freddo che avrebbe fatto congelare anche i sassi. Anche questo freddo noi non lo possiamo immaginare, perché non possiamo immaginare come succede che un sasso si congeli di dentro.

Attraverso il buio arrivava da tutte le parti un vento fortissimo che avrebbe portato via qualsiasi cosa, e anche quello non si può immaginare.

Nel buio freddo e battuto dal vento, l'unica cosa esistente era un gran polverone, forse sospeso in un punto. Non sa se c'era sempre stato.

Comunque secondo lui è successo che il vento, spirando cosí forte da tutte le parti, ha spinto i granelli di polvere l'uno contro l'altro. E i granelli, sbattendo con una forza incredibile, si scalfivano[1] e facevano scintille.

È come quando si sfregano due pietre, perché infatti le pietre sono granelli di polvere pressati[2] assieme.

Da quelle scintille secondo lui è nato il fuoco. Ma deve anche essere successo che i granelli di polvere pressati assieme dal fortissimo vento hanno formato dei pietroni lanciati nel buio senza fine, i quali poi scontrandosi si incendiavano per l'urto.

Cosí dunque sono nate delle piccole stelle.

Adesso bisogna guardare come fa il fuoco. Intorno al fuoco ci sono sbuffate[3] di caldo che si possono sentire con la mano. Lo stesso è successo lassú: sono sorte sbuffate di caldo che hanno poi fatto evaporazione per il grande freddo, come quando i vetri si appannano.

Per via del grandissimo freddo tutt'attorno, le sbuffate di caldo hanno formato una vescica. È una vescica con una pellicola di ghiaccio: perché il caldo che va verso il freddo contrasta, ma se il freddo è forte gela. Basta guardare la pellicola di ghiaccio che si forma sui vetri d'inverno.

1. *si scalfivano*: si sfregavano fino a incidersi.
2. *pressati*: compressi.
3. *sbuffate*: forti soffi.

L'universo è una grande vescica spinta qua e là nel buio dal fortissimo vento, ma stando quaggiú noi non possiamo accorgercene. Però se non fossero nella vescica le stelle si spegnerebbero per via del fortissimo vento.

Quando guarda le stelle di notte vede che brillano, e questo vuol dire che sono pietroni incendiati. Poi se uno guarda come gira tutto il cielo nella notte, vede che in questa vescica tutto si muove sempre.

Lui non sa perché quei pietroni continuano a girare dentro la vescica. Dicono che c'è anche la forza di gravità che spinge, ma questo lui non può dirlo perché non è uno scienziato.

Un giorno la vescica scoppierà e tutto ricomincerà da capo. È anche possibile che, andando sugli altri pianeti a esplorare, un giorno gli astronauti buchino la vescica e allora tutto finirà di colpo.

Forse il fortissimo vento che ha creato tutto è Dio. Ma non sarebbe Dio come lo insegnano in chiesa, perché non si riesce a immaginarlo.

Dio sarebbe un grande vento che viene dal buio senza fine.

Un giorno passeggiando per i vialetti dell'ospedale il vecchio ha visto della polvere per terra, spostata a mulinello dal vento. Si è fermato a guardarla e mi ha detto che quella polvere viene dagli spazi tra le stelle, come tutta la polvere che esiste, e a questo nessuno ci pensa mai.

Sulla terra ognuno è fatto di polvere venuta giú dal cielo, e quando uno muore la sua polvere continua ad esistere ma deve cambiare di apparenza. Lui sa che quando muore diventerà una zanzara.

I vecchi e suo padre dicevano che le zanzare sono i morti che tornano; ma questo forse solo dalle sue parti dove c'erano molte zanzare per via delle paludi. Poi hanno bonificato tutto e prosciugato le valli del delta[4],

---

4. *le valli del delta*: i molti corsi d'acqua quasi stagnante che formano il delta del Po.

e adesso ci sono pochissime zanzare e lui non sa cosa può succedere.

Comunque ha già detto ai suoi amici: – Quando io muoio e tu vedrai una zanzara che ti viene in casa, non mandarla via perché sono io che ti vengo a trovare –.

Erri De Luca

Il violino

Quando morí il nonno mi venne quel potere: fissavo il suo violino e le corde suonavano da sole. Usciva una musica a onde, solfeggio[1] di alveari, api sopra un campo di margherite. Era il violino delle sere, delle domeniche, dei balli. Il nonno lo suonava tornando a casa dal turno di lavoro in miniera. Era la sua destrezza[2] e la consolazione. Credo che si lavasse con cura e si cambiasse i panni solo per abbracciare il suo violino.

– Come fai con quelle dita a suonarlo cosí bene? – Calava preciso sulla tastiera cieca[3] i polpastrelli anneriti, spessi come cuoio, senza uscire di nota. Suonava musiche pensate nei cunicoli, con la luce in fronte e il buio alle spalle, quando la galleria grondava come la sua fronte. Tornava a casa con quelle note in testa e le faceva uscire a tutta forza e come era possibile che un legno cosí piccolo avesse tanta voce? Era musica scaturita tra un colpo di piccone e l'altro, suono che stava nella terra e che si liberava dalla scoria[4] sotto i suoi colpi esatti. Estraeva ferro per la miniera e musica per sé, fracassando materia.

La domenica suonava nelle feste i motivi del ballo e dei canti. Mi portava con lui: ero muto ma mi spinge-

---

1. *solfeggio*: lettura del ritmo delle note; qui sta genericamente per musica.
2. *destrezza*: sorprendente abilità.
3. *tastiera cieca*: parte del manico del violino sulla quale si premono le corde con le dita.
4. *scoria*: in senso stretto indica il residuo della fusione del ferro, in senso lato indica ogni materiale di scarto.

va a provare un grido. Ne usciva un "la" soffocato sul quale accordava il violino. Mi diceva che in galleria il piccone qualche volta produceva la nota colpendo una vena di pietra piú compatta. – Tu e il ferro avete un diapason[5] nel corpo. – Suonava senza guardare la tastiera. Suonava per tutti e mai per denaro. – La musica si offende. – Restò nella galleria crollata, sepolto lontano dal violino. Dopo che mi finirono le lacrime, spuntò quel potere. Fissavo il violino e il violino suonava. Qualcuno mi spiava nell'ombra, sorrideva ascoltando quel gioco. C'è sempre un santo di sentinella a un'infanzia muta.

Ero magro, giravo per i monti, allontanandomi dal villaggio. Crescevo arrampicandomi sulle rocce. Conoscevo gli appigli, le asperità che accolgono appena una falange[6] e che insegnano a distribuire il peso del corpo su minime sporgenze. Non facevo lega[7] con i ragazzi del villaggio, crescevo sapendo che non sarei andato in miniera. Preferivo i precipizi ai cunicoli. A volte, sospeso sopra uno strapiombo, sentivo sassi cadere sfiorandomi, fischiando nell'aria la nota del diapason, il "la". Nel vento veniva una musica a onde che faceva vibrare il mio corpo teso come una vela. Qualcuno mi osservava da una scalfittura dell'abisso. Seguendo la sua musica salivo piú svelto alla cima.

Venivano stranieri a visitare le nostre montagne. Provavano sentieri nuovi per salire le cime, tentavano con funi e chiodi una via nelle pareti. Volevano che io andassi con loro con una fune attorno alla vita a insegnare un percorso. Ma scappavo lontano, non ero un cane da stare legato a una corda. Andavo su senza i loro lacci, poi riscendevo per la stessa strada. Quello

---

5. *diapason*: strumento a forma di "U" utilizzato per accordare gli strumenti musicali; una volta fatto vibrare, emette un suono puro che corrisponde alla nota "la".
6. *falange*: ciascuna delle tre piccole ossa che compongono un dito.
7. *Non facevo lega*: non giocavo in gruppo.

che sapevo fare in salita, ripetevo in discesa. Una parete di roccia va carezzata a pelo e a contropelo in discesa, quando gli appoggi dovevo cercarli in basso tra le gambe. A volte andavo su di notte per non farmi guardare dai loro cannocchiali. Mi bastava la luna, mi affidavo piú ai polpastrelli che agli occhi. Facevano cosí le dita del nonno che andavano giuste sulla tastiera cieca del violino. Anch'io sentivo dentro il corpo un'esattezza, facendo con i quattro punti d'appoggio la sagoma di un accordo, come le quattro dita di una mano sinistra.

Ero muto, dalla mia gola non veniva fuori nessuna canzone, ma nelle orecchie suonava una sfrenata danza di nozze quando, sotto lo strapiombo di un tetto[8], la mano frugava cieca l'appiglio dell'uscita, aldilà dell'ostacolo spiovente. Allora, se era buono, lasciavo il corpo a dondolare sopra il verde del vuoto, con gli abeti lontani e le chiazze dei pascoli nel fondovalle. Avevo dita dure da reggere due corpi, avevo le dita del nonno.

Una volta precipitai, persi la presa e sentii il corpo serrarsi dentro un guscio. Venni giú chiuso come una noce. Sotto di me un ghiaione[9] abbagliante mi accolse nel suo pendio, facendomi rotolare lungo le sue rapide. Non misi le mani a protezione della caduta, nel volo le strinsi sotto le ascelle perché solo quelle ossa non volevo rompermi. Tutto quello che mi ruppi fu il naso, sbattendo la faccia contro l'ultimo sasso. A volte le montagne si scrollano di dosso le formiche. Una scarica di pietre smossa in cima da un corvo basta a scippare[10] via dalla parete le nostre zampette. A volte il vento prova da solo a spingere nel vuoto e soffia,

---

8. *tetto*: tratto di roccia sporgente che forma un angolo quasi retto con la parete della montagna.
9. *ghiaione*: distesa di frammenti rocciosi accumulati nei canaloni e ai piedi della pareti della montagna.
10. *scippare*: portare via di forza.

gonfia i panni e fa venire voglia di fare un tuffo nella sua carezza. A me basta spingere un solo dito, il medio, in un buco, in una fessura, per restare all'ancora[11].

In valle si formavano le prime guide per accompagnare i forestieri sui monti. Un muto era poco adatto. Cosí seguii un circo passato dal villaggio e imparai i numeri di destrezza degli acrobati. Anch'io mi guadagnai da vivere offrendo il rischio di cadere, saltando da una corda all'altra, eseguendo voli per un pubblico povero sotto tendoni rattoppati[12].

Dal legno si ricavano due polveri: la segatura o la cenere. I circhi odorano di segatura. L'ho avuta in bocca molte volte cadendo da un appiglio mancato, da una presa viscida. Volteggiavo su un pubblico seduto, ma se precipitavo, si alzavano di scatto secondo una misteriosa legge di contrappeso: al mio tonfo al suolo corrispondeva il loro levarsi in piedi. Seguiva la concitazione del soccorso e nelle case di ognuno potevo immaginare il racconto dell'accaduto, la sorpresa di aver assistito a un caso singolare. Lo spettacolo di un circo deve essere generoso di rischi.

Gli esercizi di un acrobata sono complementari[13] alle movenze di un torero, cercano l'esatto angolo di scampo. C'è un toro e un vuoto che caricano entrambi, sfiorandoli. In verità non so se nell'arena l'uomo sente di roteare intorno a un abisso, so invece che il buio della pista sotto di me somigliava alla schiena nera di una bestia infuriata.

Qualche sera potevo sentirmi leggero come l'archetto di violino del nonno che sfiorava le corde con precisione e in fuga. Qualcuno ammansiva[14] il vuoto e io passavo nell'aria senza sforzo. Una musica cantata a bocca chiusa mi accompagnava in volo.

---

11. *per restare all'ancora*: per rimanere saldamente attaccato.
12. *rattoppati*: aggiustati in qualche modo.
13. *complementari*: che si integrano.
14. *ammansiva*: addomesticava, rendeva meno pericoloso.

Prima di diventare vecchio ero già tarlato[15] di fratture. Ero rimasto nel circo da inserviente, montavo e smontavo la volta di tela sotto la quale ogni sera si svolgeva lo spettacolo. In una città di costa issammo l'impalcatura in uno slargo proprio in faccia al mare. La salsedine la rese scivolosa, caddi ancora, ma al suolo non c'era la pista con la segatura. Ebbi sangue in bocca, sapore come di cenere. In ospedale mi appesero a dei fili, tubi, cavi, disteso come una marionetta. Nel letto accanto un ragazzo stava peggio dí me. La sera il camerone si svuotava. Un ragazzo non dovrebbe trovarsi da solo quando la vita d'improvviso somiglia a un rumore di passi che in una corsia vanno verso il fondo. Portava gli occhiali. Durante il giorno una infermiera fece per levarglieli e lui pregò di no, di no con una voce sfinita in cui si era irrigidito l'ultimo sforzo di una volontà.

Quella notte udii i suoi rantoli, poi venne il rumore di ferro di branda sbattuto. Nel fremito gli caddero gli occhiali e tinnirono[16] un limpido, esile "la" urtando per terra. Allora mi scossi, risalii dal fondo, mi tirai via dal letto staccando fili, tubi e quanto mi legava. In ginocchio cercai sul pavimento i suoi occhiali. Volevo rimetterglieli, certo una cosa stupida, ma sentivo un'ansia frenetica[17] di farlo. Nel buio si alzò a calmarmi un'aria di violino. Mi sollevai in piedi, vestito di bende pendenti. Gli posi gli occhiali sul naso. Appena compiuto il gesto caddi a terra. Altri centimetri di tonfo, gli ultimi, si aggiunsero ai molti metri molte volte volati a precipizio. Ci sono centimetri e secondi che contengono un riassunto di abissi. Strinsi i denti, la bocca era piena di cenere calda. La sponda del letto era lontana, la vedevo da terra, alta come un cancello, io fuori. Nelle orecchie sentivo cantare il violino del nonno. L'ultima cosa udita fu il respiro del ragazzo che ricominciava.

---

15. *tarlato*: bucato e reso fragile.
16. *tinnirono*: tintinnarono, risuonarono.
17. *frenetica*: irrequieta e impetuosa.

MASSIMO BONTEMPELLI

Il buon vento

Circa dodici anni fa avevo messo su per mio divertimento una specie di gabinetto[1] di chimica, ove mi appassionavo a tentare esperienze[2] col secreto proposito di trovare la sostanza di contatto tra il mondo fisico e il mondo spirituale. Un giorno, d'improvviso, me la trovai tra mano, quella sostanza: fu, ognuno lo capisce, l'invenzione piú miracolosa che possa immaginarsi. Era una polverina, che raccolta nel cavo della mano non seppi giudicare se fosse calda o fredda: era impalpabile e imponderabile[3], pure anche a occhi chiusi la mia mano la percepiva; era incolore e visibilissima. Ma dava, il tenerla a quel modo, una specie di ebbrezza: è da notare che l'ebbrezza è appunto la condizione intermedia, e come di contatto, tra la sensazione d'una realtà fisica e lo stato d'animo puramente immaginativo.

Tale era quella sostanza, come subito intuii, e come potei riconoscere in breve, quel giorno stesso, per caso, lungo[4] una serie di fenomeni oltremodo curiosi che intorno a me si produssero, e che voglio raccontare per vedere chi ci crede.

Era d'estate, in un piccolo paese pieno di sole, che sta in mezzo a una pianura d'Italia.

1. *gabinetto*: laboratorio.
2. *tentare esperienze*: fare esperimenti.
3. *imponderabile*: senza peso.
4. *lungo*: attraverso.

Chiusa la polvere in una cartina, la misi nel portafogli. In questo atto m'accorsi che non avevo piú danaro; ne cercai invano in tutte le mie tasche. Io non avevo ancora capito quali potessero essere gli effetti della virtú di quella polvere, immaginai rapidamente una serie d'esperienze costose per riconoscerli[5]. Era mezzogiorno. Mi s'imponevano dunque due problemi di natura finanziaria: trovare il danaro per andare a pranzo, e quello per fare le esperienze. Il secondo assorbiva il primo. Uscii di casa, nel sole, con la mia polvere in tasca. Le strade erano vuote. I miei passi risonavano sui lastrici battuti dalla fiamma del cielo.

Pensavo. In paese conoscevo due uomini ricchi: Bartolo e Baldo. Sapevo che Bartolo andava qualche volta alla trattoria dello *Sperone ardente*, di cui Baldo era proprietario. Vi andai. Il padrone non c'era, era andato alla sua vigna; ma, o fortuna, c'era Bartolo, con la moglie (una grassona) e la figlia (una magretta). Stava terminando di pranzare. Lo affrontai subito:

– Cercavo di lei, signor Bartolo, per associarla a una mia impresa. Ho scoperto una polvere prodigiosa. Non so ancora a che cosa serva, ma so che essa sta esattamente sul limite tra la vita fisica e la vita metafisica[6]. Ella intende l'importanza enorme della cosa. Mi occorre ch'ella mi somministri venticinquemila lire per le esperienze conclusive. Ci conto.

(In cuor mio contavo pure di prelevar subito cinque lire di quelle venticinquemila, per pranzare.)

Bartolo s'affrettò a tranguggiare precipitosamente, quasi da ingozzarsi, la pesca che stava sbucciando.

– Alzatevi, donne – ordinò alla moglie grassa e alla figlia magra. Esse s'alzarono, e lui pure. E avanzò verso me. Aveva un vestito di tela bianca, e in capo un

---

5. *per riconoscerli*: per sperimentarli.
6. *metafisica*: che va oltre ciò che, essendo materiale, può essere percepito attraverso i sensi.

panama[7]. Aveva gli occhiali d'oro e la barba bionda. Pareva una vespa nel latte[8].

– Signor Massimo – mi rispose – lei non sa che io sono povero. Io non posso somministrarle nemmeno venticinque centesimi. Le giuro che nel farle questo rifiuto il cuore mi sanguina.

Sostò. Lo guardai. Mi guardava, onde una gran timidezza mi prese, e abbassai lo sguardo.

E scòrsi che sul suo petto, dalla sua parte sinistra, sotto la tasca del fazzoletto, sulla tela bianca del vestito c'era una piccola macchia rossa. Pensavo d'insistere. Ma mi avvidi che la macchiolina era fresca, e s'allargava. Stavo allora per avvertirlo, quando egli riprese a parlare:

– Il cuore mi sanguina – ripeté – e io mi compiaccio[9] di spiegarle...

Ma non sento piú niente. Mi balena un sospetto, una speranza, una spiegazione, una illuminazione, forse, certo, anzi certo certissimo, capivo ora gli effetti della mia scoperta. L'uomo parlava entro il raggio d'azione della mia polvere, la sostanza che segna il punto di contatto e passaggio tra il mondo reale e il mondo delle immagini: ed ecco, lui parlava: la mia polvere SERVE A REALIZZARE LE IMMAGINI: le immagini di cui fanno uso gli uomini parlando. Il cuore mi sanguina, egli aveva detto, e ripetuto. E il disgraziato...

Io ero senza fiato. La macchia aveva cessato d'allargarsi. Lo guardai. Era pallido. Colsi ora le sue parole.

– ...non ho piú quattrini – stava ridicendo, in atto d'andarsene, con voce fioca – e sa dove li ho buttati tutti? In un anno di cure, di cure per mia moglie e mia figlia.

Fe' un cenno dietro le spalle. Perché le due donne,

---

7. *panama*: ampio cappello estivo da uomo.
8. *una vespa nel latte*: la vespa ha un colore marrone-oro, il latte bianco; con questo accostamento il narratore definisce, visivamente, l'aspetto del personaggio.
9. *mi compiaccio*: ho intenzione e desiderio...

moglie grassa e figlia magra, s'erano ritirate in un angolo, un angolo quasi buio della sala, e là stavano, zitte.

– Ho fatto fare una gran cura dimagrante a mia moglie, e una gran cura ingrassante a mia figlia; e con questo bel risultato: mia moglie è una botte e mia figlia un'acciuga. Arrivederla, signor Massimo. Andiamo, donne.

Si voltò a loro, ma non c'erano piú. Non si meravigliò. Brontolava:

– Saranno andate a casa a prepararmi il caffè.

Uscí barcollando, senza piú voltarsi scomparve. Io allibito ficcai lo sguardo in quell'angolo buio della sala. C'era una botte. Un brivido rapido mi scivolò dai piedi alla fronte. Osai fare due passi verso quella cosa, mi fermai, cosí da lontano mi chinai un poco guardando laggiú. E ai piedi della botte c'era una piccola acciuga miserevole, salata.

Sua moglie e sua figlia.

Arretrai. Caddi a sedere sulla sedia davanti al tavolino. Il cameriere stava rientrando dalla cucina e si piantò ritto in faccia a me.

Ebbi la forza di mormorare:
– Un pezzo di formaggio, un bicchiere di vino.

Me li portò. Tacevo. E in breve ogni sgomento sgombrava dall'animo mio. Alla fine del formaggio, un immenso orgoglio m'invase. Lo scienziato avea vinto in me l'uomo. Guardai con gioia l'opera mia nell'angolo buio. Anche il bicchiere di vino finí.

M'accorsi che un gatto stava annusando l'acciuga, distolsi lo sguardo.

– Quando torna il vostro padrone? Debbo parlargli.
– È andato alla vigna: tornerà verso sera.

Dopo una sosta, con un sorriso ossequioso:
– Il signore deve perdonarmi se senza volerlo ho sentito qualche parola della sua conversazione col signor Bartolo. Se al signore occorre danaro, mi permetta di dirle che fa male a rivolgersi a quei tipi lí. Le consiglierei piuttosto il commendatore.

– Quello che sta in fondo alla piazza? Come si chiama?

- Appunto. Si chiama... oh non ricordo. Aspetti. Il nome ce l'ho sulla punta della lingua.
- Bravo. Mostratemi la lingua.
- Che dice?
- Mostrate, súbito.

Ero cosí imperioso, che lui ubbidí. Cacciò fuori la lingua. M'accostai, lessi forte:
- *Com-men-da-tor Bar-ba*.
- Appunto! Come lo sa?
- L'avevate sulla punta della lingua.
- Il signore ha voglia di scherzare. Il commendatore ha fatto due o tre affari grossi, e ha la cassa ben fornita.
- Grazie del consiglio. Arrivederci. Facevo l'atto d'alzarmi. Il cameriere mi interruppe:
- Se il signore volesse regolare il conticino... Additava la superstite crosta del formaggio.

Io ebbi un'idea grandiosa. Estraggo il portafogli impugnandolo, fisso con energia il cameriere. Egli aspettava. Io gli gridai:
- Siete un asino.

Sostò un istante immobile, contemplandomi con gli occhi che gli diventavano immensi e tondi: e tosto in torno a essi sorse un pelame e avanti si spinse un muso carnoso e in alto scaturirono due vaste orecchie e tutto il corpo s'inalzò, ingrossò, setoloso ricadde con gli zoccoli avanti battendo il pavimento, che risonò. Tutto scrollandosi frustò l'aria della sala con una coda superba, e il muso proteso a me di sopra al tavolino uscí in un raglio che parve un trombone. Poi di slancio mi voltò quella coda e ragliando trottò verso l'uscio e fu nella strada. Corsi all'uscio. Fuori non c'era anima viva; l'asino solo tra la gran luce era già lontano e trottava orgogliosamente nel mezzo della strada a coda alta sul selciato sonoro, di tratto in tratto lanciando un fulgido[10] raglio fino al sole che saettava dal centro del cielo sulle case e sui sassi.

10. *fulgido*: squillante, sonoro.

Rientrai per prendere il cappello. In terra, presso il piede del tavolino, biancheggiava il tovagliolo caduto dalla zampa anteriore sinistra dell'ex cameriere.

Compiutamente[11] sicuro ormai della mia invenzione, uscii tranquillo, e per le deserte vie meridiane[12] raggiunsi la piazza. Un momento ancora sentii da una via laterale echeggiare passando un trotto e un raglio, mentre bussavo alla porta della casa del commendator Barba. Mi presentai. Mi accolse, nel suo studio, con circospezione[13] e cortesia:

– S'accomodi.

– Commendatore, io sono un chimico...

Cercando le parole per continuare, guardavo intorno. D'un tratto gli domandai:

– Anche lei si occupa di chimica?

– Io? Nemmeno per sogno. Perché?

– Perché vedo scritto, là sui cartoni di quello scaffale in fondo: «Carburi»[14].

Si mise a ridere:

– Lei s'inganna. Io non m'occupo che di affari. In quei cartoni tengo le mie azioni della Società dei Carburi, e altri documenti relativi a questo affare.

– Sta bene. Le dirò subito che per un'impresa, che in breve mi arricchirà, ho bisogno di una somma, piuttosto forte, per...

– Basta! – m'interruppe. – Lei è giovane: faccia da sé. I giovani debbono fare da sé. Aiutarli è un delitto. Io oggi dirigo cento affari grossissimi: ebbene, ho fatto tutto da me, dal nulla. Nessuno mi ha mai aiutato. Io sono figlio delle mie azioni...

S'interruppe, e con aria svagata d'un tratto s'alzò, andò verso lo scaffale, e guardando ai cartoni mormorava affettuosamente:

---

11. *Compiutamente*: completamente.
12. *le deserte vie meridiane*: le vie rese deserte dalla calura del mezzogiorno.
13. *circospezione*: attenzione, cautela suscitata dal timore che l'intruso venga a chiedere soldi.
14. *Carburi*: composti chimici formati dal carbonio con metalli e metalloidi.

– Mamma, mamma...
Io repressi il riso, e con aria innocente domandai:
– Perché dice: «mamma mamma» a quei cartoni?
– Io dico «mamma mamma» a quei cartoni?... Chi sa, qualche volta sono distratto. Lei non ha idea: troppi affari, ho troppi affari. La mia testa è un vulcano.
M'alzai e detti un balzo indietro spaventatissimo. Infatti un torbido pennacchio di fumo gli sgorgò dalla testa. Avevo raggiunto l'uscio. Mi voltai un momento, a tempo per vedere un nugolo di faville[15] e sputi di lava al soffitto con un rumore di pesce a friggere. Fuggii a precipizio, sbattei la porta, mi ritrovai sulla piazza deserta. Raggiunsi il limite del paese, andai a sedermi sul margine d'un prato ove sbocca un viottolo. Alla esaltazione si mescolava ora in me piú d'una vena d'inquietudine. La mia invenzione è enorme. Ma occorre essere prudenti. Per essa in meno d'un'ora avevo già innocentemente sacrificato una due tre quattro cinque, sí cinque persone: Bartolo dissanguato, sua moglie e sua figlia rese inservibili, il cameriere inciuchito, il commendatore vulcanizzato. Meditai lungamente. (Ogni grande impresa ha avuto i suoi martiri). Elucubravo[16] le possibili applicazioni industriali della mia scoperta. Il sole declinava[17]. Ma non mi mossi; non a caso, pur nella mia agitazione, ero venuto proprio a quel viottolo: di là doveva arrivare Baldo, il ricco padrone dello *Sperone ardente*, tornando a vespero[18] dalla sua vigna. Come gli esporrò la cosa? Verso occidente, il cielo era tutto addobbato[19] di nuvolette a festoni, di fiocchi rosei a ghirlande tra il raso azzurro dell'aria. E da lontano vidi spuntare sul viottolo Baldo. Veniva a passi tranquilli, paffuto e raso,

---

15. *faville*: scintille, piccole fiamme.
16. *Elucubravo*: pensavo con attenzione tra me e me.
17. *declinava*: tramontava.
18. *a vespero*: sul far della sera.
19. *addobbato*: ornato come per una festa.

con una curva pancia soave. Fumava un avana[20], e s'avvicinava. Io trepidavo[21], e tentai di vincermi. Cercavo un bel saluto che lo disponesse a benignità. S'avvicinava. I bocciuoli di rosa dall'alto azzurro piovevano riflessi amorosi sul carneo[22] fiore sbocciato del suo volto. Era a tre passi da me; come mi vide la sua bocca si schiuse a un sorriso sereno. Io mostrai di scorgerlo soltanto in quel momento. – Oh – dissi – oh, signor Baldo, qual buon vento vi porta?

E un caro vento spirò dalla terra, un dolce zefiro su mollemente sollevato portava lui, sopra ai prati, sopra alle siepi, sopra alle cime degli alberi. Io alzando a mano a mano la faccia guardavo: Baldo elevavasi morbido sempre piú in alto verso il placido etere[23]; sopra le ali dello zefiro tepido lepido[24] in panciolle[25] se n'andava; fin che il fumo del suo avana si confuse tra le nuvolette, e il fiore sbocciato del suo volto sfumò tra le rose del cielo.

---

20. *un avana*: un sigaro fabbricato a Cuba.
21. *Io trepidavo*: ero agitato e ansioso.
22. *carneo*: fatto di carne.
23. *placido etere*: aria serena e tranquilla.
24. *lepido*: piacevole.
25. *in panciolle*: sdraiato comodamente.

Stefano Benni

Il marziano innamorato

*Ma gli innamorati, i veri innamorati inventano con gli occhi la loro verità.*

(*Molière*)

Questa è la vera storia di Kraputnyk Armadillynk cosí come mi fu raccontata dalla sua viva voce.

Una mattina presto stavo pescando nel fiume di Sompazzo[1] quando sentii alle mie spalle un fragore impressionante. Vidi gli alberi tremare e gli uccelli fuggire. Poi uno scoppio e piú nulla. Attraversai l'argine e mi apparve una creatura singolare: un barilotto di metallo con un nasone da talpa e due braccini snodabili con catarifrangente. Stava prendendo a calci un disco volante e con voce irosa gridava piú o meno cosí:

– Zukunnuk dastrunavi baghazzaz minkemullu mekkanikuz!

Vedendomi si inchinò e disse:

– Signore, mi dispiace assai di averla disturbata, ma se sarà tanto gentile da ascoltarmi, penso che potrà capirmi e darmi l'aiuto necessario.

– Mi chiamo Kraputnyk Armadillynk e vengo dal pianeta Becoda. Il mio pianeta è a settecento anni luce dal vostro e là temperatura media è di cinquanta gradi all'ombra. E un pianeta rosolato e desolato. Ci si possono coltivare solo due cose: il Trond e il Quazz. Il Trond è un tubero[2] tondo dal sapore insipido. Il Quazz è un tubero quadrato dello stesso sapore del

---

1. *Sompazzo*: paese fantastico in cui sono ambientati molti racconti di Stefano Benni.
2. *tubero*: porzione di fusto che cresce sotterranea e si ingrossa per accumulo di materiale di riserva; ne è un esempio la patata.

Trond. Si potrebbe tranquillamente dire che sono la stessa cosa, ma per il morale di noi becodiani è meglio distinguerli. Cosí possiamo dire: «Cosa abbiamo stasera di buono per cena, Trond o Quazz?» e creare un po' di suspense.

– Esistono tre modi di mangiare il Trond: e precisamente seduti, in piedi e sdraiati. Parimenti esistono tre modi di cucinare il Quazz: con sugo di Trond, con sugo di Quazz o con ripieno di Trond.

– Avrà perciò capito che la vita sul nostro pianeta è assai dura. Non abbiamo altro che terra bruciata e campi di Trond e Quazz, rocce nere, montagne di lava e qualche Nerpero (vulcano) che sputa in aria lapilli[3] bollenti. Non esistono animali, ad eccezione di un verme che si chiama Krokuplas ed è immangiabile, ma costituisce un'ottima esca per i pesci. Sfortunatamente su Becoda non esistono né acqua né pesci. Beviamo però ottime spremute di Trondquazz.

– Sul nostro noioso pianeta l'unico divertimento è corteggiarsi. Gli abitanti di Becoda sono infatti incredibilmente belli. Almeno, cosí è scritto nel primo articolo della nostra Costituzione. Noi maschi, come vede, siamo formati da due piedi trond, un corpo quazz, e testa lievemente trondoide da cui sporge un tubo (che non è il naso!) Le femmine hanno piccoli piedi quazz, delizioso corpicino trondeggiante e testa alquanto bitrondica. La mia femmina si chiama Lukzenerper Graetzenerper Bikzunkenerper. Che vuole dire Lukz che nacque vicino al vulcano, figlia di Graetz che vive sul vulcano e di Bikz che cadde nel vulcano. Lukzeccetera è molto giovane, ha diciotto anni becodiani, che corrispondono circa a due telenovele terrestri. Io l'amo, e passeggiare con lei grunka nella grunka per i sentieri del pianeta è la mia unica gioia.

Ma avvenne che una notte, mentre eravamo soli

---

3. *lapilli*: pietre infuocate espulse da un vulcano durante l'eruzione.

nella mia quazzomobile e guardavamo le mille stelle dell'Universo, lei si strinse a me e cominciò a lazigàr. Che è la cosa piú terribile che ti possa capitare su Becoda. Lazigàr è come il vostro piangere, ma noi piangiamo olio, prezioso olio lubrificante, per cui se uno lazíga troppo resta arrugginito, grippa e muore. Cosí io la consolavo e cercavo di rimmetterle nel serbatoio tutto il lazigàto che potevo, ma lei continuava il suo lazighenzeinzein e io non sapevo piú cosa fare.

– Lukzettina – le dissi – ti prego, parla. Non lazigare piú, mi strazi! Cosa posso fare per te?

– Oh Kraputnyk – rispose lei – tu sei buono come un trond (non era poi un gran complimento. Noi diciamo anche: carogna come un trond, perché abbiamo cosí poche cose per fare paragoni)... ma io vorrei una cosa impossibile... vorrei... vorrei...

Nel vederla cosí disperata un lazigòne salí al mio ciglio.

– Parla cara, non esitare – dissi – farò qualsiasi cosa per te –.

– Oh Kraputnyk – disse lei – in vita mia non ho mai ricevuto un regalo. E morirò senza che nessuno mi abbia fatto un regalo!

– Ma come, pensai, se le avevo appena ragalato una collana di trond! Già, ma che regalo poteva essere un trond su quel pianeta maledetto dove non c'erano che trond e quazz e pietre a forma di trond e pezzi di quazz sempre tra i piedi! Un regalo è qualcosa che non ti aspetti. Cosa c'era su Becoda che potesse sorprendere una fanciulla? Fu in quel momento che guardai il cielo stellato e mi illuminai (dico davvero: quando noi abbiamo una grande idea si accende una luce rossa).

– L'universo era abitato da molti mondi trond e grandi strutture quazz. Diceva la televisione (quella l'abbiamo anche noi, è obbligatoria) che questi mondi sono assolutamente uguali al nostro. Su Giove ci sono dei trond piú grandi, su Venere ci sono dei quazz particolarmente belli, ma niente di piú.

– Ebbene, pensai, sarà cosí perché la televisione non mente quasi mai, ma voglio controllare di persona. Perché se esiste in qualche lontana parte dell'universo un vero regalo, qualcosa che non sia né trond né quazz da portare alla mia amante, ebbene io lo troverò. Ciò deciso, la sera stessa feci una provvista di filetti di trond in scatola e lanciai la mia astroquazzomobile nei corridoi stellari del Serpentone numero otto, quello che porta all'incrocio Zatopek e da lí al vostro sistema solare. Non so perché puntai subito sulla Terra. Forse per il colore, che mi sembrava bello, o per il modo in cui trondava nello spazio. Fatto sta che misi in azione il mio macrocanocchio e lo puntai su di voi.

– Ahimè, la prima cosa che vidi mi scoraggiò. C'era un grande spazio di pelo verde e tutto intorno migliaia di persone che urlavano. In mezzo alcuni esseri vestiti di due colori diversi si disputavano con i piedi un piccolo trond. Qua sono messi anche peggio di noi, pensai: noi abbiamo solo i quazz e i trond, loro scarseggiano anche di trond. Infatti intorno a questo trond si scatenavano risse gigantesche, ognuno lo voleva per sé e la gente urlava come impazzita. Puntai il macrocanocchio in un altro punto e vidi una città fatta di quazz uno sopra l'altro. Nessun segno di vita. Forse, pensai, gli aborigeni del luogo non mangiano i quazz, ma sono i quazz che mangiano gli aborigeni. Infatti ne vedevo sparire a migliaia dentro a giganteschi quazz illuminati.

– Avvilito e deluso ero già intenzionato a ripartire quando, oh meraviglia!, vidi finalmente una cosa che non era né quazz né trond né pietra né lapillo, una meravigliosa nuova cosa. Atterrai e mi avvicinai. Era uno scatolone metallico, simile a un becodiano obeso, ricolmo di oggetti misteriosi fatti con materie che poi seppi chiamarsi *carta plastica* e *latta*. Avevano diversi colori, e anche se in essi c'erano esempi di quazzismo e trondismo, la varietà era strabiliante. E che odori strani emettevano! Forti, penetranti, cosí diversi dall'odore becodiano, cenere e quazz lesso. Frugai un po' col mio braccetto e tirai su dallo scatolone un oggetto stupendo: un cilindro rosso rilucente. Era firmato con una scritta trondeggiante che attraverso il mio universibolario decifrai in coco-colo o colo-coco. Pensai che fosse opera di due artisti. Poi vidi un animale splendido, formato da un corpo tutto irsuto di pelo terminante in una lunga coda di legno, e delle stoffe preziose e candide con le scritte «supermercato Pam», e «Standa», e ancora oggetti oblunghi e trasparenti, meravigliosi sughi odorosi, bucce a spirale, carte fruscianti piene di geroglifici. Ero lí con il portello spalancato a guardare tutta quella ricchezza, quando vidi la prima creatura terrestre. Stava frugando beata tra gli oggetti meravigliosi dello scatolone. Subito presi il dizionario turistico interstellare e scandii bene questa frase:

– Sku–ssí, lei uommo di terrah, po–tzo io komprarre uno dei kuesti suoi ztu–pehndi ogetti? – La creatura spalancò i bellissimi occhi gialli, mosse la coda e rispose:

– No komp–rarre, tutti pozzono prendherre, ma ora skampare via, poi ke venire uommini di spahtzaturra –.

– Ed ecco la creatura che credevo un uommo balzare via spaventata all'arrivo di un essere rombante grande come venti becodiani, da cui discendono gli uommini, uno dei quali mi guarda e dice:

– Da quando in qua hanno messo questi nuovi bidoni? –

– Boh – dice l'altro – comunque sembra vuoto –. E mi prende per il naso (che non è il naso!) e mi scosta.

Al lavoro – dice l'altro – buttiamo questa schifezza! – Prendono lo scatolone delle meraviglie e lo ribaltano nella bocca dell'essere grande. Poi ci saltano su e se ne vanno. Lí per lí ci resto male, poi penso: se buttano via questa splendida roba e la disprezzano, figuriamoci che altre cose meravigliose hanno, molto piú preziose di queste. Pensando rincuorato alla mia cara Lukzenerper, mi lancio dietro a loro a tutta velocità sui trondopattini, finché arrivo in città e quasi fondo per lo stupore. Che varietà di forme e di colori! Che regali portentosi ovunque, immobili o semoventi[4], piccoli o grandi! Questo è il paradiso, mi dico, ma devo restare calmo e scegliere bene, non lasciarmi stordire dall'abbondanza. Anzitutto non voglio un regalo qualsiasi. Voglio un regalo che anche le femmine terrestri ritengano pregiato e importante. Gli uomini li so già riconoscere, adesso devo trovare una femmina terrestre. Come sarà fatta? Entro prudentemente in un locale con la scritta «bar tabacchi». Vedo subito una cosa che potrebbe essere una femmina, una cosa con molti nasi e un uomo che li tira su e giú, il che da noi vuole dire *gibolàin*, accoppiarsi. Ma poi sento che l'uomo la chiama «macchina del caffè». Non è lei.

Eccola là, la vedo, la femmina. E, bellissima, tutta addobbata di luci colorate, lancia urla e gridolini mentre un uomo la tiene per i fianchi e la scuote tutta. Se non è gibolàin questo! Improvvisamente però le luci della femmina si spengono e l'uomo le dà un grande calcio e impreca. Come sono violenti dopo aver gibolainato! L'uomo mi passa davanti e lo sento dire:

– Quel flipper è un cesso, non si vince mai. E questo cos'è, un nuovo distributore automatico? – E mi tocca il naso (che non è il naso).

– Boh – fa l'uomo che maneggia la macchina del caffè – che ne so, l'avrà messo lí il padrone. Ehi, guarda lí fuori che femmina sta passando! –

– Ci siamo! Guardo dove guardano i due uomini. Stanno passando due cose: una è una cosa gialla con la scritta taxi. L'altra è un uomo con piú trond davanti. dei bei fili colorati in testa e gli occhi piú vivaci. Mi metto a seguirla discretamente finché non incontra una simile a lei.

---

4. *semoventi*: che si muovono da soli.

Le dice: – Lo vedi quel coso dietro di noi? Le pensano tutte ormai per fare pubblicità alle lavatrici –. Che sia io il coso?
– Poi la prima femmina si ferma ed esclama:
– Che auto! cosa darei per averne una cosí! –
Quella che chiama auto è una quazzomobile che fa molto piú fumo e rumore. Un po' ingombrante da regalare, ma se piace tanto... Le auto stanno tutte ferme in fila. Dentro uommini e femmine suonano una nota picchiando un tasto che sta al centro di un trond. Stanno ore e ore a suonare anche se sembrano stanchissimi. Ho capito: *l'auto* è uno strumento musicale!
– Dopo un po' la femmina arriva in un posto con la scritta «parcheggio» e trova la sua auto con un foglietto giallo sul vetro. Sarà lo spartito per suonare, penso, invece la femmina si arrabbia, straccia il foglietto e urla:
– Ingorghi, traffico, e adesso anche la multa! Piuttosto che andare ancora in auto la butto in un burrone! Bisognerebbe bruciarle tutte, le auto! – E se ne va, senza neanche suonare.
– Ahi, ahi! Non è un gran regalo, allora.
– Mi metto a seguire un'altra femmina e la vedo che incontra un uomo. Entrano in un mangiaquazz. Mi infilo dentro anch'io: ho imparato che se sto immobile nessuno dice niente, tutt'al piú cercano di darmi da mangiare delle monete. Aguzzo bene le orkekkys e sento la femmina che dice:
– Caro, questo è il regalo piú bello che potevi farmi... è splendido, non ho parole – e lo bacia.
– Piano piano mi infilo sotto il loro tavolo. Guardo, e sapete che cosa ha in mano la femmina? Un astuccio nero con dentro una collana di quazz, quelle pietrine trasparenti che a Becoda troviamo a migliaia nella cenere. Bel regalo davvero!
– Deluso, decido di farmi ispirare dalla televisione, perché anche qui come a Becoda dovrebbe dire quasi la verità. Analizzo tre ore di telegiornali terrestri col mio computer analogico-galattico e il risultato è che il

regalo che tutti vogliono, di cui tutti parlano e che tutti ritengono indispensabile e auspicabile è: «*fatti*».

Entro perciò in un negozietto con la scritta: «Abbiamo tutto» e senza esitare dico:

– Mi dia subito due fatti, uno per me e uno per la mia fidanzata. E mi raccomando: fatti, non parole –.

L'uomo mi guarda torvo e dice:

– Guardi, io non so se lei è un robot o un nano pagato da qualche partito politico, ma le dico che ne ho piene le palle di propaganda elettorale –.

– Un momento, ripeta – cerco di dire, ma altri uomini entrano nella discussione e alzano la voce, e poco dopo cominciano a litigare e a tirarsi dei quazz in testa. Mi allontano proprio stufo. Cammina cammina, esco dalla città e arrivo da queste parti.

– Penso di caricare sulla astromobile uno di quei tappeti grigi che chiamate strade. Ma è pesante da arrotolare. Oppure potrei prendere una fetta di pelo verde. Ma non ho capito nulla della Terra e rischierei di portar via un regalo da poco. Tutti riderebbero di me e della mia Lukz. Che scoraggiamento! In quell'istante sento alcuni piccoli di uomo che parlano tra loro:

– Che sete – dice uno.

– Cosa darei per un chinotto – dice l'altro.

– Pensa – dice il terzo – che regalo se qualcuno ce lo portasse qui... –

– Stavolta metto su addirittura la turboelica da spostamento rapido e volo al primo negozio. Sono pronto a usare anche il cannone fotonico. Al banco c'è una donnina con due quazz di vetro davanti agli occhi.

– Femmina – dico – mi dia tutti i chinotti che ha –.

– Sei strano, bambino – dice, e anche lei mi tocca il naso (che non è il naso) – Me ne sono rimasti quattro, ti bastano? –

– Szyp – dico io.

– Duemilaquattrocento lire

Ahi, a questo non avevo pensato! Però ho un'idea:

le metto in mano due o tre di quei quazz brilluccicanti che piacevano tanto all'altra femmina. La vedo sbiancare e ammutolire. Fatto! Volo indietro e atterro davanti ai tre piccoli di uomo.

– Ehi, che buffo – dicono – che cosa sei? –
– Sono il robotto del concorso vinci il chinotto – dico – e voi ne avete vinti tre, uno per uno –.
– Uahu! – grida il primo.
– Grande! – ulula il secondo.
– Che felicità – dice il terzo, e si mettono subito a romperli finché non esce l'olio e se lo bevono. Tutti uguali i bambini.
– Ma insomma – chiedo – è un bel regalo o no? –
– È il piú bel regalo che potevo aspettarmi oggi – dice il primo.
– È un regalo meraviglioso – conferma il secondo.
Adesso sto proprio bene – dice il terzo.
– Stavolta è fatta. Ci salutiamo: loro sventolano le mani e io sventolo il naso, quello vero, che ce l'ho a destra in basso. Torno alla mia quazzomobile a rimirare il chinotto che ho tenuto per Lukz. Che bello, che trasparenza, con l'olio scuro che si muove dentro, e che odore stupendo. In cima c'è anche un gioiello trondo merlettato[5] e la scritta «Chinotto» in lettere rosso fuoco. Che regalo da portare al collo o in testa, o nelle orkekkys, che regalo per il mio amore!
– Accidenti! Ho cosí fretta di tornare a casa che ingolfo il motore e la quazzomobile si blocca. Ora lei mi ha trovato, signore, e so bene cosa vuole: lei vuole il mio prezioso chinotto. Ma la prego, prenda qualsiasi altra cosa, tutti i miei quazz brillanti, la mia calotta cranica, il pezzo della quazzomobile che le piace di piú, il volante in similtrond o l'astrocane che fa sí sí con la testa, le do tutto quanto ma, la prego, mi lasci il chinotto! Lukzenerper mi aspetta.

5. *merlettato*: dal bordo seghettato e rialzato.

– Signor Kraputnyk – gli rispondo io – non solo non voglio portarle via il chinotto, ma a nome del popolo terrestre le consegno in piú un mio regalo personale: è un optional[6] del chinotto. Se un giorno lei volesse far sentire l'odore del chinotto agli amici, faccia leva con questo e il contenitore si aprirà...
– Bellissimo oggetto. E come si chiama?
– Apribottiglie.
– A-pree-bok-thiglie – ripete il becodiano, commosso.
– Grazie, è troppo per me. Chissà quanto costa!
– Via via – gli dico – non ci pensi e torni a casa che la aspettano –. Con la mia cinquecento gli do una bella spinta. La quazzomobile vibra un po' poi si mette in moto e, accidenti che motore! In dieci secondi è scomparsa tra le nuvole.
Mi sono rimesso a pescare e ho preso tre lucci di cinque chili l'uno.

---

6. *optional*: accessorio che non è compreso nella dotazione normale di un apparecchio, ma che viene fornito, solitamente a prezzo maggiorato, su richiesta del cliente.

## Italo Calvino

## Tempesta solare

*Il Sole è soggetto a continue perturbazioni[1] interne della sua materia gassosa e incandescente, che si manifestano in sconvolgimenti visibili alla superficie: protuberanze[2] che scoppiano come bolle, macchie di luminosità attenuata, intensi brillamenti da cui s'innalzano nello spazio getti improvvisi. Quando una nuvola di gas elettrizzato emessa dal Sole investe la Terra attraversando le fasce di Van Allen[3], si registrano tempeste magnetiche e aurore boreali[4].*

– C'è gente cui il sole dà un senso di sicurezza, – disse Qfwfq[5], – di stabilità, di protezione. Non a me.

Dicono: – Eccolo, il Sole, c'è sempre stato, lui ci nutre, lui ci scalda, alto sopra le nuvole e i venti, radioso, sempre uguale, la Terra gli gira intorno in preda a cataclismi e tempeste, e lui: lui calmo impassibile sempre lí al suo posto –. Non crediamoci. Quel che chiamiamo Sole non è altro che un continuo scoppio di gas, una esplosione che dura da cinque miliardi

---

1. *perturbazioni*: tempeste.
2. *protuberanze*: gonfiori, sporgenze.
3. *fasce di Van Allen*: regioni dell'alta atmosfera terrestre nelle quali è presente una forte concentrazione di particelle trattenute dal magnetismo terrestre. La loro presenza è la causa delle aurore boreali.
4. *aurore boreali*: luminescenza notturna del cielo che solitamente si manifesta in vicinanza dei poli magnetici.
5. *Qfwfq*: personaggio fantastico, fuori del tempo, che narra in prima persona e come protagonista le vicende presenti nelle *Cosmicomiche*, l'opera di Italo Calvino da cui è tratto questo racconto.

d'anni e non la smette piú di buttar roba, è un tifone[6] di fuoco senza forma né legge, una minaccia, una sopraffazione perpetua, imprevedibile. E noi ci siamo dentro: non è vero che noi siamo qua e il Sole è là; è tutto un mulinello di correnti concentriche[7] senza intervalli in mezzo, un unico tessuto di materia, ora piú rado ora piú denso, uscito dalla stessa nuvola originaria che s'è contratta e ha preso fuoco.

Certo, proprio la quantità di materia che il Sole butta fin qui – frantumi di particelle, atomi rotti –, disponendosi lungo le linee di forza della calamita che passa da un polo all'altro[8], ha formato come una specie di guscio invisibile che avvolge la Terra, e noi possiamo anche far finta di credere che il nostro sia un mondo separato, in cui le cause e gli effetti si rispondono secondo certe regole, e conoscendole possiamo padroneggiarle, al riparo dai gorghi d'elementi in disordine che ci vorticano[9] intorno.

Io, per esempio, ho preso un brevetto da capitano di lungo corso, ho assunto il comando dello steamer[10] *Halley*: segno nel giornale di bordo latitudine, longitudine, i venti, i dati degli strumenti meteorologici, i messaggi della radio: ho imparato a condividere la vostra sicurezza nelle labili[11] convenzioni che reggono la vita terrestre. Cosa potrei desiderare di piú? La rotta è sicura, il mare è calmo, domani saremo in vista delle familiari coste del Galles, tra due giorni imboccheremo l'estuario bituminoso della Mersey[12], getteremo l'ancora nel porto di Liverpool, termine del viaggio.

---

6. *tifone*: tempesta tropicale caratterizzata da un vento violentissimo.
7. *concentriche*: che hanno un unico centro, in questo caso il sole.
8. *linee di forza… polo all'altro*: la Terra, per il campo magnetico che produce, funziona come un'enorme calamita che ha i punti di maggiore attrazione nei due poli.
9. *vorticano*: girano con velocità e violenza crescenti.
10. *steamer*: bastimento, nave a vapore.
11. *labili*: precarie, instabili.
12. *estuario… Mersey*: la foce, inquinata dal bitume, del fiume che attraversa la città inglese di Liverpool.

La mia vita è regolata da un calendario fissato nei minimi particolari: conto i giorni che mi separano dal prossimo imbarco, e che trascorrerò nella mia tranquilla casa di campagna nel Lancashire[13].

S'affaccia alla porta della sala nautica Mr. Evans, il secondo. Dice: – Lovely sun, Sir[14] – e sorride. Io annuisco, davvero il Sole è d'un nitore straordinario per la stagione e la latitudine; se aguzzo lo sguardo (io che ho il dono di guardare fisso nel Sole senza accecarmi) distinguo nettamente corona e cromosfera[15] e la disposizione delle macchie, e m'accorgo... m'accorgo di cose che è inutile comunicare a voialtri: cataclismi che stanno sconvolgendo in questo momento le profondità infuocate, continenti in fiamme che crollano, oceani incandescenti che si gonfiano e traboccano fuori del crogiolo trasformandosi in correnti di radiazioni invisibili proiettate verso la Terra, veloci quasi quanto la luce.

La voce del timoniere Adams risuona strozzata nel portavoce: – L'ago della bussola, signore, l'ago della bussola! Che diavolo succede? Gira, gira come una roulette!

– È ubriaco?! – esclama Evans, ma io so che tutto è regolare, che *tutto comincia adesso a essere regolare*, so che tra poco si precipiterà qui Simmons, il marconista[16]. Eccolo che arriva, gli occhi fuori dalle orbite: per poco non travolge Evans sulla soglia.

– Tutto morto, signore! Stavo sentendo la semifinale di boxe, e tutto è morto! Non riesco a stabilire piú un contatto radio con nessuna stazione!

– Che devo fare, capitano? – urla Adams nel tubo.
– La bussola è impazzita!

Evans è bianco come un cencio.

---

13. *Lancashire*: regione collinare inglese dal paesaggio molto gradevole.
14. *Lovely sun, Sir*: «splendido sole, signore».
15. *corona e cromosfera*: la corona è la parte piú esterna dell'atmosfera solare; la cromosfera è invece la parte compresa tra la corona e la fotosfera.
16. *marconista*: l'addetto al radiotelegrafo di bordo.

È il momento di far sentire la mia superiorità. – Calma, signori, siamo incappati in una tempesta magnetica. Non c'è niente da fare. Raccomandate le vostre anime a ciò in cui credete, e conservate la calma.

Esco sul castello di prua[17]. Il mare è immobile, smaltato dal riflesso del Sole allo zenit[18]. In questa tranquillità di elementi, la *Halley* è diventata un ammasso di ferraglia cieca, che tutte le arti e gli ingegni dell'uomo sono impotenti a dirigere. Stiamo navigando nel Sole, all'interno dell'esplosione solare dove non contano né le bussole né i radar. Sempre siamo stati in balia del Sole, anche se riuscivamo quasi sempre a dimenticarcene, a crederci al riparo dal suo arbitrio.

In quel momento la vedo. Alzo gli occhi all'albero di trinchetto[19]: è lassú. È aggrappata al pennone, sospesa nell'aria come una bandiera che si dispiega per miglia e miglia, i capelli che volano nel vento, e tutto il corpo fluente come i capelli perché della stessa lieve consistenza pulviscolare, le braccia dal polso sottile e dall'omero[20] generoso, le reni falcate come una luna crescente, il petto come una nuvola che sovrasta il cassero[21] del bastimento e le volute dei drappeggi[22] che si confondono col fumo della ciminiera e piú in là col cielo. Tutto questo io vedevo nell'elettrizzazione invisibile dell'aria; oppure soltanto il suo viso come una polena[23] aerea, una testa di Medusa[24] monumentale, occhi e chiome crepitanti: Rah era riuscita a raggiungermi.

---

17. *castello di prua*: la parte piú elevata della nave.
18. *allo zenit*: nel punto piú alto del suo cammino, in posizione verticale rispetto all'osservatore.
19. *albero di trinchetto*: albero posto nella parte anteriore della nave.
20. *omero*: spalla.
21. *cassero*: parte del ponte scoperto della nave compresa tra la poppa (cioè la parte posteriore dell'imbarcazione) e l'albero maestro.
22. *volute... drappeggi*: le spirali formate dalle pieghe delle vesti.
23. *polena*: scultura in legno posta come decorazione sulla parte anteriore di un'imbarcazione.
24. *Medusa*: creatura mitologica con volto umano e serpenti al posto dei capelli; trasformava in pietra chiunque la guardasse.

– Sei lí, Rah, – dissi – mi hai scovato.
– Perché ti sei nascosto quaggiú?
– Volevo provare se c'è un altro modo d'essere.
– E c'è?
– Qui dirigo le navi su rotte tracciate col compasso, mi oriento con la bussola, i miei apparecchi captano[25] le onde radio, ogni cosa che avviene ha una ragione.
– E tu ci credi?
Dalla cabina-radio uscivano le imprecazioni di Simmons che cercava di sintonizzare una qualsiasi stazione nello scoppiettio delle scariche elettriche.
– No, però mi piace fare come se fosse cosí, seguire il gioco fino all'ultimo – dico a Rah.
– E quando si vede che è impossibile?
– Si va alla deriva. Ma pronti a riprendere il controllo da un momento all'altro.
– Sta parlando da solo, signore? – Era Evans che metteva sempre di mezzo la sua faccia slavata.
Cercai di prendere un contegno. – Vada a dare una mano ad Adams, Mister Evans. Le oscillazioni dell'ago magnetico tenderanno a ripetersi secondo certe costanti. Si può calcolare una rotta approssimativa, aspettando di poterci orientare sulle stelle, stanotte.
La notte, le striature[26] d'un'aurora boreale s'inarcarono nella volta del cielo sopra di noi come sul dorso d'una tigre. Chioma fiammeggiante e drappeggi sontuosi[27], Rah si pavoneggiava sospesa ai pennoni della nave. Ritrovare l'orientamento era impossibile.
– Siamo finiti al Polo, – disse Adams, tanto per dare prova del suo spirito; sapeva bene che le tempeste magnetiche possono provocare aurore boreali a qualsiasi latitudine.
Io guardavo Rah nella notte: l'acconciatura fastosa, i gioielli, l'abito cangiante. – Ti sei messa di gala, – dissi.

---

25. *captano*: ricevono.
26. *striature*: strisce luminose nel cielo scuro.
27. *sontuosi*: ricchi, lussuosi.

– Devo ben festeggiare il tuo ritrovamento – rispose.

Per me non c'era niente da festeggiare; ero ricaduto in un'antica soggezione; il mio paziente progetto era fallito. – Sei sempre piú bella – ammisi.

– Perché sei scappato? Ti sei cacciato in questo buco, ti sei lasciato prendere in trappola, ridurre alle dimensioni d'un mondo dove tutto è limitato.

– Sono qui di mia volontà – replicai, ma sapevo che non mi avrebbe compreso. Per lei la nostra vita era negli spazi liberi attraversati dai raggi, tra le ventate delle esplosioni solari che ci trasportavano senza posa, fuori dalle dimensioni, dalle forme.

– Sempre il tuo gioco di fingere che sei tu a scegliere, a decidere, a determinare, – disse Rah. – Il tuo vizio.

– E tu, come sei arrivata fin qui? – chiesi. La ionosfera[28] non era una barriera inespugnabile? Tante volte avevo sentito Rah sfiorarla come una farfalla che batte le ali contro il vetro d'una stanza. – Non mi hai ancora detto come sei entrata.

Scrollò le spalle. – Una ventata di raggi, una breccia nel soffitto, ecco che sono venuta giú a riprenderti.

– A riprendermi? Ma adesso sei tu in trappola. Come farai a tornare fuori?

– Resto qui. Resto con te, – disse.

– Un disastro, signore! – Simmons correva sul ponte verso di me. – Sono saltati tutti gli impianti elettrici a bordo!

Evans era nascosto dietro un boccaporto[29], afferrò il marconista per un braccio; gli diceva – lo capii dai gesti – che era inutile rivolgersi a me, la tempesta magnetica m'aveva fatto dar di volta il cervello, parlavo da solo rivolto alle alberature.

Cercai di ristabilire il mio prestigio: – L'oceano è attraversato da forti correnti elettriche, spiegai la ten

---

28. *ionosfera*: lo strato superiore dell'atmosfera terrestre.
29. *boccaporto*: apertura a tenuta stagna che collega il ponte di una nave con i locali sottostanti.

sione nei fili aumenta, le valvole saltano, è normale –.
Ma ormai mi guardavano con occhi che non mostravano piú alcun rispetto per il mio grado.

Il giorno dopo gli effetti della tempesta magnetica erano cessati su tutto l'oceano, tranne che a bordo della nostra nave, e per un vasto raggio intorno. La *Halley* continuava a trascinarsi dietro Rah, mollemente adagiata nell'aria, appesa per un dito al radar o al parafulmine o all'orlo della ciminiera. La bussola pareva un pesce che si dibatte in una vasca, la radio continuava a bollire come una pentola di ceci. Le navi mandate al nostro soccorso non ci trovavano: i loro strumenti si guastavano appena esse s'avvicinavano a noi.

Di notte, striature luminose aleggiavano sopra la *Halley*; era un'aurora boreale tutta per noi, come fosse la nostra bandiera. Questo permise alle imbarcazioni di soccorso di rintracciarci. Senza avvicinarsi per non restare contagiate da quella che sembrava una misteriosa malattia magnetica, ci guidarono alla rada[30] di Liverpool.

La fama cominciò a correre per tutti i porti: il capitano della *Halley*, dovunque andasse, si portava dietro perturbazioni elettriche e aurore boreali. Per di piú, i miei ufficiali raccontarono in giro che intrattenevo rapporti con potenze invisibili. Persi il comando della *Halley*, naturalmente, e non ci fu modo d'ottenere altri imbarchi. Fortunatamente, coi risparmi dei miei anni di navigazione m'ero comprato una vecchia casa di campagna nel Lancashire, dove – come ho detto – usavo soggiornare tra un imbarco e l'altro, e dedicarmi ai miei prediletti esperimenti di misurazione e previsione dei fenomeni naturali. Avevo riempito la casa di strumenti di precisione costruiti da me, tra cui un eliografo monocromatico[31], e non vedevo l'ora, ogni volta che rimettevo piede a terra, di chiudermi là in mezzo.

30. *rada*: baia, golfo.
31. *eliografo monocromatico*: apparecchio per studiare le tempeste solari.

Mi ritirai dunque nel Lancashire, con mia moglie Rah. Subito ai proprietari dei dintorni, nel raggio di parecchie miglia, cominciarono a guastarsi i televisori. Non c'era piú verso di mettere a fuoco una trasmissione: nel video s'agitavano strisce bianche e nere come se ci fosse entrata una zebra morsa dalle pulci.

Sapevo che correvano voci sul nostro conto ma non me ne preoccupavo: pareva che se la prendessero soprattutto coi miei esperimenti; erano rimasti ai tempi in cui i miei apparecchi funzionavano, forse non sospettavano ancora nulla di mia moglie, non l'avevano mai vista, non sapevano che a casa nostra nessun meccanismo poteva piú essere messo in moto, che non avevamo nemmeno piú la luce elettrica.

Pure, dalle nostre finestre a notte non trapelava se non la luce delle candele e questo dava alla nostra casa un aspetto sinistro: molta gente stava alzata di notte, in quei giorni, a contemplare i bagliori d'aurora boreale che erano diventati una caratteristica della nostra regione; non c'è da meravigliarsi se i sospetti su di noi s'aggravavano. Poi si videro gli uccelli migratori perdere l'orientamento: arrivavano cicogne in pieno inverno, gli albatros calavano sulle brughiere.

Un giorno ricevetti la visita del pastore, Reverendo Collins.

– Desidererei parlarle, signor capitano – e tossicchiò, – ... a proposito di certi fenomeni che succedono nel territorio della parrocchia... vero?... e di certe voci che corrono...

Era sulla soglia. Lo feci entrare. Non seppe nascondere il suo sbalordimento a vedere come in casa nostra tutto fosse in frantumi: schegge di vetro, spazzole di dinamo[32], brandelli di carte nautiche, tutto in disordine.

– Ma questa non è la casa che avevo visitato la Pasqua scorsa... – mormorò.

---

32. *dinamo*: macchina che trasforma il movimento di rotazione in energia elettrica, la quale viene poi raccolta da apposite spazzole.

Anch'io fui per un momento toccato dalla nostalgia del laboratorio ordinato, funzionale, ben attrezzato che gli avevo fatto visitare l'anno passato. (Il Reverendo Collins si preoccupava molto di tenere relazioni cortesi con gli abitanti dei dintorni, specie con quelli che non mettevano mai piede in chiesa.)

Mi ripresi. – Sí, abbiamo cambiato un po' la disposizione...

Il pastore venne subito al motivo della sua visita. Tutte le cose strane che si verificavano dopo che ero tornato ad abitare là, *sposato* (calcò su questa parola), la voce pubblica riteneva fossero collegate con la mia persona, o con quella della Signora Qfwfq (io sussultai), cui però nessuno aveva avuto la fortuna – disse – d'esser presentato. Io non rispondevo nulla. – Si sa com'è la gente di qui, – continuava il Reverendo Collins, – c'è ancora tanta ignoranza, superstizione... Non si può certo dar retta a tutto quel che dicono... – E non era chiaro se fosse venuto a chieder scusa dell'ostilità dei suoi parrocchiani nei miei confronti, o a sincerarsi di quanto poteva esserci di vero nelle loro dicerie. – Corrono voci senza capo né coda. Si figuri che cosa mi son sentito raccontare: che sua moglie è stata vista di notte volare sopra i tetti e dondolarsi alle antenne della televisione. «Ma come?» ho chiesto, «e come sarebbe questa Signora Qfwfq? Come un folletto, un elfo[33]?» «No» mi hanno risposto, «è una gigantessa che sta sempre sdraiata nell'aria come una nuvola...»

– No, questo no, le assicuro, – cominciai a dire io, e non sapevo bene cosa mi proponessi di smentire. – Rah sta sdraiata per via delle sue condizioni fisiche... capisce?... e per questo preferiamo non frequentare... ma sta in casa ... Adesso Rah sta quasi sempre in casa... se vuole gliela presento...

---

33. *elfo*: nella mitologia nordica è un piccolo spirito benefico che vive nell'aria.

Certo il Reverendo Collins non aspettava altro. Dovetti condurlo alla rimessa, una vecchia grande rimessa-magazzino che era servita, al tempo in cui questa proprietà era una azienda agricola, per le trebbiatrici e l'essicazione del fieno. Non c'erano finestre, la luce filtrava dalle fessure, si vedeva il pulviscolo in sospensione. E in questo pulviscolo era chiaramente riconoscibile Rah. Occupava tutta la rimessa stando sdraiata su un fianco, un po' raggomitolata, acciambellata, reggendosi un ginocchio con una mano, e con l'altra carezzando un rocchetto di Rutherford[34] come fosse un gatto d'Angora. Teneva il capo chino perché il soffitto era un po' basso per lei; gli occhi si socchiudevano allo sprizzare delle scintille del filo di rame del rocchetto ogni volta che la sua mano si sollevava per parare uno sbadiglio.

– Poverina, cosí rinchiusa, s'annoia un po', non è tanto abituata, – credetti bene di spiegare, ma era altro che avrei voluto esprimere, era l'orgoglio che mi riempiva il cuore a quella vista. Questo avrei detto, se ci fosse stato qualcuno in grado di comprendermi: «Guardate com'è cambiata: quand'è arrivata era una furia, chi l'avrebbe detto che sarei riuscito a convivere con una tempesta, a contenerla, a domarla?»

In quei pensieri m'ero quasi dimenticato del pastore. Mi voltai. Non c'era piú. È scappato! Eccolo là fuori che corre; salta le siepi puntellandosi all'ombrello.

Adesso aspetto il peggio. So che i vicini si sono uniti in squadre, armati, e circondano la collina. Sento i cani che abbaiano, grida di richiamo, ogni tanto lo smuovere di foglie d'un avamposto che sta spiando da una siepe. Stanno per dare l'assalto alla casa, forse per

---

34 *rocchetto di Rutherford*: il *rocchetto* è un trasformatore di tensione elettrica inventato dal tedesco Ruhmkorff, mentre E. Rutherford è un grande fisico inglese, inventore tra l'altro di un rivelatore magnetico di onde elettriche. L'intreccio e la mescolanza delle informazioni è coerente con la figura di Qfwfq, testimone sempre inattendibile.

appiccarvi un incendio: vedo un propagarsi di torce accese intorno. Non so se intendano prenderci vivi, o linciarci, o farci finire tra le fiamme. Forse è mia moglie che vogliono bruciare come strega; oppure già hanno capito che non si lascerà mai prendere?

Guardo il Sole: pare sia entrato in una fase d'attività tumultuosa; le macchie si restringono; dilagano bolle d'uno splendore centuplicato. Ora apro la rimessa, lascio che la luce la invada. Aspetto che un'esplosione più forte scagli nello spazio uno zampillo elettrico, ed ecco il Sole allungherà le sue braccia fin qui, strapperà il velo che ci separa, verrà a riprendersi sua figlia, a restituirla alle sue corse scalpitanti nelle sterminate pianure dello spazio.

Presto tutti i televisori dei dintorni riprenderanno a funzionare, le immagini di detersivi e di belle ragazze torneranno ad occupare il video, le squadre dei persecutori si disperderanno, ognuno tornerà alla sua razione di razionalità quotidiana. Anch'io potrò rimontare il mio laboratorio, tornare al modo di vivere che avevo scelto, prima di questa interruzione forzata.

Ma non crediate che, con Rah addosso, io abbia mai mancato alla linea di condotta che m'ero prefisso, non crediate che a un certo momento io mi sia arreso, vedendo che a Rah non potevo sfuggire, vedendo che era lei la più forte: avevo concepito un piano ancora più difficile, per sostituire quello messo in scacco[35] da Rah, un piano in funzione di Rah, malgrado Rah, anzi proprio in grazia sua, o dirò meglio per amore di Rah, il solo modo di portare a compimento l'amore tra noi due: progettare, in quello sbriciolamento di strumenti, in quel pulviscolo di vibrazioni, altri strumenti, altre misure, altri calcoli che permettessero di conoscere e controllare la tempesta solare interplanetaria che ci pervade e scuote e squassa[36], e condiziona, al di là del

35. *messo in scacco*: fatto fallire.
36. *squassa*: scuote violentemente.

nostro illusorio ombrello ionizzato[37]. Questo, volevo. E adesso che lei sale come una folgore verso la sfera del fuoco, ed io ritorno padrone di me stesso, prendo a raccogliere i frantumi dei miei meccanismi, ecco ora vedo quale misera cosa sono i poteri che ho riconquistato.

I persecutori non si sono ancora accorti di niente. Eccoli che arrivano, armati di tridenti e carabine e bastoni.

– Siete contenti? – grido. – Lei non c'è piú! Tornate pure alle vostre bussole, ai vostri programmi televisivi! Tutto è in ordine! Rah è partita. Ma voi non sapete quello che avete perso. Non sapete qual era il mio programma, il mio programma per voi, non sapete cosa poteva significare per noi la presenza di Rah, la disastrosa, insostenibile Rah, per me e per voi che state per linciarmi!

Si sono fermati. Non capiscono quello che dico, non mi credono, non sanno se esserne intimoriti o rinfrancati. Anch'io, del resto, non capisco quello che ho detto, non mi credo, anch'io non so se devo sentir sollievo, anch'io ho paura.

---

37. *ombrello ionizzato*: le fascie di Van Allen (vedi nota a p. 28).

## Protagonisti e antagonisti

CLARA SERENI

Atrazina

Con il suo lavoro da giovane aveva girato molto: tante case ricche o almeno agiate[1], anche all'estero. Intellettuali e ambasciatori, nobildonne lievemente decadute, cantanti, attori: da tutti aveva imparato qualcosa, per quella capacità che aveva di succhiare cultura – buon gusto, eleganza, informazioni – dovunque ne intuisse una minima traccia.

Poi il matrimonio d'amore, il marito l'aveva voluta tutta per sé e anche a lei sembrava di avere imparato abbastanza. Cosí tutte le sue abilità di cameriera rifinita[2] (e anche cuoca, guardarobiera, governante), l'amore per la bellezza e il piacere dell'armonia li aveva convogliati[3] nella casa, una casa a disposizione da abbellire, strofinare, lustrare.

Come uno specchio. La pulizia era per lei una passione vera, profonda. I ripiani lucidi dei mobili a guardarli le davano ogni volta una sorta di ebbrezza; e cosí l'acciaio dei rubinetti, il candore della biancheria, il nitore[4] di lampadari e finestre.

In casa lui si muoveva con circospezione[5] affettuosa, attento a non guastare la fatica di lei. Nei giorni di festa rinnovava e aggiustava, stuccava e poliva: insie-

---

1. *agiate*: benestanti.
2. *rifinita*: molto abile e capace.
3. *convogliati*: rivolti, indirizzati.
4. *nitore*: splendore prodotto dalla pulizia.
5. *circospezione*: attenzione e rispetto.

me studiavano cataloghi e vetrine, insieme immaginavano abbellimenti e migliorie.

Quando erano stanchi, alla fine delle giornate, il grande letto intagliato da lui era lucido, le lenzuola ben tese: i capelli di lei si allargavano sui cuscini sprimacciati, e ancora c'era la voglia di parole, di progetti, di invenzioni.

Non ebbero figli, perciò lo stipendio da operaio specializzato bastava, perfino per qualche lusso: i fiori freschi sul tavolo, il divano di velluto, il servizio da caffè in silver-plated[6]. Gli abiti sobri per lui quando uscivano, per lei le scarpe assortite alla borsetta.

Decoro e dignità, pulizia e precisione, il lavoro ben fatto. Era il modo che avevano per dare ordine al mondo insieme, controllarlo, adattarvisi: senza illusioni, con determinazione. E con speranza. (Per lui poi c'era anche la politica: lei se ne teneva lontana, quel che aveva lo considerava sufficiente.)

Un'esistenza piena. Fino all'incidente. Cinque suoi compagni di lavoro ci lasciarono la vita, lui ci lasciò l'anima: rimase «giú di mente», come disse il medico che glielo riconsegnò.

Capí subito che poteva soltanto rassegnarsi: gli occhi di lui erano vuoti, senza luce, forse senza nemmeno dolore. Doverglisi dedicare completamente non la stupí, in fondo si era costruita in quel mondo, tuttofare significa anche infermiera e balia asciutta, fatica da sopportare e isolamento.

Fiori non poteva piú comprarne, mise un geranio alla finestra. Accese piú spesso la radio, per coprire i silenzi e per tenersi al corrente.

Non era pericoloso, né violento. Parlare parlava poco, e solo della fabbrica: come se ancora ci andasse ogni giorno.

Infatti tutte le sere caricava la sveglia, e ogni mattina a quell'ora usciva di casa con la tuta, il berretto, i

---

6. *silver-plated*: fatto di un materiale placcato d'argento.

panini che lei gli preparava. Tornava al tramonto unto nelle mani, nel viso, nella canottiera perfino. Senza recriminare lei lo aiutava a fare il bagno, a tornare pulito.

Chissà dove andava a sporcarsi cosí. Provò a chiedergli elo, lui si alterò: decise di lasciargli la libertà di quel segreto, l'ultima cosa tutta sua che gli fosse rimasta.

Fece le pratiche necessarie, ebbe la pensione di invalidità e la fece bastare. La vita in casa non era tanto diversa da prima: però il dolore le marciva dentro (la contiguità[7] con la follia mette in dubbio ogni normalità, frequentando l'assurdo tutto si smargina[8] e scolorisce), tante volte di fronte alle certezze residue di lui si trovava a pensare se non era alla fin fine tutto vero, se non era lei a sbagliarsi e confondere. Poi lui poggiava la mano sporca sulla tovaglia di bucato, senza attenzione, o lasciava che i listelli del parquet si scollassero, uno dopo l'altro: pulendo e riassestando si convinceva di se stessa, quando le mani inutili di lui lo confermavano diverso.

Cercò aiuti, ebbe assistenti sociali e operatori psichiatrici ma non servirono, il marito alle facce nuove si spaventava e diventava come un bambino, con lei soltanto riusciva a tratti a ritrovarsi uomo.

Quando le dissero di rifarsi una vita li mandò via, tutti, chiuse la porta dietro di loro e cercò altre parole.

Le donne che incontrava al mercato, cariche di spesa e di risentimenti, erano frettolose, evasive; perciò parlò di detersivi, di metodi straordinari di lustrare il rame, del sapone di Marsiglia che non è piú quello di una volta: condivise la sua scienza e un po' della sua storia, le fu riconosciuta un'autorità, si puntellò[9] con quella.

Si diede delle abitudini, dei piccoli obiettivi: un cibo che gli piaceva per carpirgli un sorriso[10], una pas-

---

7. *contiguità*: vicinanza fino al contatto.
8. *tutto si smargina*: ogni cosa perde i propri margini, tutto diventa insicuro.
9. *si puntellò*: si appoggiò a quell'*autorità* per poter resistere al dolore.
10. *carpirgli un sorriso*: rubargli un sorriso con la forza della dedizione e della gentilezza.

seggiata insieme per essere ancora coppia. Al futuro evitava di pensare, il presente la teneva occupata a sufficienza.

Erano difficili i fine-settimana, quando le fabbriche sono chiuse e lui restava in casa: allora si agitava, metteva in disordine biancheria e stoviglie, le cose gli cadevano di mano e si rompevano, ci restava male, a volte piangeva e a lei toccava consolarlo.

Quando lui sfasciò il ferro da stiro lei si improvvisò elettricista, divenne imbianchino per cancellare le manate dai muri, in ginocchio sul pavimento strofinava via le impronte di fango e la polvere dagli angoli. Con l'idea che quella loro casa – la pulizia, l'ordine, la precisione del lustro, del candido, dell'immacolato, dell'integro – fosse per tutti e due come un guscio d'uovo, il contenitore che solo poteva tenere insieme il bianco e il grigio della loro vita.

Togliere le macchie la rassicurava, pulirgli il nero dalle mani la confortava: nudo e lavato davanti a lei sullo stuoino del bagno, la pelle arrossata dagli strofinii, i capelli lucidi d'acqua, le pareva ancora intatto. Salvarlo ogni giorno, togliere via con la sporcizia il male. Lucidare rammendare candeggiare spolverare pulire risciacquare: le sue giornate trascorrevano cosí, e avevano uno scopo.

Una domenica stava lavando i piatti, nella catinella di plastica con la cura di sempre. Il marito era ancora in pigiama, alla radio dissero dell'atrazina[11]: un veleno subdolo, incolore, invisibile, micidiale stava scorrendo anche dal suo rubinetto.

Guardò i piatti, brillavano: cosa vuol dire sporco, cosa significa pulito, le braccia le si arresero lungo i fianchi.

Chiuse l'acqua, si asciugò le mani, le guardò: sciupate, inutili, ormai senza rimedio.

---

11. *atrazina*: diserbante e pesticida molto usato negli anni Ottanta; dai terreni trattati filtrava facilmente nelle falde acquifere, inquinandole e provocando gravi forme di tumore e mutazioni genetiche.

Serrò porte e finestre, controllò che tutto fosse in ordine. Tenne l'abito da fatica, aiutò il marito a indossare la tuta.

Consapevole del giorno di festa lui protestava, pacata e convincente gli spiegò di straordinari e commesse[12] urgenti cosí si lasciò persuadere, si sentí indispensabile ed ebbe un guizzo nello sguardo prima di perdersi di nuovo.

Lo guardò negli occhi opachi, attirò il suo viso verso di sé perché la vedesse, la ascoltasse, la capisse.

Con dolcezza, amorosa e disperata, gli impose:

– Non lasciarmi piú sola, portami con te. In fabbrica.

---

12. *straordinari e commesse*: il lavoro nei giorni di festa (*straordinari*) sarebbe stato reso necessario da improvvise ordinazioni di prodotti (*commesse*) da parte di un cliente.

Luigi Pirandello

Il corvo di Mízzaro




Pastori sfaccendati, arrampicandosi un giorno su per le balze di Mízzaro, sorpresero nel nido un grosso corvo, che se ne stava pacificamente a covar le uova.
– O babbaccio, e che fai? Ma guardate un po'! Le uova cova! Servizio di tua moglie, babbaccio!
Non è da credere che il corvo non gridasse le sue ragioni: le gridò, ma da corvo; e naturalmente non fu inteso. Quei pastori si spassarono a tormentarlo un'intera giornata; poi uno di loro se lo portò con sé al paese; ma il giorno dopo, non sapendo che farsene, gli legò per ricordo una campanellina di bronzo al collo e lo rimise in libertà:
– Godi!

Che impressione facesse al corvo quel ciondolo sonoro, lo avrà saputo lui che se lo portava al collo su per il cielo. A giudicare dalle ampie volate a cui s'abbandonava, pareva se ne beasse, dimentico ormai del nido e della moglie.
– *Din dindin din dindin...*
I contadini, che attendevano curvi a lavorare la terra, udendo quello scampanellío, si rizzavano sulla vita; guardavano di qua, di là, per i piani sterminati sotto la gran vampa del sole:
– Dove suonano?
Non spirava alito di vento; da qual mai chiesa lontana dunque poteva arrivar loro quello scampanío festivo?
Tutto potevano immaginarsi, tranne che un corvo sonasse cosí, per aria.

– Spiriti! – pensò Cichè, che lavorava solo solo in un podere a scavar conche attorno ad alcuni frutici[1] di mandorlo per riempirle di concime. E si fece il segno della croce. Perché ci credeva, lui, e come! agli Spiriti. Perfino chiamare s'era sentito qualche sera, ritornando tardi dalla campagna, lungo lo stradone, presso alle Fornaci spente, dove, a detta di tutti, ci stavano di casa. Chiamare? E come? Chiamare: – *Cichè! Cichè!* – cosí. E i capelli gli s'erano rizzati sotto la berretta.

Ora quello scampanellío lo aveva udito prima da lontano, poi da lontano ancora; e tutt'intorno non c'era anima viva: campagna, alberi e piante, che non parlavano e non sentivano, che con la loro impassibilità gli avevano accresciuto lo sgomento. Poi, andato per la colazione, che la mattina s'era portata da casa, mezza pagnotta e una cipolla dentro al tascapane[2] lasciato insieme con la giacca un buon tratto piú là appeso a un ramo d'olivo, sissignori, la cipolla sí, dentro al tascapane, ma la mezza pagnotta non ce l'aveva piú trovata. E in pochi giorni, tre volte, cosí.

Non ne disse niente a nessuno, perché sapeva che quando gli Spiriti prendono a bersagliare uno, guaj a lamentarsene: ti ripigliano a comodo e te ne fanno di peggio.

– Non mi sento bene, – rispondeva Cichè, la sera ritornando dal lavoro, alla moglie che gli domandava perché avesse quell'aria da intronato.

– Mangi però! – gli faceva osservare, poco dopo, la moglie, vedendogli ingollare due e tre scodelle di minestra, una dopo l'altra.

– Mangio, già! – masticava Cichè, digiuno dalla mattina e con la rabbia di non potersi confidare.

Finché per le campagne non si sparse la notizia di quel corvo ladro che andava sonando la campanella per il cielo.

1. *frutici*: arbusti o alberi giovani.
2. *tascapane*: borsa a tracolla per portare il cibo, usata soprattutto da contadini e soldati.

Cichè ebbe il torto di non saperne ridere come tutti gli altri contadini, che se n'erano messi in apprensione.

– Prometto e giuro, – disse, – che gliela farò pagare!

E che fece? Si portò nel tascapane, insieme con la mezza pagnotta e la cipolla, quattro fave secche e quattro gugliate di spago. Appena arrivato al podere, tolse all'asino la bardella[3] e lo avviò alla costa a mangiar le stoppie rimaste. Col suo asino Cichè parlava come sogliono i contadini; e l'asino, rizzando ora questa ora quell'orecchia, di tanto in tanto sbruffava, come per rispondergli in qualche modo.

– Va', Ciccio, va', – gli disse, quel giorno, Cichè. – E sta' a vedere ché ci divertiremo!

Forò le fave; le legò alle quattro gugliate di spago attaccate alla bardella, e le dispose sul tascapane per terra. Poi si allontanò per mettersi a zappare.

Passò un'ora; ne passarono due. Di tratto in tratto Cichè interrompeva il lavoro credendo sempre di udire il suono della campanella per aria; ritto sulla vita, tendeva l'orecchio. Niente. E si rimetteva a zappare.

Si fece l'ora della colazione. Perplesso, se andare per il pane o attendere ancora un po', Cichè alla fine si mosse; ma poi, vedendo cosí ben disposta l'insidia sul tascapane, non volle guastarla: in quella, intese chiaramente un tintinnío lontano; levò il capo:

«Eccolo!»

E, cheto e chianato, col cuore in gola, lasciò il posto e si nascose lontano.

Il corvo però, come se godesse del suono della sua campanella, s'aggirava in alto, in alto e non calava.

«Forse mi vede», pensò Cichè; e si alzò per nascondersi piú lontano.

Ma il corvo seguitò a volare in alto, senza dar segno di voler calare. Cichè aveva fame; ma pur non voleva

---

3. *bardella*: sella larga, imbottita, solitamente di legno, usata soprattutto per gli asini.

dargliela vinta. Si rimise a zappare. Aspetta, aspetta; il corvo, sempre lassú, come se glielo facesse apposta. Affamato, col pane lí a due passi, signori miei, senza poterlo toccare! Si rodeva dentro, Cichè, ma resisteva, stizzito, ostinato.

– Calerai! calerai! Devi aver fame anche tu!

Il corvo, intanto, dal cielo, col suono della campanella, pareva gli rispondesse, dispettoso:

«*Né tu né io! Né tu né io!*»

Passò cosí la giornata. Cichè, esasperato, si sfogò con l'asino, rimettendogli la bardella, da cui pendevano, come un festello[4] di nuovo genere, le quattro fave. E, strada facendo, morsi da arrabbiato a quel pane, ch'era stato per tutto il giorno il suo supplizio. A ogni boccone, una mala parola all'indirizzo del corvo: – boja, ladro, traditore – perché non s'era lasciato prendere da lui.

Ma il giorno dopo, gli venne bene.

Preparata l'insidia delle fave, con la stessa cura, s'era messo da poco al lavoro, allorché intese uno scampanellío scomposto lí presso e un gracchiar disperato, tra un furioso sbattito d'ali. Accorse. Il corvo era lí, tenuto per lo spago che gli usciva dal becco e lo strozzava.

– Ah, ci sei caduto? – gli gridò, afferrandolo per le alacce. – Buona, la fava? Ora a me, brutta bestiaccia! Sentirai.

Tagliò lo spago; e, tanto per cominciare, assestò al corvo due pugni in testa.

– Questo per la paura, e questo per i digiuni!

L'asino che se ne stava poco discosto a strappar le stoppie dalla costa, sentendo gracchiare il corvo, aveva preso intanto la fuga, spaventato. Cichè lo arrestò con la voce: poi da lontano gli mostrò la bestiaccia nera:

– Eccolo qua, Ciccio! Lo abbiamo! lo abbiamo!

---

4. *festello*: nastro o piccolo ornamento lasciato pendere dall'oggetto a cui è attaccato.

Lo legò per i piedi; lo appese all'albero e tornò al lavoro. Zappando, si mise a pensare alla rivincita che doveva prendersi. Gli avrebbe spuntate[5] le ali, perché non potesse piú volare; poi lo avrebbe dato in mano ai <u>figliuoli</u> e agli altri ragazzi del vicinato, perché ne facessero scempio. E tra sé rideva.

Venuta la sera, aggiustò la bardella sul dorso dell'asino; tolse il corvo e lo appese per i piedi al posolino della groppiera[6]; cavalcò e via. La campanella, legata al collo del corvo, si mise allora a tintinnire. L'asino drizzò le orecchie e si impuntò.

– *Arrí!* – gli gridò Cichè, dando uno strattone alla cavezza.

E l'asino riprese ad andare, non ben persuaso però di quel suono insolito che accompagnava il suo lento zoccolare sulla polvere dello stradone.

Cichè, andando, pensava che da quel giorno per le campagne nessuno piú avrebbe udito scampanellare in cielo il corvo di Mízzaro. Lo aveva lí, e non dava piú segno di vita, ora, la mala bestia.

– Che fai? – gli domandò, voltandosi e dandogli in testa con la cavezza. – Ti sei addormentato?

Il corvo, alla botta:
– *Cràh!*

Di botto, a quella vociaccia inaspettata, l'asino si fermò, il collo ritto, le orecchie tese. Cichè scoppiò in una risata.

– *Arrí*, Ciccio! Che ti spaventi?

E picchiò con la corda l'asino sulle orecchie. Poco dopo, di nuovo, ripeté al corvo la domanda:

– Ti sei addormentato?

E un'altra botta, piú forte. Piú forte, allora, il corvo:
– *Cràh!*

Ma questa volta, l'asino spiccò un salto da montone

---

5. *spuntate*: tagliate in punta.
6. *posolino della groppiera*: cinghia che dalla sella scende lungo la groppa e passa sotto la coda dell'animale.

e prese la fuga. Invano Cichè, con tutta la forza delle braccia e delle gambe, cercò di trattenerlo. Il corvo, sbattuto in quella corsa furiosa, si diede a gracchiare per disperato; ma piú gracchiava e piú correva l'asino spaventato.

– *Cràh! Cràh! Cràh!*

Cichè urlava a sua volta, tirava, tirava la cavezza; ma ormai le due bestie parevano impazzite dal terrore che si incutevano a vicenda, l'una berciando[7] e l'altra fuggendo. Sonò per un tratto nella notte la furia di quella corsa disperata; poi s'intese un gran tonfo, e piú nulla.

Il giorno dopo, Cichè fu trovato in fondo a un burrone, sfracellato, sotto l'asino anch'esso sfracellato: un carnajo che fumava sotto il sole tra un nugolo di mosche.

Il corvo di Mízzaro, nero nell'azzurro della bella mattinata, sonava di nuovo pei cieli la sua campanella, libero e beato.

---

7. *berciando*: gridando, con voce sgradevole e in modo sguaiato.

ALBERTO MORAVIA

## Mario

Fu cosí. Di mattina presto, mi alzai che Filomena ancora dormiva, presi la borsa dei ferri, uscii di soppiatto di casa e andai a Monte Parioli, in via Gramsci, dove c'era uno scaldabagno che buttava. Quanto tempo ci avrò messo per fare la riparazione? Certo un paio d'ore perché dovetti smontare e rimontare il tubo. Finito il lavoro, con l'autobus e con il tram tornai a via dei Coronari, dove ho casa e bottega. Notate il tempo: due ore a Monte Parioli, mezz'ora per andarci, mezz'ora per tornare: tre ore in tutto. Che sono tre ore? molto e poco, dico io secondo i casi. Io ci avevo messo tre ore per rimettere a posto un tubo di piombo; qualcun altro, invece...

Ma andiamo per ordine. Alla imboccatura di via dei Coronari, mentre camminavo svelto lungo i muri, mi sentii chiamare per nome. Mi voltai: era Fede, la vecchia affittacamere che sta di casa di fronte a noi. Questa Fede, poveretta, ha due gambe cosí grosse, per via della podagra[1], che manco un elefante. Mi disse, tutta affannosa: – Che scirocco, oggi... vai in su? mi dai una mano per la sporta?

Risposi che l'avrei fatto volentieri. Mi passai la borsa dei ferri sull'altra spalla e afferrai la sporta. Lei prese a camminarmi accanto trascinando quelle due

---

1. *podagra*: malattia che provoca un gonfiore delle gambe fino a renderle enormi e molto pesanti.

colonne di gambe sotto la palandrana². Dopo un poco, domandò: – E Filomena dov'è?

Risposi: – Dov'ha da essere? A casa.

– Già, a casa – disse lei a testa china – si capisce.

Domandai, tanto per parlare: – Perché si capisce?

E lei: – Si capisce... eh, povero figlio, mio.

Insospettito, lasciai passare un momento e poi insistetti: – Perché povero figlio mio?

– Perché mi fai compassione – disse quella befana senza guardarmi.

– E cioè?

– E cioè non sono piú i tempi di una volta... le donne oggi non sono piú come al tempo mio.

– Perché

– Al tempo mio, uno poteva lasciare la sposa a casa, tranquillo... come la lasciava, cosí la ritrovava... oggi invece...

– Invece?

– Oggi non è cosí... basta... ridammi la sporta: grazie tanto.

Ormai tutta la gioia di quella bella mattinata mi era andata in veleno. Dissi, tirando indietro la sporta: – Non ve la do se non vi spiegate... che c'entra Filomena in tutto questo?

– Io non so nulla, – disse lei, – ma, uomo avvisato mezzo salvato.

– Ma insomma – gridai – che ha fatto Filomena?

– Domandalo ad Adalgisa, – rispose lei; e questa volta acchiappò la sporta e si allontanò con un'agilità che non le conoscevo, quasi correndo nella sua palandrana lunga.

Pensai che non era piú il caso di andare a bottega, e feci dietro-front per cercare Adalgisa. Per fortuna stava anche lei in via dei Coronari. Adalgisa ed io eravamo stati fidanzati prima che incontrassi Filomena.

---

2. *palandrana*: veste lunga e larga, solitamente non molto in ordine.

Era rimasta zitella e sospettavo che quella storia su Filomena l'avesse inventata proprio lei. Salii quattro piani, bussai forte col pugno, per poco non la presi in faccia poiché lei aprí la porta di botto. Aveva le maniche rimboccate, teneva in mano una scopa. Disse secca secca: – Gino, che vuoi?

Adalgisa è una ragazza non tanto grande, piacente, ma con la testa un po' grossa e il mento in fuori. Per via del mento, la chiamano scucchiona. Ma non bisogna dirglielo. Io, inviperito, invece glielo dissi: – Sei stata tu, scucchiona, a raccontare in giro che Filomena, mentre sto a bottega, fa non so che in casa?

Lei mi fissò con due occhi arrabbiati: – L'hai voluta, Filomena... mo' te la tieni.

Entrai e l'acchiappai per un braccio. Ma glielo lasciai subito perché lei mi guardò quasi con speranza. Dissi: – Dunque sei stata tu?

– Io non sono stata... come l'ho avuta, cosí l'ho data.

– E chi te l'ha data?

– Giannina.

Non dissi nulla e feci per uscire. Ma lei mi trattenne e soggiunse guardandomi, provocante: – E non chiamarmi piú scucchiona.

– E che, non ce l'hai la scucchia[3]? – risposi liberandomi e scendendo la scala a rompicollo.

– Meglio la scucchia che le corna, – gridò lei affacciandosi alla ringhiera.

Ora cominciavo a sentirmi male. Non mi pareva possibile che Filomena mi tradisse, visto che in tre anni che eravamo sposati lei non aveva fatto che ricoprirmi di tenerezze. Ma guarda che cos'è la gelosia. Proprio queste tenerezze, alla luce dei discorsi di Fede e di Adalgisa, mi sembravano una prova di tradimento. Basta, Giannina era cassiera in un bar lí accanto, sempre in via dei Coronari. Giannina è una bionda

---

3. *succhia*: termine romanesco. Indica un mento molto sporgente.

linfatica[4], coi capelli lisci e gli occhi di porcellana azzurra. Calma, lenta, riflessiva. Andai alla cassa e le sussurrai: – Di' un po', sei stata tu a inventare che Filomena, quando non ci sono, riceve gente in casa?

Lei stava dando retta ad un cliente. Batté con le dita sui tasti della macchina contabile, staccò il biglietto, annunziò, senza alzare la voce: – Due espressi... – quindi domandò, tranquilla: – Che mi dici, Gino?

Ripetei la domanda. Lei porse il resto al cliente e poi rispose: – Per carità Gino, ti pare che inventi una cosa simile su Filomena... la mia migliore amica?

– Allora Adalgisa se l'è sognato.

– No – corresse lei – no... non se l'è sognato... ma io non l'ho inventato... l'ho ripetuto.

– Che buon'amica, – non potei fare a meno di esclamare.

– Ma ho anche detto che non ci credevo... questo, certo, Adalgisa non te l'ha detto.

– E a te, chi te l'aveva raccontato?

– Vincenzina... è venuta apposta dalla stireria per farmelo sapere.

Uscii senza salutarla e andai dirimpetto, alla stireria. Dalla strada potei subito vedere Vincenzina, ritta in piedi davanti al tavolo, che pesava con le due braccia sul ferro, stirando. Vincenzina è una ragazza minuscola, con un viso schiacciato, come di gatto, bruna bruna, vivace. Sapevo che aveva un debole per me e, infatti, a un cenno che le feci col dito, lasciò subito il ferro e venne fuori. Disse, speranzosa: – Gino, beato chi ti vede.

Risposi: – Strega, è vero che vai dicendo in giro che Filomena, mentre sto a bottega, riceve gli uomini in casa?

E lei, un po' delusa, dondolandosi, le mani nelle tasche del grembiale: – Ti dispiacerebbe?

– Rispondi – insistetti: – Sei stata tu a inventare quest'infamia?

---

4. *linfatica*: dal colorito molto pallido.

– Uh, quanto sei geloso – disse lei alzando le spalle – che sarà? una donna ora non potrà fare quattro chiacchiere con un amico...

– Dunque sei stata tu.

– Senti, mi fai compassione – disse ad un tratto quella vipera; – che vuoi che me ne importi di tua moglie... io non ho inventato niente... me l'ha detto Agnese... lei sa anche il nome di lui.

– Come si chiama?

– Fattelo dire da lei.

Ormai ero sicuro che Filomena mi tradiva. Si sapeva anche il nome. Pensai involontariamente: «Per fortuna nella borsa non ho alcun ferro grosso, altrimenti potrei perder la testa e ammazzarla». Non riuscivo a capacitarmi: Filomena, mia moglie, con un altro. Entrai nella tabaccheria dove Agnese vendeva le sigarette per conto del padre. Gettai il denaro sul banco, dicendo: – Due nazionali.

Agnese è una ragazzetta di diciassette anni, con una foresta di capelli crespi e secchi ritti sulla testa. La faccia l'ha gonfia, infarinata di cipria rosa, pallida, senza colori, con due occhi neri come due bacche di lauro. La conoscevo come la conoscono tutti, in via dei Coronari. E come lo sapevano tutti, cosí sapevo anch'io che era interessata, capace, per denaro, di vendersi l'anima. Mentre mi dava le sigarette, mi chinai e le domandai: – Di' un po' come si chiama?

– Ma chi? – rispose lei stupita.

– L'amico di mia moglie.

Mi guardò esterrefatta: dovevo avere una brutta faccia. Disse subito: – Io non so niente.

Cercai di sorridere: – Via, dimmelo... lo sanno tutti ormai, io soltanto non lo so.

Mi guardava fisso, scuotendo il capo; allora soggiunsi: – Guarda, se me lo dici ti do questo –. E cavai di tasca un foglio da mille che avevo avuto quel mattino per la riparazione.

Alla vista del denaro, lei si turbò, manco le avessi

parlato d'amore. Il labbro le tremò, si guardò intorno e poi mise la mano sul foglio, dicendo piano: – Mario.
– E tu come l'hai saputo?
– Dalla tua portiera.

Dunque era proprio vero. Come nel gioco del freddo e del caldo, adesso eravamo già nel palazzo. Presto saremmo stati nel mio appartamento. Uscii dalla tabaccheria e corsi a casa mia, qualche portone piú in là. Intanto ripetevo: – Mario –, e a quel nome tutti i Marii che conoscevo mi sfilavano davanti gli occhi: Mario il lattaio, Mario l'ebanista, Mario il fruttivendolo, Mario che era stato soldato e ora era disoccupato, Mario il figlio del norcino, Mario, Mario, Mario... A Roma i Marii saranno un milione e a via dei Coronari ce ne saranno cento. Entrai nel portone di casa mia, andai difilato alla bussola[5] della portiera. Vecchia e baffuta come Fede, stava a gambe larghe, un braciere tra i piedi e un mucchio di cicoria da capare[6] in grembo. Domandai, affacciandomi: – Dite un po', l'avete inventato voi che Filomena, in mia assenza, riceve un certo Mario? –.

Irritata rispose subito: – Ma chi si inventa niente? è tua moglie che me l'ha detto.
– Filomena?
– Già... mi ha detto: deve venire un giovanotto cosí e cosí che si chiama Mario... Se Gino è in casa, digli che non salga ... ma se Gino non c'è, fallo pure salire... ora è su.
– È su?
– E come... è salito che sarà quasi un'ora.

Dunque, non soltanto Mario esisteva, ma adesso stava con Filomena, in casa da un'ora. Mi gettai per le scale, salii di corsa tre piani, bussai. Filomena stessa venne ad aprirmi: e subito notai che lei, sempre cosí

---

5. *bussola*: locale della portineria da cui si può osservare il passaggio tra il portone d'ingresso e le scale.
6. *capare*: mondare le verdure. Voce romanesca.

placida e serena, sembrava spaventata. Dissi: – Brava... quando non ci sono, ricevi Mario.
– Ma quando mai?... – incominciò lei.
– So tutto, – gridai; e feci per entrare. Allora lei mi sbarrò il passo dicendo: – Lascia perdere... che te ne importa? Torna piú tardi.
Questa volta non ci vidi piú. Le diedi uno schiaffo gridando: – Ah, è cosí, non deve importarmi? – e poi, con una spinta, la misi da parte e corsi in cucina.
Accidenti alle chiacchiere delle donne e accidenti alle donne. C'era, sí, Mario, seduto al tavolo, in atto di bere il caffellatte, ma non era Mario l'ebanista, né Mario il fruttivendolo, né Mario il figlio del norcino, né insomma alcuno dei tanti Marii a cui avevo pensato per strada. Era semplicemente Mario il fratello di Filomena che era stato in galera due anni per furto con scasso. Io, sapendo che un giorno sarebbe uscito, le avevo detto: – Guarda che in casa mia non ce lo voglio... non voglio neppure sentirne parlare. Ma lei, poveretta, che al fratello voleva bene con tutto che[7] fosse ladro, aveva voluto riceverlo lo stesso in mia assenza. Mario, vedendomi cosí fuori di me, si era alzato in piedi. Dissi, ansimante: – Addio, Mario.
– Me ne vado – disse lui, moscio. – Non aver paura... me ne vado... eh che sarà?... manco fossi appestato.
Sentivo Filomena nel corridoio che singhiozzava e adesso mi vergognavo di quello che avevo fatto. Dissi, confuso: – No, rimani... per oggi rimani... rimani a colazione... non è vero Filomena – soggiunsi rivolto a lei che si era affacciata sulla soglia asciugandosi le lagrime – che Mario può rimanere a colazione?
Basta, rimediai alla meglio, e poi andai in camera da letto, ci chiamai Filomena, le diedi un bacio e facemmo pace. Restava, però, il fatto delle chiacchiere. Esitai e poi dissi a Mario: – Andiamo, Mario... vieni a bottega: può darsi che il padrone qualche cosa ti fac-

---

7. *con tutto che*: benché.

cia fare –. Lui mi seguí; quando fummo per le scale soggiunsi: – Nessuno ti conosce qui... tu, in questi anni, sei stato a lavorare a Milano... intesi?
– Intesi.
Scendemmo la scala. Come fummo davanti la bussola della portiera, presi Mario per un braccio e lo presentai, dicendo: – Questo è Mario... mio cognato... viene da Milano... ora starà qui con noi.
– Piacere, piacere, piacere.
«Il piacere è tutto mio», pensai uscendo per la strada. Per le chiacchiere delle donne, ci avevo rimesso mille lire; e, adesso, per giunta, ci avevo anche il ladruncolo in casa.

Vincenzo Cerami

Il rumorino crudele

Era una specie di piccolo strepitio e sembrava provenire da dietro l'armadio. Ogni tanto taceva, poi, proprio nel momento in cui il signor Maurizio stava per addormentarsi, ecco che il rumorino tornava di nuovo. Non c'era altro da fare che alzarsi, accendere la luce e dare un'occhiata. E cosí Maurizio fece. Ma quando andò a scuriosare[1] nell'armadio, quel dispettoso frullare si fermò di colpo. Maurizio trovò tutto in ordine. Si rigettò sul letto e rimase per un po' con la luce accesa: il rumore sembrava cessato per sempre. Allora spense la luce e si girò su un fianco, pronto finalmente ad affogare nel sonno. Neanche chiuse gli occhi che l'armadio riprese a frignare, prima piano, poi, come incoraggiato dalla fiducia, sempre piú forte. Maurizio risaltò in piedi e illuminò di nuovo la stanza. Il rumore tacque, annidato da qualche parte nell'armadio. Maurizio, allora, furbamente, spense la luce e poggiò l'orecchio all'armadio pronto a intervenire. E invece non sentiva niente, solo il traffico della città notturna. Tanto che il poveretto si stava addormentando in ginocchio davanti al mobile. Abbassò senza accorgersene le palpebre ma ecco che il rumore lo fece sobbalzare dallo spavento: sembrava un sinistro cicaleccio[2]. Per fortuna fu solo un guizzo, perché tornò subito il silenzio di prima.

1. *scuriosare*: osservare qua e là con attenzione.
2. *cicaleccio*: brusio, rumore di voci.

Non era dunque la luce che fermava quel diavoletto. Maurizio aprí le ante dell'armadio e cominciò a svuotarlo. Gettava per terra gli abiti uno dopo l'altro cercando nelle tasche, nei taschini e sotto le fodere. Non trovò nulla che potesse giustificare quel rumore. Ma siccome durante tutta l'operazione non volò una mosca, Maurizio si andò convincendo che s'era dileguato. Tornò a letto, spense la luce e chiuse gli occhi. Questa volta, piú che un gracchiare, gli sembrava un rugginoso borbogliare[3], una specie di brontolio metallico. Maurizio cacciò un urlo di rabbia. Si infilò del cotone nelle orecchie e chiuse forte gli occhi come per abbassare due serrande, deciso a non lasciarsi piú torturare da quel rumorino insistente, irregolare e furbo. Il sonno però non arrivava perché dentro gli cresceva un timore piuttosto sinistro: sapeva che quel rumore era ancora vivo e vegeto, anche se lui non lo sentiva e ora lo spaventava l'idea che quella presenza uscisse dalla tana e si mettesse a scorrazzare per la camera, magari salendogli addosso, arrampicandosi su per le sue gambe o scendendo giú per i capelli. Niente da fare. Gettò via l'ovatta, riaccese la luce, uscí dalla stanza, la chiuse a chiave e, portandosi dietro le coperte, andò a dormire sul divano del salotto.

Qui il rumore somigliava piú a uno squillo tremolante che a un pulsare e aveva qualcosa di dolce. Un fievolissimo cinguettare, ma soffiato, riverberato[4] dall'eco, rimbalzava da una parete all'altra e dal soffitto al pavimento. Ora poteva essere un uccello, ora un serpente. Maurizio perse per un momento la testa e in men che nulla rivoltò tutta la stanza. Buttò giú i libri, rovesciò i vasi, smontò la televisione, capovolse le poltrone, scrollò le tende, arrotolò i tappeti. Ma questa volta il rumore perdurò, non sembrava per niente intimorito dalla furia del padrone di casa.

3. *borbogliare*: borbottare e gorgogliare.
4. *riverberato*: riflesso.

Proprio in quel momento qualcuno suonò alla porta d'ingresso. Maurizio guardò l'orologio: erano quasi le tre di notte. Andò ad aprire e si trovò di fronte una mezza dozzina di condomini in pigiama, con i capelli dritti sulla testa e gli occhi fuori dalle orbite. Lo aggredirono, gli chiesero all'unisono[5] di smetterla con quel ronzio che stava tenendo sveglio tutto il palazzo. Maurizio scoppiò quasi a piangere, li fece entrare e mostrò loro in che condizioni aveva ridotto la casa per cercare di mettere le mani su quel rumore spietato. Si misero a cercare tutti assieme, rompendo anche qualche piatto e un paio di bicchieri di cristallo: il rumorino continuava per la sua strada e ora sembrava addirittura divertirsi correndo dentro i muri. Lasciarono tutti l'appartamento, compreso Maurizio, e, senza farsi scrupoli, andarono a suonare alla porta dell'appartamento accanto. Qui trovarono, forsennati e trementi, i coniugi Manfredi, che spargevano flit[6] per tutta la casa, perfino nelle scarpe, sulle piante e dentro al frigorifero. Godevano all'idea che quell'insetticida avrebbe ridotto a un secco cadaverino il produttore di quel rumore notturno che li stava tormentando da ore. Quando i Manfredi scoprirono di non essere le sole vittime nel palazzo, si accodarono agli altri. Iniziò la caccia e coinvolse tutti gli inquilini. Scendevano e salivano per le scale, s'incrociavano sui pianerottoli, l'ascensore non stava fermo un attimo. Tutti si muovevano piegati in due e con le orecchie tese auscultando[7] le tubature, i contatori, la grondaie, i cassoni dell'acqua, le cassette della posta, gli sportelli del gas. E poiché dovevano stare zitti per cogliere il punto dal quale il rumorino partiva, questo risuonava solitario come l'eterno ticchettio di una pendola.

Ma ecco che all'improvviso si accorsero che una

---

5. *all'unisono*: tutti assieme e contemporaneamente.
6. *flit*: insetticida spruzzato con una pompetta.
7. *auscultando*: ascoltando con cura e particolare attenzione.

porta del secondo piano era rimasta chiusa. Qualcuno dentro dormiva saporitamente. Fu la portiera che gettò in pasto agli inquilini un gravissimo sospetto: in quell'appartamento era venuto ad abitare, da pochi giorni, un estraneo. Un tipo stravagante, altissimo, magro e con due lugubri occhiaie nere. Vestiva sempre con abiti da sera e aveva denti piú bianchi del dentifricio. Riceveva la posta quasi solo dall'estero e si limitava al buongiorno e all'arrivederla. La portiera quella sera l'aveva visto rientrare con uno strano pacchetto nelle mani, forse pastarelle, o forse marron glacé, o forse anche diplomatici[8], insomma merce di pasticceria. Non parlava mai con nessuno e dava l'impressione di sorridere là dove altri avrebbero invece pianto. – Il diavolo! – gridò la signora Pinci, piccola e arcigna[9] come un tronco d'ulivo. Un vociare ferrigno[10] serpeggiò tra gli inquilini. Fino a quando si fece avanti il professor La Stella, inquilino del primo piano, capelli prematuramente brizzolati, il quale, tra le risatine delle signore che fissavano il suo pigiama aperto sul davanti, rivelò di aver parlato una volta con quell'estraneo. Gli era sembrato una persona molto perbene, forse un artista. – Ma una cosa è certa: quell'uomo è sordo. – Il professor La Stella gli parlava e quello si limitava ad alzare le braccia e a indicare con il dito le proprie orecchie. La portiera scuoteva il capo, poco convinta: – Altro che sordo, quello è un furbo di quattro cotte![11] – E intanto, indisturbato, il rumorino continuava a volare sulle loro teste. Decisero che era il caso di svegliare il nuovo inquilino: doveva assolutamente far smettere quel rumore se voleva evitare una vertenza condominiale[12]. Si gettarono sul campanello. Cominciarono a picchiare contro la porta.

8. *diplomatici*: dolci di pasta sfoglia con crema.
9. *arcigna*: severa e irritata.
10. *ferrigno*: duro e ostile.
11. *furbo di quattro cotte*: uno furbissimo che fa finta di essere sciocco.
12. *vertenza condominiale*: una causa giudiziaria sostenuta dagli altri inquilini.

Il nuovo inquilino del secondo piano se ne stava beatamente accoccolato sotto le coperte, il viso sereno come quello di un bambino, sembrava sognare vaste e profumate pianure popolate dal cinguettare degli uccellini, dallo scrosciare dei fiumi e dal gemito tenerissimo del vento. Fuori della porta tre prendevano a calci e a pugni gli infissi mentre qualcuno era sceso in strada per lanciare sassi contro le finestre chiuse e qualcun altro s'era attaccato al telefono nel tentativo di svegliare quel tipo con gli squilli dell'apparecchio. Ma il nuovo inquilino neanche se ne accorgeva, continuava a dormire come se niente fosse. Si svegliò regolarmente la mattina, alla solita ora. Andò a farsi una doccia, si vestí. In cucina, leggendo qualche pagina di un libro, sorseggiò il caffè morsicando di tanto in tanto biscottini. Poi si mise per una mezz'oretta al pianoforte, tanto per restare in esercizio. Alla fine uscí.

Aperta la porta si trovò davanti una folla muta e pallida di uomini in pigiama e di donne in camicia da notte, bianchi come fantasmi. Quelli lo fissavano senza sapere cosa dire. Chi stringeva in mano una scarpa, chi un paio di forbici, chi la cinta dei calzoni, chi un battipanni. L'uomo li guardò a lungo, si girò e chiuse a chiave la porta. Quelli gli fecero largo e lui, lentamente, se ne andò passando in mezzo a loro. Ma proprio in quel momento giunse dalle cantine l'idraulico: era stato chiamato alle prime luci dell'alba da un inquilino che, per mettere le mani sul maledetto rumore, aveva staccato un rubinetto del bidet.

– Tutto a posto – disse il giovanotto, – i tubi dell'impianto idraulico non vibrano piú. Ho cambiato la guarnizione della pompa! – Fecero tutti silenzio e tesero le orecchie: nessun rumore sospetto. Rispuntato il sorriso, ognuno se ne ritornò a casa sua sbadigliando.

Luigi Malerba

L'amore in fondo al pozzo

Govi sapeva fare una quantità di cose come risuolare le scarpe vecchie, stagnare i paioli[1], ripulire le tombe del cimitero dalle erbacce. Sotto le feste[2], quando si ammazzavano i maiali, andava in giro a raccogliere gli avanzi di grasso e con questi faceva una grossa pentola di sapone.

Govi era alto un metro e trenta centimetri con le scarpe. – Sono un uomo molto piccolo, – diceva per fare capire che non era un nano. Su questo argomento la moglie era delicata e faceva finta di niente. Solo una volta che Govi si era messo a piangere per la malinconia gli aveva detto che in fondo il re d'Italia era alto uno e cinquantadue con i tacchi, Vittorio Emanuele III.

D'inverno di sera veniva sempre qualcuno a casa di Govi e piú di tutti si fermavano Pinai e Coriolano di Pietramagolana.

Coriolano era cosí alto e magro che Govi non se lo poteva vedere attorno[3]. Pinai raccontava le sue storie americane e di quando stava a pelare le patate in un grande albergo e come un giorno aveva visto il Presidente Wilson[4]. A pelare le patate c'erano altri italiani, polacchi, tedeschi, francesi e c'era anche un

---

1. *stagnare i paioli*: ricoprire con lo stagno il fondo dei pentoloni.
2. *Sotto le feste*: verso Natale.
3. *Non... attorno*: non lo sopportava.
4. *Presidente Wilson*: Thomas Woodrow Wilson (1856-1924), presidente degli Stati Uniti durante la Prima Guerra Mondiale, fu molto popolare anche in Europa e specialmente in Italia.

negro, nero dalla testa ai piedi. Govi non aveva mai visto un negro in vita sua.

– Ecco, – diceva la moglie quando gli ospiti erano andati via, – tu non parli mai.

– Io non sono mai stato in America, perdindirindina.

– Non faccio il caso dell'America, – diceva lei, – ma dei discorsi in generale.

– Come sarebbe?

– Insomma non sei capace di dire piú di quattro parole in fila. Sei corto di parola.

Questo era vero. Govi non era di quelli che prendono su un discorso dal principio e lo tirano avanti per il lungo. Lui diceva sí o no, questo sí e questo no, ma per il resto stava lí e ascoltava quello che dicevano gli altri.

– Non mi viene in mente niente, perdindirindina.

– Allora vuol dire che hai la mente corta.

Certe parole Govi non le poteva sentire neanche per burla. Cominciò a preoccuparsi. Di notte restava sveglio nel letto per lunghe ore e cercava di farsi venire in mente qualcosa da raccontare la sera dopo. Poi chiudeva gli occhi e sognava di starsene seduto al centro della stanza con la moglie e gli altri intorno, e le parole gli uscivano dalla bocca che era una bellezza, una dopo l'altra, lisce come l'olio. L'Italia qua, la Germania là, e poi la Russia e ancora la Germania, per delle ore. Pinai e Coriolano erano lí che ascoltavano a bocca aperta e non riuscivano a spiccicare una parola[5] né per dargli contro, né per dargli ragione. Sulla Russia Pinai non sapeva niente e Coriolano l'aveva appena sentita nominare. La moglie lo stava a guardare e ogni tanto diceva «bravo!». A un certo punto Coriolano cercava di criticarlo, ma lui aveva sempre la risposta fulminante[6]. Alla fine Coriolano si confondeva e cominciava a tartagliare e la moglie giú a ridere.

---

5. *non riuscivano... parola*: non riuscivano a parlare.
6. *fulminante*: prontissima e risolutiva.

La mattina quando si svegliava, Govi veniva preso da un grande sgomento. Si sentiva succhiato via come un uovo dal guscio, non ricordava piú neanche una parola di quello che aveva detto nel sogno durante la notte. Il fatto è questo, che la politica non era fatta per lui.

– Ma gli americani, – domandò a Pinai che quella sera era venuto anche prima del solito, – i campi li lavorano con i buoi o con i cavalli?

La moglie lo guardò per traverso. Solo domande era capace di fare, mai una volta che fosse capace di dare una risposta.

– Devi sapere, – cominciò Pinai, – che i buoi americani hanno le gambe sottili come le ballerine. Non sono fatti per lavorare. I lavori in America si fanno tutti a macchina. C'è una macchina per arare e una per seminare e un'altra che da sola raccoglie il frumento nel campo e butta fuori i sacchi di grano battuto, legati e sigillati, e da un'altra parte le balle di paglia imballata. I buoi servono per fare la carne in scatola e basta. I cavalli, quelli si tengono per bellezza e per farli correre nelle corse.

– I cavalli da corsa ci sono anche in Italia, perdindirindina! – disse Govi.

– Quelli ci sono dappertutte le parti.

– E poi ci sono anche quelli da tiro qui da noi.

– Quelli da tiro tanto per cominciare non sono italiani. Sono ungheresi cioè vengono dall'Ungheria, – disse Coriolano.

Govi si ammutolí sentendo che Coriolano aveva nominato anche l'Ungheria. Come faceva a sapere tante cose? Coriolano andava avanti a spiegare la storia dei cavalli da tiro. Che erano venuti in Italia durante una guerra molto tempo fa e poi era rimasta la razza.

– L'Ungheria ha fatto guerra all'Italia?

– Nella antichità, – disse Coriolano con l'aria sicura di chi poteva raccontare come stavano le cose della storia antica.

Govi non aprí piú bocca e Coriolano andò avanti ancora a parlare dei cavalli ungheresi e poi Pinai riattaccò con l'America che era il suo forte, e spiegò che laggiú si fanno crescere le zucche sott'acqua e che a forza di incroci hanno inventato una razza di meloni che crescono già belli e quadrati per stare dentro le cassette.

Quando Pinai e Coriolano se ne furono andati, la moglie fece il muso un'altra volta. Govi giurò dentro di sé che un giorno o l'altro avrebbe confuso[7] Pinai, Coriolano e tutti gli altri.

– Hai la parola corta e quando dico la parola dico poco, – gli disse la moglie come continuando un discorso già cominciato.

– Sono nato cosí, – cercò di scusarsi Govi, – che cosa ci posso fare?

– Questo è il brutto, che ci sei nato e non c'è rimedio. – «Io lo so,» pensò Govi la sera mentre si spogliava per mettersi a letto, «che questa dice la parola e vuole intendere un'altra cosa». Ma fece di tutto per scacciare via il pensiero.

– Ti sono andato bene cosí fino a oggi.

– E adesso cominci a andarmi male.

– Perdindirindina.

– Un cristiano ha la lingua in bocca per spiegarsi, ma tu un discorso che è un discorso non c'è pericolo di sentirtelo fare. – Quando erano litigati, Govi si vergognava di avvicinarsi alla moglie dentro al letto per via delle gambe. Se teneva la testa sul cuscino i suoi piedi arrivavano sí e no ai ginocchi di lei.

Quando erano in buona si metteva a pari giú in basso e con la testa le stava giusto sul petto. Quella notte riuscí a prendere sonno molto tardi, quando già la moglie russava, e dormí un sonno agitato.

Il giorno dopo si era messo a piovere e Coriolano arrivò subito dopo mangiato.

---

7. *avrebbe confuso*: avrebbe messo in imbarazzo, umiliato.

– Pinai tanto tanto[8] è stato in giro per il mondo, – gli disse Govi prima che scendesse la moglie, – ma questa storia dei cavalli ungheresi chi ve l'ha detta a voi?

– Sono cose che si sanno, – disse Coriolano, – lo sanno cani e porci[9].

– Se mi venite a parlare di galline ci credo, ma questa dei cavalli, scusate tanto, mi sembra una fandonia[10] per fare impressione su mia moglie.

Coriolano fece dietrofront e ritornò a casa sua offeso.

Govi prese il panchetto[11], lo portò nella stalla e lavorò fino a sera a risuolare delle scarpe. Sul tardi arrivò nella stalla anche la moglie.

– Per esempio, – gli disse, – sapresti parlarmi dei preti e della religione?

Govi depose la lesina[12] sul panchetto, rimase a pensare un momento prima di parlare.

– Io ci credo nei preti.
– E allora?
– I preti ci devono essere anche loro.
– E poi?

Govi guardò la moglie sgomento.

– Ma possibile che non sai dire altro sui preti? Lo sai che sui preti ci sarebbe da discutere per dei mesi?

– Allora tu fammi le domande e io ti rispondo.
– Vediamo allora i preti a che cosa servono.

Govi guardò in faccia la moglie per vedere se scherzava. Gli sembrava cosí facile questa domanda, come quelle che si fanno ai bambini quando vanno al catechismo. Ecco, nel catechismo forse c'era la risposta bella e pronta. Ma chi se lo ricordava piú il catechismo? «È la memoria che mi frega», pensò Govi.

– Allora? – la moglie era lí che aspettava la risposta.

---

8. *tanto tanto*: almeno.
9. *lo sanno cani e porci*: lo sanno proprio tutti.
10. *fandonia*: menzogna, invenzione senza fondamento.
11. *panchetto*: tavolino da lavoro usato dai calzolai.
12. *lesina*: ferro leggermente ricurvo con impugnatura in legno, usato dai calzolai per bucare la pelle e il cuoio.

– I preti servono per dire la messa.
– È tutto quello che mi sai dire?
– C'è anche la chiesa, il campanile, le campane, – disse Govi confondendosi.
La moglie scoppiò a ridere.
– Allora tu sei per i preti.
Govi fece segno di sí con la testa.
– Io no, invece.
– Allora sono contro anch'io.
– Vedi? Un discorso che è un discorso non lo sai fare di testa tua.
Govi si schiarí la voce. Aveva un mucchio di parole attorcinate in gola che non volevano andare né su né giú. Si schiarí la voce un'altra volta e si sentí meglio.
– Ecco, quando mio padre era ancora vivo...
– Io non so, – disse la moglie, – perché devi pigliare su[13] il discorso cosí da lontano.
Govi batté un pugno sul panchetto.
– E lasciami parlare, perdindirindina! Adesso mi hai fatto confondere.
Govi non riusciva piú a andare avanti. Diventò rosso in faccia poi cominciò a piagnucolare.
– Non scappare per piacere, resta qui con me.
– Non ci pensavo a scappare, ma adesso me l'hai messo in mente.
Govi non rispose.
– Andiamo a mangiare che è ora, – disse la moglie.
A tavola Govi cominciò a mangiare in silenzio e i lucciconi[14] gli scendevano giú per le guance e gli cadevano nel piatto.
– Non mi va piú di stare con te, – fece lei tenendo gli occhi bassi.
– Tu fai quello che vuoi, – disse Govi tutto di seguito, – ma pensaci bene perché il giorno che vai via io mi butto in fondo al pozzo.

13. *pigliare su*: iniziare.
14. *lucciconi*: grosse lacrime.

– Allora ti puoi buttare anche subito.
– Se resti con me ti prometto che farò tutto quello che vuoi, ti verrò dietro come un cane.
– Vado nella Bassa[15].
– Allora vengo anch'io nella Bassa.

La moglie si mise a ridere. Si alzò da tavola e andò vicino al fuoco, poi portò i piatti nel secchiaio[16], tanto per muoversi. Govi si alzò anche lui e le andò dietro.

– È inutile che mi vieni dietro cosí.
– Ti vengo dietro come un cane. Trattami come un cane, ma non andare via.

La moglie si fermò a guardarlo, poi prese il secchio e uscí di casa per andare a prendere l'acqua[17] per lavare i piatti. Govi le andò dietro.

La moglie gettò il secchio giú nel pozzo e si chinò a scuotere la corda per farlo riempire prima di tirarlo su. Govi si fermò a guardare le gambe come se fossero quelle di un'altra donna e non di sua moglie. Poi fece quattro passi di corsa, la prese per le caviglie e la sollevò con tutta la sua forza. Si sentí l'urlo della donna che precipitava nel pozzo, poi, un tonfo nell'acqua fredda e nera. La corda cadde giú, trascinata dal secchio che andava a fondo. Si sentí ancora un gorgoglio soffocato, poi piú niente.

Quando Govi raccontò che era successa una disgrazia, e lo raccontò anche ai carabinieri, piangeva e si lamentava perché il suo dolore era sincero, come era sincero il suo amore. Sulla tomba della moglie non crebbero mai le erbacce e i primi fiori di ogni primavera erano per lei.

---

15. *Vado nella Bassa*. il racconto di Malerba è ambientato sull'Appennino emiliano; la donna dice di voler andare a vivere nella pianura.
16. *secchiaio*: acquaio, lavandino.
17. *prendere l'acqua*: nelle case dei contadini non c'era l'acqua corrente, ma bisognava andare a prenderla al pozzo.

Punti di vista

Italo Svevo

La madre

In una valle chiusa da colline boschive, sorridente nei colori della primavera, s'ergevano una accanto all'altra due grandi case disadorne, pietra e calce. Parevano fatte dalla stessa mano, e anche i giardini chiusi da siepi, posti dinanzi a ciascuna di esse, erano della stessa dimensione e forma. Chi vi abitava non aveva però lo stesso destino.

In uno dei giardini, mentre il cane dormiva alla catena e il contadino si dava da fare intorno al frutteto, in un cantuccio, appartati, alcuni pulcini parlavano di loro grandi esperienze. Ce n'erano altri di piú anziani nel giardino, ma i piccini il cui corpo conservava tuttavia[1] la forma dell'uovo da cui erano usciti, amavano di esaminare fra di loro la vita in cui erano piombati, perché non vi erano ancora tanto abituati da non vederla. Avevano già sofferto e goduto perché la vita di pochi giorni è piú lunga di quanto possa sembrare a chi la subí per anni, e sapevano molto, visto che una parte della grande esperienza l'avevano portata con sé dall'uovo. Infatti appena arrivati alla luce, avevano saputo che le cose bisognava esaminarle bene prima con un occhio eppoi con l'altro per vedere se si dovevano mangiare o guardarsene.

E parlarono del mondo e della sua vastità, con quegli alberi e quelle siepi che lo chiudevano, e quella ca-

---

1. *tuttavia*: ancora.

sa tanto vasta ed alta. Tutte cose che si vedevano già, ma si vedevano meglio parlandone.

Però uno di loro, dalla lanuggine gialla, satollo[2] – perciò disoccupato – non s'accontentò di parlare delle cose che si vedevano, ma trasse dal tepore del sole un ricordo che subito disse: – Certamente noi stiamo bene perché c'è il sole, ma ho saputo che a questo mondo si può stare anche meglio, ciò che molto mi dispiace, e ve ne le dico perché dispiaccia anche a voi. La figliuola del contadino disse che noi siamo tapini[3] perché ci manca la madre. Lo disse con un accento di sí forte compassione ch'io dovetti piangere.

Un altro piú bianco e di qualche ora piú giovane del primo, per cui ricordava ancora con gratitudine l'atmosfera dolce da cui era nato, protestò: – Noi una madre l'abbiamo avuta. E quell'armadietto sempre caldo, anche quando fa il freddo piú intenso, da cui escono i pulcini belli e fatti.

Il giallo che da tempo portava incise nell'animo le parole della contadina, e aveva perciò avuto il tempo di gonfiarle sognando di quella madre fino a figurarsela grande come tutto il giardino e buona come il becchime, esclamò, con un disprezzo destinato tanto al suo interlocutore quanto alla madre di cui costui parlava: – Se si trattasse di una madre morta, tutti l'avrebbero. Ma la madre è viva e corre molto piú veloce di noi. Forse ha le ruote come il carro del contadino. Perciò ti può venire appresso senza che tu abbia il bisogno di chiamarla, per scaldarti quando sei in procinto di essere abbattuto dal freddo di questo mondo. Come dev'essere bello di avere accanto, di notte, una madre simile.

Interloquí un terzo pulcino, fratello degli altri perché uscito dalla stessa macchina che però l'aveva foggiato[4] un po' altrimenti, il becco piú largo e le gam-

---

2. *satollo*: sazio.
3. *tapini*: sfortunati.
4. *foggiato*: formato.

bucce piú brevi. Lo dicevano il pulcino maleducato perché quando mangiava si sentiva battere il suo beccuccio, mentre in realtà era un anitroccolo che al suo paese sarebbe passato per compitissimo[5]. Anche in sua presenza la contadina aveva parlato della madre. Ciò era avvenuto quella volta ch'era morto un pulcino crollato esausto dal freddo nell'erba, circondato dagli altri pulcini che non l'avevano soccorso perché essi non sentono il freddo che tocca agli altri. E l'anitroccolo con l'aria ingenua che aveva la sua faccina invasa dalla base larga del beccuccio, asserí addirittura che quando c'era la madre i pulcini non potevano morire.

Il desiderio della madre presto infettò[6] tutto il pollaio e si fece piú vivo, piú inquietante nella mente dei pulcini piú anziani. Tante volte le malattie infantili attaccano gli adulti e si fanno per loro piú pericolose, e le idee anche, talvolta. L'immagine della madre quale s'era formata in quelle testine scaldate dalla primavera, si sviluppò smisuratamente, e tutto il bene si chiamò madre, il bel tempo e l'abbondanza, e quando soffrivano pulcini, anitroccoli e tacchinucci divenivano veri fratelli perché sospiravano la stessa madre.

Uno dei piú anziani un giorno giurò ch'egli la madre l'avrebbe trovata non volendo piú restarne privo. Era il solo che nel pollaio fosse battezzato e si chiamava Curra, perché quando la contadina col becchime nel grembiale chiamava *curra*, *curra*, egli era il primo ad accorrere. Era già vigoroso, un galletto nel cui animo generoso albeggiava la combattività. Sottile e lungo come una lama, esigeva la madre prima di tutto perché lo ammirasse: la madre di cui si diceva che sapesse procurare ogni dolcezza e perciò anche la soddisfazione dell'ambizione e della vanità.

Un giorno, risoluto, Curra con un balzo sgusciò fuori dalla siepe che, fitta, contornava il giardino na-

---

5. *compitissimo*: educato.
6. *infettò*: colpí come una malattia.

tio. All'aperto subito sostò intontito. Dove trovare la madre nell'immensità di quella valle su cui un cielo azzurro sovrastava ancora piú esteso? A lui, tanto piccolo, non era possibile di frugare in quell'immensità. Perciò non s'allontanò di troppo dal giardino natio, il mondo che conosceva e, pensieroso, ne fece il giro. Cosí capitò dinanzi alla siepe dell'altro giardino.

«Se la madre fosse qui dentro» pensò «la troverei subito». Sottrattosi all'imbarazzo dell'infinito spazio, non ebbe altre esitazioni. Con un balzo attraversò anche quella siepe, e si trovò in un giardino molto simile a quello donde veniva.

Anche qui v'era uno sciame di pulcini giovanissimi che si dibattevano nell'erba folta. Ma qui v'era anche un animale che nell'altro giardino mancava. Un pulcino enorme, forse dieci volte piú grosso di Curra, troneggiava in mezzo agli animalucci coperti di sola peluria, i quali – lo si vedeva subito – consideravano il grosso, poderoso animale quale loro capo e protettore. Ed esso badava a tutti. Mandava un ammonimento a chi troppo s'allontanava, con dei suoni molto simili a quelli che la contadina nell'altro giardino usava coi propri pulcini. Però faceva anche dell'altro. Ad ogni tratto si piegava sui piú deboli coprendoli con tutto il suo corpo, certo per comunicar loro il proprio calore.

«Questa è la madre» pensò Curra con gioia. «L'ho trovata e ora non la lascio piú. Come m'amerà! Io sono piú forte e piú bello di tutti costoro. Eppoi mi sarà facile di essere obbediente perché già l'amo. Come è bella e maestosa. Io già l'amo e a lei voglio sottomettermi. L'aiuterò anche a proteggere tutti cotesti insensati».

Senza guardarlo la madre chiamò. Curra s'avvicinò credendo di essere chiamato proprio lui. La vide occupata a smovere la terra con dei colpi rapidi degli artigli poderosi, e sostò curioso di quell'opera cui egli assisteva per la prima volta. Quand'essa si fermò, un piccolo vermicello si torceva dinanzi a lei sul terreno denudato dall'erba. Ora essa chiocciava mentre i piccini a lei d'intorno non comprendevano e la guardavano estatici[7].

«Sciocchi! – pensò Curra. – Non intendono neppure che essa vuole che mangino quel vermicello». E, sempre spinto dal suo entusiasmo d'obbedienza, rapido si precipitò sulla preda e l'ingoiò.

E allora – povero Curra – la madre si lanciò su lui furibonda. Non subito egli comprese, perché ebbe anche il dubbio ch'essa, che l'aveva appena trovato, volesse accarezzarlo con grande furia. Egli avrebbe accettato riconoscente tutte le carezze di cui egli non sapeva nulla, e che perciò ammetteva potessero far male. Ma i colpi del duro becco, che piovvero su lui, certo non erano baci e gli tolsero ogni dubbio. Volle fuggire, ma il grosso uccello lo urtò e, ribaltandolo, gli saltò addosso immergendogli gli artigli nel ventre.

Con uno sforzo immane, Curra si rizzò e corse alla siepe. Nella sua pazza corsa ribaltò dei pulcini che stettero lí con le gambucce all'aria pigolando disperatamente. Perciò egli poté salvarsi perché la sua nemica sostò per un istante presso i caduti. Arrivato alla siepe, Curra, con un balzo, ad onta di tanti rami e sterpi, portò il suo piccolo ed agile corpo all'aperto.

La madre, invece, fu arrestata da un intreccio fitto di fronde. E là essa rimase maestosa guardando come da una finestra l'intruso che, esausto, s'era fermato anche lui. Lo guardava coi terribili occhi rotondi, rossi d'ira. – Chi sei tu che ti appropriasti il cibo ch'io con tanta fatica avevo scavato dal suolo?

– Io sono Curra – disse umilmente il pulcino. – Ma tu chi sei e perché mi facesti tanto male?

Alle due domande essa non diede che una sola risposta: – Io sono la madre – e sdegnosamente gli volse il dorso.

Qualche tempo appresso, Curra, oramai un magnifico gallo di razza, si trovava in tutt'altro pollaio. E

---

7. *estatici*: a bocca aperta.

un giorno sentí parlare da tutti i suoi nuovi compagni con affetto e rimpianto della madre loro.

Ammirando il proprio, atroce destino, egli disse con tristezza: – La madre mia, invece, fu una bestiaccia orrenda, e sarebbe stato meglio per me ch'io non l'avessi mai conosciuta.

Primo Levi

Il fabbricante di specchi

Timoteo, suo padre, e tutti i suoi ascendenti[1] fino ai tempi piú remoti, avevano sempre fabbricato specchi. In una madia[2] della loro casa si conservavano ancora specchi di rame verdi per l'ossido, e specchi d'argento anneriti da secoli di emanazioni umane[3]; altri di cristallo, incorniciati in avorio o in legni pregiati. Morto suo padre, Timoteo si sentí sciolto dal vincolo della tradizione; continuò a foggiare[4] specchi fatti a regola d'arte, che del resto vendeva con profitto in tutta la regione, ma riprese a meditare su un suo vecchio disegno.

Fin da ragazzo, di nascosto dal padre e dal nonno, aveva trasgredito le regole della corporazione[5]. Di giorno, nelle ore d'officina, da apprendista disciplinato faceva i soliti noiosi specchi piani, trasparenti, incolori, quelli che, come suol dirsi, rendono l'immagine veridica (ma virtuale) del mondo, e in specie quella dei visi umani. A sera, quando nessuno lo sorvegliava, confezionava specchi diversi. Che cosa fa uno specchio? «Riflette», come una mente umana; ma gli specchi usuali obbediscono a una legge fisica semplice e inesorabile; riflettono come una mente rigida, osses-

---

1. *ascendenti*: antenati.
2. *madia*: mobile a forma di cassa.
3. *emanazioni umane*: il respiro e il sudore.
4. *foggiare*: costruire.
5. *corporazione*: associazione dei lavoratori di uno stesso settore, che fissava regole cui dovevano attenersi gli associati e ne tutelava gli interessi.

sa⁶, che pretende di accogliere in sé la realtà del mondo: come se ce ne fosse una sola! Gli specchi segreti di Timoteo erano piú versatili⁷.

Ce n'erano di vetro colorato, striato, lattescente⁸: riflettevano un mondo piú rosso o piú verde di quello vero, o variopinto, o con contorni delicatamente sfumati, in modo che gli oggetti o le persone sembravano agglomerarsi⁹ fra loro come nuvole. Ce n'erano di multipli, fatti di lamine o schegge ingegnosamente angolate: questi frantumavano l'immagine, la riducevano a un mosaico grazioso ma indecifrabile. Un congegno, che a Timoteo era costato settimane di lavoro, invertiva l'alto col basso e la destra con la sinistra; chi vi guardava dentro la prima volta provava una vertigine intensa, ma se insisteva per qualche ora finiva con l'abituarsi al mondo capovolto, e poi provava nausea davanti al mondo improvvisamente raddrizzato. Un altro specchio era fatto di tre ante, e chi ci si guardava vedeva il suo viso moltiplicato per tre: Timoteo lo regalò al parroco perché, nell'ora di catechismo, facesse intendere ai bambini il mistero della Trinità.

C'erano specchi che ingrandivano, come scioccamente si dice facciano gli occhi dei buoi, e altri che impiccolivano, o facevano apparire le cose infinitamente lontane; in alcuni ti vedevi allampanato¹⁰, in altri pingue¹¹ e basso come un Budda. Per farne dono ad Agata, Timoteo ricavò uno specchio da armadio da una lastra di vetro leggermente ondulata, ma ottenne un risultato che non aveva previsto. Se il soggetto si guardava senza muoversi, l'immagine mostrava solo lievi deformazioni; se invece si spostava in su e in giú, flettendo¹² un poco

---

6. *ossessa*: che non ammette situazioni diverse né possibili cambiamenti.
7. *versatili*: che offrivano diverse possibilità, diversi punti di vista.
8. *lattescente*: biancastro e opaco come il latte.
9. *agglomerarsi*: addensarsi.
10. *allampanato*: alto e magro.
11. *pingue*: grasso.
12. *flettendo*: piegando.

le ginocchia o alzandosi in punta di piedi, pancia e petto rifluivano impetuosamente verso l'alto o verso il basso. Agata si vide trasformata ora in una donna-cicogna, con spalle, seno e ventre compressi in un fagotto librato[13] su due lunghissime gambe stecchite; e subito dopo, in un mostro dal collo filiforme a cui era appeso tutto il resto, un ammasso di ernie spiaccicato e tozzo come creta da vasaio che ceda sotto il proprio peso. La storia finí male. Agata ruppe lo specchio e il fidanzamento, e Timoteo si addolorò ma non tanto.

Aveva in mente un progetto piú ambizioso. Provò in gran segreto vari tipi di vetro e di argentatura, sottopose i suoi specchi a campi elettrici, li irradiò[14] con lampade che aveva fatto venire da paesi lontani, finché gli parve di essere vicino al suo scopo, che era quello di ottenere specchi metafisici[15]. Uno Spemet, cioè uno specchio metafisico, non obbedisce alle leggi dell'ottica, ma riproduce la tua immagine quale essa viene vista da chi ti sta di fronte: L'idea era vecchia, l'aveva già pensata Esopo[16] e chissà quanti altri prima e dopo di lui, ma Timoteo era stato il primo a realizzarla.

Gli Spemet di Timoteo erano grandi quanto un biglietto da visita, flessibili e adesivi: infatti erano destinati a essere applicati sulla fronte. Timoteo collaudò il primo esemplare incollandolo al muro, e non ci vide nulla di speciale: la sua solita immagine, di trentenne già stempiato, dall'aria arguta[17], trasognata[18] e un po' sciatta: ma già, un muro non ti vede, non alberga[19] immagini di te. Preparò una ventina di campioni, e gli parve giusto offrire il primo ad Agata, con cui aveva

---

13. *librato*: sospeso.
14. *irradiò*: illuminò.
15. *metafisici*: con qualità che vanno al di là delle leggi fisiche.
16. *Esopo*: autore greco di favole che hanno come protagonisti animali dai comportamenti umani.
17. *arguta*: vivace, intelligente.
18. *trasognata*: distratta, sognante.
19. *alberga*: contiene in sé.

conservato un rapporto tempestoso, per farsi perdonare la faccenda dello specchio ondulato.

Agata lo ricevette freddamente; ascoltò le spiegazioni con distrazione ostentata[20], ma quando Timoteo le propose di applicarsi lo Spemet sulla fronte, non si fece pregare: aveva capito fin troppo bene, pensò Timoteo. Infatti, l'immagine di sé che egli vide, come su un piccolo teleschermo, era poco lusinghiera. Non era stempiato ma calvo, aveva le labbra socchiuse in un sogghigno melenso[21], da cui trasparivano[22] i denti guasti (eh sí, era un pezzo che rimandava le cure proposte dal dentista), la sua espressione non era trasognata ma ebete[23], e il suo sguardo era molto strano. Strano perché? Non tardò a capirlo: in uno specchio normale, gli occhi ti guardano sempre, in quello, invece, guardavano sbiechi verso la sua sinistra. Si avvicinò e si spostò un poco: gli occhi scattarono sfuggendo sulla destra. Timoteo lasciò Agata con sentimenti contrastanti: l'esperimento era andato bene, ma se davvero Agata lo vedeva cosí, la rottura non poteva essere che definitiva.

Offrí il secondo Spemet a sua madre, che non chiese spiegazioni. Si vide sedicenne, biondo, roseo, etereo[24] e angelico, coi capelli ben ravviati e il nodo della cravatta all'altezza giusta: come un ricordino dei morti, pensò fra sé. Nulla a che vedere con le fotografie scolastiche ritrovate pochi anni prima in un cassetto, che mostravano un ragazzetto vispo ma intercambiabile con la maggior parte dei suoi condiscepoli[25].

Il terzo Spemet spettava a Emma, non c'era dubbio. Timoteo era scivolato da Agata a Emma senza scosse brusche. Emma era minuta, pigra, mite e furba. Sotto

---

20. *ostentata*: esibita, messa in mostra.
21. *melenso*: sciocco, insignificante.
22. *trasparivano*: si intravedevano.
23. *ebete*: imbecille.
24. *etereo*: ideale, celestiale.
25. *condiscepoli*: compagni di classe.

le coperte, aveva insegnato a Timoteo alcune arti a cui lui da solo non avrebbe mai pensato. Era meno intelligente di Agata, ma non ne possedeva le durezze pietrose: Agata-agata[26], Timoteo non ci aveva mai fatto caso prima, i nomi sono pure qualcosa. Emma non capiva nulla del lavoro di Timoteo, ma bussava spesso al suo laboratorio, e lo stava a guardare per ore con occhio incantato. Sulla fronte liscia di Emma, Timoteo vide un Timoteo meraviglioso. Era a mezzo busto e a torso nudo: aveva il torace armonioso che lui aveva sempre sofferto di non avere, un viso apollineo[27] dalla chioma folta intorno a cui si intravedeva una ghirlanda di lauro[28], uno sguardo a un tempo sereno, gaio e grifagno[29]. In quel momento, Timoteo si accorse di amare Emma di un amore intenso, dolce e duraturo.

Distribuí vari Spemet ai suoi amici piú cari. Notò che non due immagini coincidevano fra loro: insomma, un vero Timoteo non esisteva. Notò ancora che lo Spemet possedeva una virtú spiccata: rinsaldava le amicizie antiche e serie, scioglieva rapidamente le amicizie d'abitudine o di convenzione. Tuttavia ogni tentativo di sfruttamento commerciale fallí: tutti i rappresentanti furono concordi nel riferire che i clienti soddisfatti della propria immagine riflessa dalla fronte di amici o parenti erano troppo pochi. Le vendite sarebbero state comunque scarsissime, anche se il prezzo si fosse dimezzato. Timoteo brevettò lo Spemet e si dissanguò per alcuni anni nello sforzo di mantener vivo il brevetto, tentò invano di venderlo, poi si rassegnò, e continuò a fabbricare specchi piani, del resto di qualità eccellente, fino all'età della pensione.

---

26. *agata*: agata (con la lettera minuscola) è il nome di una pietra dura, a cerchi concentrici diversamente colorati.
27. *apollineo*: bellissimo, perfetto.
28. *lauro*: alloro; la ghirlanda di alloro indica il raggiungimento della gloria.
29. *grifagno*: acuto e un po' rapace.

PIERO CHIARA

Pàghen, Pàghen[1]

In questo stesso caffè, in questa stessa luce pomeridiana sedevo trentatré anni fa come oggi, su una sedia di vimini al bordo del marciapiedi, la tazzina vuota davanti, la bustina dello zucchero accartocciata e il cucchiaino dentro la tazza col suo grumo, sul fondo, di zucchero e d'orzo tostato. Orzo, surrogato, come si diceva allora, perché il caffè era scomparso da due anni.

Erano i giorni tra l'otto e il dieci di quel settembre 1943[2] del quale già parla la storia.

Nel traffico ormai soltanto pedonale della piazza, si inserirono improvvisamente alcuni autocarri militari. Apparivano rapidi, rallentavano come bestie in fuga che odorino il vento, poi si gettavano verso i valichi di frontiera riprendendo a tutta forza. Erano macchine del 3° Autocentro di stanza a Milano. Sul cassone, tra qualche arma e qualche bagaglio, sedevano o stavano in piedi tenendosi al tetto della cabina alcuni soldati, cinque o sei per ogni automezzo.

Dopo i primi passaggi ci fu una sosta, poi incominciò il transito di un'intera colonna.

Gli impiegati, gli esercenti[3], gli avvocati e i ragionieri seduti al caffè insieme a qualche fannullone,

---

1. *pàghen*: (dialetto lombardo) pagano.
2. *Erano... 1943*: l'8 settembre 1943 il governo italiano firmò l'armistizio con gli anglo-americani, senza predisporre però la difesa nei confronti degli ex alleati tedeschi, che in pochi giorni occuparono tutta l'Italia centro-settentrionale.
3. *esercenti*: negozianti.

guardavano l'esercito italiano che si scioglieva come una nebbia di quel settembre tiepido e tranquillo.

Le campagne verso il confine pullulavano[4] di soldati, la gran parte rivestiti con gli abiti borghesi che avevano trovato bussando alle case. Pareva una carnevalata di giovani che si preparassero ad una farsa. I tedeschi erano ancora lontani, nelle grandi città. Ma presto cominciarono a dilagare dovunque e ad occupare metodicamente la penisola.

Mentre ancora in ogni parte dell'alta Italia i militari sbandati camminavano verso la frontiera, furono annunziati i tedeschi sulle strade che da Milano portano ai laghi. Occupavano metodicamente l'Italia ed affrontavano, da un altro punto di vista, anche loro alla meno peggio, le prime sorprese del triste destino che li attendeva.

Da noi[5], tre giorni dopo l'occupazione di Milano non erano ancora arrivati, ma le notizie non mancavano: ogni città aveva la sua sorte, capitolava[6] per conto suo, si adattava all'avvenimento con le sue risorse e le sue iniziative. Nell'assenza di ogni potere, gli individui e le collettività risolvevano ogni giorno i nuovi problemi che la situazione imponeva.

La nostra città, che aveva un comando militare, benché solo di Distretto, pareva destinata a un gesto eroico. Il comandante aveva portato il suo quartier generale al lato nord e sugli imbocchi delle strade provenienti da sud aveva fatto piazzare le armi.

A metà settembre da noi cominciano a rosseggiare gli alberi delle ville e l'aria è dolce e fresca come a primavera. Era un piacere passeggiare per le strade in quei giorni, guardare i muri delle ville lungo i quali cadevano le prime foglie secche dell'autunno, e sentire

---

4. *pullulavano*: erano piene, brulicavano.
5. *Da noi*: Piero Chiara era originario di Luino, cittadina sul Lago Maggiore, ma qui sembra riferirsi alla città di Varese.
6. *capitolava*: si arrendeva all'arrivo dei tedeschi.

nell'aria, nella luce del sole basso all'orizzonte e senza calore, l'ansia delle cose che debbono accadere, l'imminenza dei grandi eventi che possono mutare la vita.

Andai, passeggiando con un'amica, a vedere le postazioni: una sotto il belvedere di una villa, un'altra sopra un terrazzino che domina le strade d'accesso alla città e la terza al riparo delle frasche appassite d'un capanno, sul terrapieno dell'autostrada. C'erano alcune vecchie mitragliatrici puntate verso sud, con vicino le cassette delle munizioni e alcuni soldati che fumavano affacciati alla via.

Era convinzione comune che i tedeschi dovessero arrivare da un momento all'altro. Si diceva fossero già alla Gazzada[7], e non si capiva che cosa aspettassero per raggiungere il capoluogo[8]. A mezzogiorno dell'indomani niente ancora. Nel pomeriggio il comandante del presidio, sentendosi indisposto, aveva passato la frontiera e prima di sera era a letto, nell'ospedale di Lugano[9].

Le mitragliatrici furono ritirate.

Si pensava che i tedeschi sarebbero arrivati di notte, ma venne giorno e non c'erano ancora.

La città, rimasta senza forza pubblica e senza soldati, a vivere nell'ordine per forza d'abbrivio[10], per la coesione[11] istintiva che nasce quando vengono meno i poteri. Ognuno badava alle sue cose, e quasi nessuno si accorse, nelle prime ore del pomeriggio, dell'arrivo di un reparto tedesco. Finalmente si erano ricordati di noi, erano venuti e si erano fermati in caserma.

Un grosso carro armato giallo che i tedeschi si erano portato dietro, l'avevano lasciato sulla strada perché non passava dal portone. Era vicino al marciapiede,

---

7. *Gazzada*: località a pochi chilometri da Varese.
8. *il capoluogo*: Varese, capoluogo di provincia.
9. *Lugano*: città della Svizzera; il comandante era scappato mettendosi al sicuro oltre il confine.
10. *per forza d'abbrivio*: per inerzia, per abitudine.
11. *coesione*: unione, concordia.

cogli sportelli aperti e i ragazzi ci guardavano dentro. Chi diceva che era un *Tigre* e chi no. Ai lati del portone della caserma erano di guardia due giovani armati della "Gioventú hitleriana". Stavano a gambe aperte, in divisa nera, con un piccolo mitra sotto il braccio.

La gente, poca, li guardava. Qualcuno li rasentava[12] curioso e spingeva lo sguardo dentro al cortile dove tutto era regolare. Forse un maresciallo stava scaricandosi[13] del magazzino, un ufficiale della cassaforte e altri d'ogni loro incarico, i pochi che erano rimasti, quasi tutti già pensionati e richiamati in servizio al Distretto.

Sui muri della città apparve il primo *Aufruf*[14]. Diceva che i soldati germanici arrivavano pacificamente, non davano fastidio a nessuno, portavano con loro quanto bastava al loro mantenimento e dovevano quindi essere rispettati. La gente leggeva con diffidenza e gli esercenti, che sono sempre i primi a scontare gli avvenimenti della guerra, per prudenza avevano abbassato le saracinesche dei loro negozi.

Sul finire del pomeriggio i soldati occupatori ebbero libera uscita in città. Incominciarono a vagare a coppie, con la sola bajonetta dietro la coscia sinistra, privi di curiosità e tranquilli come a casa loro.

– Ma quando la occupano questa città – si chiedeva la gente – quando ci occupano! – Per amore della regolarità e per una strana ambizione di storia, si voleva un segno evidente, un fatto, un orrore, che sanzionasse l'occupazione.

I tedeschi non sembravano disposti a nulla di particolare per noi. Tuttavia le prime pattuglie furono seguite con grande attenzione.

Ne arrivò una all'incrocio di via Beccari con via

---

12. *li rasentava*: passava vicino a loro.
13. *stava scaricandosi*: stava consegnando.
14. *Aufruf*: (tedesco) manifesto degli occupanti nazisti che conteneva disposizioni tassative.

Scarpari, Una piccola folla le teneva dietro da lontano, ma i due soldati sembravano non accorgersene. Vedevano le saracinesche chiuse e si capiva che cercavano vetrine da guardare o per fare qualche disastro.

Proprio sull'angolo c'era una vetrina aperta e illuminata. Era la povera mostra d'un negozietto di dolciumi e presentava poche paste di miglio e soja, di quelle che si confezionavano, in quel tempo di restrizioni.

La padrona non aveva stimato necessario proteggere una simile merce, e non sapendo forse dove andare, era rimasta in bottega.

I due soldati videro la vetrina e l'accostarono. Ristettero[15] muti, col naso sul vetro, mentre dietro si assiepava una masnada[16] di popolo curioso che aspettava l'irruzione nel negozietto, il saccheggio o almeno la requisizione di quel mangime.

In mezzo alla gente, con l'aria di uno qualunque, si era insinuato il piú grosso droghiere della via Porcari. Gli interessava vedere bene per regolarsi e si spingeva avanti, forte del suo trovarsi mal vestito, confuso tra gli altri senza nulla che potesse indicarlo come il proprietario del grande magazzino chiuso che aveva alle spalle.

Il droghiere Basletti si dichiarava antifascista e antitedesco. Pochi giorni prima, in negozio, aveva detto ad alcuni clienti: – Se non avessi tre figli... – e tutti l'avevano immaginato, se scapolo, a capo d'una banda di partigiani. Era un uomo che aveva vinto il razionamento mandando olio ai razionatori. Ma ora c'erano i tedeschi, per i quali l'olio non serviva, perché potevano prenderselo con la forza, se volevano. Bisognava dunque trovare qualche cosa per neutralizzarli questi occupatori e intanto occorreva studiarli. Per questo era alle loro spalle con gli occhiali sul naso, le mani in tasca, pronto a voltar via la faccia se si giravano e a rispondere: – Chi? Io? Ma se passavo per caso... –.

---

15. *ristettero*: si fermarono.
16. *masnada*: gruppo numeroso e chiassoso.

I due tedeschi parlavano tra di loro, si concertavano. Ed ecco che uno si mosse e spinse la porta d'entrata seguito dall'altro.

La padrona era ferma dietro il banco. Fuori tutti tenevano il fiato e dai vetri seguivano la scena.

Si videro i soldati parlare alla padrona, poi questa girare intorno al banco, andare alla vetrina e ritirare quelle poche paste. Tornò al banco, le incartò e porse il pacco a uno dei soldati. L'altro mise una mano alla tasca posteriore. Fuori corse un fremito. Il droghiere Basletti stava per ritirarsi prima che il colpo partisse, ma voleva vedere l'arma uscire di tasca all'assassino. Vide invece uscire, tirato da due dita, un portafogli.

Si fece avanti deciso e constatò che il soldato sceglieva banconote italiane e le posava sul banco davanti alla padrona mentre l'altro, col pacchetto posato delicatamente sul braccio, alzava la mano verso la maniglia per uscire.

Basletti aveva visto meglio di tutti e aveva capito prima di tutti.

Si volse di colpo e si lanciò attraverso la strada in direzione del suo negozio gridando: – *Pàghen, pàghen, pàghen!* – in un crescendo affannoso.

Un momento dopo alzava le saracinesche, chiamava i garzoni, le sue donne, correva dietro il banco e si calmava lentamente ripetendo: – Pagano, pagano, pagano... –.

Elsa Morante

Il gioco segreto

Sulla piazza era sempre ferma una buffa e antiquata carrozza da nolo che nessuno mai noleggiava. Il cocchiere assopito si scuoteva, ogni tanto al rintoccare delle ore dal campanile e poi riabbassava il mento sul petto. Nell'angolo, presso il palazzo giallo sbiadito del Municipio, c'era una fontana nella quale un filo d'acqua colava da una strana faccia di marmo. Capelli grossi e cilindrici si torcevano come serpi intorno a questa faccia e gli occhi sporgenti e senza pupille avevano uno sguardo morto.

Da quasi tre secoli un palazzo sorgeva sulla parte opposta, di fronte al Municipio. Era una casa patrizia in rovina, una volta pomposa[1], ora disfatta e squallida. La facciata carica di ornamenti, resa grigia dal tempo, mostrava i segni dello sfacelo. I putti librati[2] a guardia della soglia erano corrosi e sudici, i festoni di marmo perdevano i fiori e le foglie e il portale chiuso mostrava macchie di muffa. Pure, la casa era abitata; ma i proprietari, eredi di un nome illustre e decaduto, si mostravano di rado. Solo qualche volta ricevevano in visita il prete o il medico, e, ad intervalli di anni, parenti piovuti da lontane città, che ripartivano presto.

Nell'interno del palazzo si seguivano grandi sale vuote in cui, nei ventosi giorni di tempesta, entravano dai

---

1. *pomposa*: maestosa, molto lussuosa.
2. *i putti librati*: statue che rappresentano amorini che volano.

vetri rotti mulinando³ la polvere e la pioggia. Dalle pareti pendevano lembi strappati di tappezzerie, avanzi di arazzi logori, e nei soffitti, fra nuvole gonfie e smaglianti, navigavano cigni e angioli nudi, e donne splendide si affacciavano entro ghirlande di fiori e di frutti. Alcune sale erano affrescate di avventure e di storie e vi abitavano popoli regali, che montavano cammelli o giocavano in folti giardini, fra scimmie e falchi. La casa guardava su due lati in vie spopolate ed anguste⁴ e sul terzo in un giardino chiuso, una specie di prigione dall'alta muraglia in cui intristivano poche piante di lauro⁵ e di arancio. Per l'assenza del giardiniere, ortiche selvagge avevano invaso quel breve spazio, e sui muri nascevano erbe dai fiori azzurrastri e patiti.

La famiglia dei Marchesi, proprietaria del palazzo, lasciava disabitate quasi tutte le stanze, e si era ridotta in un piccolo appartamento al secondo piano, fornito di mobili vetusti, da cui si udiva, nel silenzio della notte, il lamento fievole dei tarli. La marchesa e il marchese, di aspetto insignificante e meschino, avevano nei tratti⁶ quella triste somiglianza che sopravviene talvolta per mimetismo⁷ dopo una convivenza di anni. Magri ed appassiti, con le labbra pallide e le guance spioventi, si muovevano con gesti simili a quelli delle marionette. Forse fluiva nelle loro vene, al posto del sangue, una sostanza pigra e gialliccia, e un'unica forza reggeva i loro fili, l'autorità per l'una, e la paura per l'altro. Infatti il marchese era stato un tempo un nobile di provincia spensierato e gioviale, preoccupato soltanto di dar fondo⁸ in qualche modo agli ultimi resti del patrimonio. Ma la marchesa lo aveva educato. L'umanità ideale, nel concetto di lei, doveva guardarsi

---

3. *mulinando*: ruotando velocemente nell'aria.
4. *anguste*: strette e senza luce.
5. *lauro*: alloro.
6. *nei tratti*: nei lineamenti del volto.
7. *per mimetismo*: per reciproca imitazione.
8. *dar fondo*: spendere, sprecare.

dal ridere e dal parlare a voce alta, e soprattutto doveva scrupolosamente nascondere agli altri le proprie debolezze segrete. Secondo i suoi dettami, era delitto torcer le labbra, agitarsi, soffiarsi il naso con energia; e il marchese, timoroso di deviare[9] nei gesti e rumori illeciti, evitava da tempo qualsiasi gesto e rumore, riducendosi a una specie di mummia dagli occhi mansueti e dalla testa china. Tuttavia non evitava le strapazzate e i rimbrotti. Educatissima e pungente, ella lo colpiva spesso con rimproveri diretti, o con allusioni a certi personaggi innominati, degni solo d'infamia. Costoro, diceva, ignari della loro stessa volontà, ed incapaci di educare i propri figli, trascinerebbero la casa alla rovina, se la Grazia[10] non li avesse forniti di una Moglie. E l'uomo sopportava senza batter palpebra tali torture, fino all'ora in cui, con in tasca i pochi spiccioli concessi dall'Amministratrice severa, usciva per il passeggio. Forse nella solitudine delle straducole campestri, si abbandonava a gesti eccessivi, a cavatine[11] e a tuonanti soffiate di naso; certo, quando tornava, aveva una strana luce negli occhi e questa rivelazione involontaria di un suo divertente e maleducato mondo interiore destava sospetti nella marchesa. Per tutta la sera ella lo incalzava con domande sempre piú avvilenti e raffinate allo scopo di strappargli rivelazioni comprometter. E il poveretto col tossicchiare, il balbettare e l'arrossire si comprometteva sempre piú, cosí che la marchesa iniziò uno scrupoloso e rigido controllo sul marito, e decise spesso di accompagnarlo al passeggio. Egli, rassegnato, si sottomise; ma la fiamma nei suoi occhietti divenne ossessionante e fissa, e non piú di allegria.

Da tali genitori erano nati i tre fanciulli; e per loro, nei primi anni, il mondo era fatto a immagine e somi-

---

9. *deviare*: scivolare, cadere.
10. *la Grazia*: la volontà di Dio.
11. *cavatine*: brani cantati tipici dell'opera lirica del Settecento.

glianza di essi. Gli altri personaggi del paese non erano che parvenze vaghe, mocciosi[12] antipatici e maligni, donne dalle pesanti calze nere e dai capelli lunghi e oleosi, vecchi religiosi e tristi. Tutte queste parvenze malvestite erravano sui brevi ponti, nelle viuzze e nella piazza. I tre fanciulli odiavano il paese; quando uscivano in fila, con l'unico servo, passando di striscio lungo i muri, avevano sguardi biechi e sprezzanti. I ragazzi del luogo se ne vendicavano beffandoli e destando in loro un cupo terrore.

Il servo era un uomo alto e volgare, con polsi pelosi, narici larghe e rossastre e piccoli occhi mutevoli. Egli si ripagava della soggezione in cui era tenuto dalla marchesa trattando i fanciulli come un padrone; quando li accompagnava, dondolando leggermente le anche e guardandoli dall'alto, o li richiamava con voci secche, essi tremavano per l'odio. Ma anche nella strada li seguivano le brevi ammonizioni materne; avanzavano ordinati, silenziosi ed austeri.

Quasi sempre, la passeggiata si arrestava alla chiesa, in cui si entrava fra due colonne sorrette da una coppia di leoni massicci e d'espressione tranquilla. In alto, un ampio rosone[13] lasciava entrare nella nave una luce illividita, fresca, in cui le fiamme delle candele si agitavano vagamente. Nell'abside[14] si vedeva un grande corpo di Cristo, dalle piaghe grondanti un sangue viola, e intorno figure che gesticolavano e si abbattevano con movimenti pesanti.

I tre fanciulli compunti si ponevano in ginocchio e giungevano le mani. Antonietta, la maggiore, quantunque avesse già compiuto i diciassette anni, aveva il corpo e l'abito di una bambina. Era magra e sgraziata, e i suoi capelli lisci, non essendo il lavarli frequente

---

12. *mocciosi*: ragazzi poveri e rozzi.
13. *rosone*: grande finestra rotonda posta solitamente sulla facciata delle chiese.
14. *abside*: parte posteriore dell'edificio della chiesa.

abitudine del palazzo, emanavano sempre un lieve odore di topo. Erano divisi da una scriminatura[15] nel mezzo, e questa scriminatura, sulla nuca, si scorgeva netta, fra i capelli piú corti e piú fini, e ispirava la protezione e la pena. Il naso di questa ragazza era lungo, curvo e sensibile, e le sue labbra sottili palpitavano nel parlare. Nel viso pallido e scarno gli occhi si muovevano con nervosa passione, salvo in presenza della marchesa, ché allora si mantenevano opachi e bassi.

Ella portava le trecce sulle spalle e un grembiule nero cosí corto che, se si piegava troppo vivacemente, si scorgevano le sue mutande di tela, strette e lunghe fin quasi al ginocchio, adorne di una fettuccia rossa; il grembiule si apriva di dietro, sulla sottoveste col merletto. Le calze nere erano fermate da un semplice elastico, attorcigliato e logoro. Pietro, il secondo, sui sedici anni, era un mansueto. Muoveva con lentezza il corpo piccolo e tozzo e gli occhi dalle luci discrete sotto le sopracciglia spesse. Aveva un sorriso buono e domestico e la sua dipendenza dagli altri due appariva al primo sguardo.

Giovanni, il minore, era il piú brutto della famiglia. Il suo corpo misero, come nato vecchio, pareva già troppo avvizzito[16] per crescere; ma i suoi occhi lucenti e mobili rassomigliavano a quelli della sorella. Dopo brevi periodi di vivacità nervosa cadeva in súbite prostrazioni[17] a cui sopravveniva la febbre. Di lui il medico, diceva: – Non credo che passi il tempo dello sviluppo[18] –.

Quando la sua febbre lo coglieva, inspiegabile e bizzarra, lo percorrevano brividi simili a scosse elettriche. Sapeva che questo era il segno e aspettava, con le labbra stirate e gli occhi dilatati, l'avanzarsi del male. Per lunghi giorni gli incubi erravano intorno al suo letto, in

---

15. *scriminatura*: riga tra i capelli.
16. *avvizzito*: appassito.
17. *in súbite prostrazioni*: in improvvisi momenti di debolezza.
18. *Non... sviluppo*: non penso che possa sopravvivere oltre l'adolescenza.

un continuo ronzio, e una noia informe gli pesava addosso, dentro un'atmosfera fumosa. Poi veniva la convalescenza ed egli, troppo debole per muoversi, si rannicchiava in una poltrona e batteva con le dita, in cadenza, i braccioli. Allora pensava. Oppure leggeva.

La marchesa, occupata nelle sue funzioni di econocma, non sorvegliava troppo l'educazione e l'istruzione dei fanciulli. Le bastava che tacessero e non si muovessero. Giovanni ebbe così modo di leggere strani libri scovati qua e là, in cui si agitavano personaggi in abiti non mai visti: ampio cappello, giustacuore[19] di velluto, spade e parrucche, e per le dame, vesti fantastiche, adorne di gemme, e reti intessute d'oro.

Tali esseri parlavano in linguaggio alato[20], che sapeva toccare altezze e precipizi, dolce nell'amore, feroce nell'ira e vivevano avventure e sogni su cui il fanciullo fantasticava lungamente. Egli partecipò[21] ai fratelli la sua scoperta e, tutti e tre, credettero di identificare le persone dei libri con le figure che popolavano i muri e i soffitti del palazzo e che, vive da tempo in loro, ma nascoste nei sotterranei della loro infanzia, ora tornavano alla luce. Presto vi fu tra i fratelli un'intesa nascosta. Quando nessuno poteva udirli, essi parlavano delle loro creature, le smontavano e le ricostruivano, ne discutevano fino a farle vivere e respirare in loro. Odii e amori profondi li legarono a questa e a quella, e spesso avveniva che la notte i tre rimanessero desti per dialogare fra loro con quelle parole. Antonietta dormiva da sola in uno stanzino comunicante con la camera dei fratelli; la camera dei genitori era separata dalla loro da una vasta sala, parlatorio o tinello. Nessuno dunque li udiva se, ciascuno dal suo letto, dialogavano, impersonando le figure amate.

---

19. *giustacuore*: indumento medievale aderente al torace, molto simile a un panciotto.
20. *linguaggio alato*: modo di esprimersi nobile e letterario.
21. *partecipò*: comunicò, rese noto.

Erano discorsi deliziosi e nuovi.

– Leblanc, cavaliere Leblanc, – bisbigliava dal letto di destra la voce un po' rauca di Giovanni, – avete affilato le lucenti spade per il duello? L'alba sanguinosa sorgerà ben presto, e voi sapete, cavaliere, che il fiero Lord Arturo non conosce umana pietà né trema dinanzi alla morte.

– Ahimè, fratel mio, – gemeva la voce lamentevole d'Antonietta, – già già sono apprestate[22] le candide bende e i profumati unguenti. Voglia il Cielo che essi servano ad ungere il cadavere del vostro nemico.

– L'alba sanguigna, l'alba sanguigna, – borbottava Pietro, meno ricco di fantasia e sempre un po' sonnolento. Ma Giovanni lo interrompeva subito, suggerendogli le parole:

– Tu, – diceva, – devi rispondere che impavido affronterai il pericolo e che non sarà un conte Arturo colui che potrà farti arretrare né peraltro un tal uomo è ancor nato.

Fu cosí che i tre fanciulli scoprirono il teatro.

I loro personaggi uscirono del tutto dalla nebbia dell'invenzione, con suono d'armi e fruscio di vesti. Acquistarono un corpo di carne ed una voce, e per i fanciulli cominciò una doppia vita. Appena la marchesa si ritirava nella sua camera, il servo in cucina, e il marchese usciva per la sua passeggiata, ciascuno dei tre si trasformava nella propria parte. Col cuore balzante, Antonietta chiudeva i due battenti dell'uscio, e diventava la Principessa Isabella; Roberto, innamorato di Isabella, era impersonato da Giovanni. Soltanto Pietro non aveva una parte determinata, figurando ora il rivale, ora il servo, ora il capitano di un bastimento. Cosí viva era la forza della finzione, che ciascuno dimenticava la propria persona reale; spesso, nelle lunghe sedute di noia sorvegliate dalla marchesa, quel meraviglioso segreto troppo compresso sprizzava

---

22. *apprestate*: preparate.

da loro in occhiate furtive e brillanti. «Piú tardi,» significavano, «faremo il gioco». La sera, al buio, le creature del gioco popolavano la loro solitudine, sotto le lenzuola, e gli avvenimenti che si sarebbero svolti domani prendevano forma: essi ne sorridevano fra sé, oppure, se la scena era violenta o tragica, stringevano il pugno.

In primavera, anche il giardino-carcere acquistava una vita fittizia[23]. Nell'angolo assolato il gatto striato di rosso fremeva lungamente chiudendo gli occhi verdastri. Strani odori subitanei[24] e viventi parevano scoppiare qua e là, da un cespuglio o da un cumulo di terra. Fiori ammalati d'ombra si aprivano e cadevano in silenzio, e i petali macerati si accumulavano fra i sassi; gli odori attiravano farfalle pigre, che lasciavano cadere il polline.

A sera, scendevano spesso piogge tiepide e sorde, e inumidivano appena la terra. Succedeva a queste un vento basso, grave[25] anch'esso di odori che vagavano attraverso la notte. Il marchese e la marchesa, dopo colazione, si addormentavano sulla sedia; dialoghi dei paesani, al tramonto, parevano, complotti.

Il gioco segreto era diventato una specie di congiura, che si svolgeva in un pianeta favoloso e lontano, noto soltanto ai tre fratelli. Presi dall'incantamento, essi non dormivano la notte per ripensarlo. Una notte la veglia fu piú lunga; Isabella e Roberto, gli amanti contrastati, dovevano accordarsi per una fuga, e i fanciulli smaniavano nei loro letti per riflettere e risolversi[26], in tali circostanze gravi. Finalmente i due maschi si assopirono, e i volti dei personaggi inventati vaneggiarono un poco sotto le loro palpebre, fra accensioni e oscurità, finché si spensero.

---

23. *fittizia*: apparente, ingannevole.
24. *subitanei*: improvvisi.
25. *grave*: pesante in maniera fastidiosa.
26. *risolversi*: prendere le decisioni.

Ma Antonietta non riuscí a dormire. A volte le pareva di udire un lagno rauco e lungo nella notte, e tendeva l'orecchio, all'erta. A volte rumori strani nelle soffitte rompevano con un sussulto la commedia che ella continuava a vivere nell'inventarla, col capo sotto il lenzuolo. Infine scese dal letto; entrò nella camera dei fratelli e li chiamò a voce bassa.

Giovanni, che aveva il sonno leggero, balzò a sedere sul letto. La sorella aveva indossato sulla camicia da notte, che le arrivava appena al ginocchio, un logoro cappottino di lana nera. I suoi capelli lisci, non molto fitti né lunghi, erano sciolti, i suoi occhi brillavano fra oblique ombre nere al lume di una candela che ella teneva stretta fra le due mani.

– Sveglia Pietro, – disse curvandosi sul letto del fratello con una sollecitudine impaziente e febbrile. In quel momento nel letto vicino Pietro si scuoteva e schiudeva gli occhi insonnoliti. – È per il gioco, – ella spiegò.

Pigramente, piuttosto di malavoglia, Pietro si rizzò sul gomito: ambedue i ragazzi guardavano la sorella, il maggiore con aria distratta e inebetita, l'altro, già curioso, sporgendo il volto dai tratti vecchi e puerili[27] verso la fiamma.

– È accaduto, – cominciò Antonietta con fervore frettoloso, come chi parli di un evento improvviso e grave, – che durante la partita di caccia Roberto ha scritto un biglietto e lo ha nascosto nel cavo di un tronco. Il levriere di Isabella per un miracolo corre a quel tronco e torna col biglietto in bocca. «Fingi di smarrirti», c'è scritto, «e trovati appena fa buio nel bosco che circonda il castello di Challant. Di là fuggiremo». Cosí, mentre tutti inseguono la volpe, io scappo e incontro Roberto. E il vento soffia, e lui mi fa salire sul suo cavallo, e fuggiamo nella notte. Ma i cavalieri si accorgono della nostra assenza e ci inseguono suonando le trombe.

---

27. *puerili*: infantili.

– Facciamo che li trovano? – chiese Giovanni con gli occhi mobili e curiosi nella luce, rossastra.

La sorella non poteva rimaner ferma, gestiva[28] con ambedue le mani, cosí che la fiamma della candela oscillava in un disordine di esili balenii e di ombre enormi:

– Non si sa ancora –, rispose. – Perché, – aggiunse con un ridere misterioso e trionfante, – noi, ora andiamo nella sala della caccia a fare il gioco.

– Nella sala della caccia! Non è possibile! – disse Pietro scuotendo il capo. – Tu scherzi! Di notte! Ci udiranno e ci scopriranno. Cosí tutto sarà finito –. Ma, gli altri due gli furono contro indignati:

– Non ti vergogni? – dissero. – Che paura!

In un deciso tentativo di ribellione, Pietro si distese nuovamente nel letto:

– Io non vengo, no, – disse. Antonietta allora diventò supplichevole:

– Non rovinare tutto, – pregò, – tu devi fare i cacciatori e le trombe –. In tal modo vinse l'ultima resistenza di Pietro che si risolvette ad alzarsi. Egli indossava, come il fratello, una consunta camicia di flanella su cui si infilò i pantaloni corti. Antonietta aperse con circospezione l'uscio che dava sulla scala.

– Prendete anche la vostra candela –, avvertí a voce bassissima, – non ci sono lampade, là.

E i tre si avviarono, in fila, per la scala piuttosto stretta di un marmo sudicio e opaco. La «sala della caccia» era al primo piano, subito dopo la gradinata. Era una delle stanze piú vaste del palazzo e l'abbandono che rendeva squallide le altre stanze qui era animato dagli ampi scenari affrescati sulle pareti e sul soffitto. Rappresentavano scene di caccia, contro un paesaggio rupestre su cui crescevano alberi irti ed oscuri. Una moltitudine di levrieri, col muso in avanti e tese le zampe posteriori, correva dovunque in rapida

---

28. *gestiva*: gesticolava.

fuga, mentre i cavalli balzavano in alto o procedevano solenni, nelle loro gualdrappe[29] rosse e dorate. I cacciatori in abiti bizzarri di sete e velluti, squamati come la pelle dei pesci, con cappelli alti dalle lunghe piume o tricorni[30] verdi, camminavano o marciavano dando fiato alle trombe. Lunghi nastri pendevano sventolando dalle trombe, drappi gialli e rossi sbattevano sul cielo ormai torbido, e dalla rupe spuntavano piante dalle foglie aguzze, e fiori aperti e rigidi, simili a pietre. Tutto questo era ingoiato dall'oscurità. Le candele, con le loro luci esigue per la vastità della sala, scoprivano qua e là i colori vivi delle selle o i dorsi bianchi dei cavalli. Le ombre dei fanciulli oscillavano gigantesche sulle pareti con gesti ingranditi e passi da fantasma.

Essi chiusero gli usci. Il dramma incominciò.

Il silenzio della notte era enorme; il vento si era fermato affinché gli alberi del bosco non stormissero. Antonietta era in piedi, presso un albero dipinto nel quale d'improvviso cominciò a correre la linfa[31]. Uccelli addormentati ma vivi giacquero fra le foglie. E su lei per miracolo crebbe una veste lunga, di forma sontuosa e vegetale, da cui pendeva una borsa d'oro. I suoi capelli si divisero in due trecce bionde, e le sue pupille si dilatarono per il rapimento e la paura.

– Coraggio, mio bene, sono qua io, qua vicino a te, – sussurrò l'altro, mutandosi in gagliardo cavaliere. Il suo viso tenero e faunesco[32] si sporgeva nell'oscurità.

– Roberto! – ella disse con un debole strido, – Roberto! Stringimi, amore!

Una grazia subitanea affiorava in lei. I suoi denti e i suoi occhi brillavano di grazia, nel suo collo incurvato e nelle sue labbra si annidava la grazia. Ella si piegò,

---

29. *gualdrappe*: coperte poste sulla groppa dei cavalli.
30. *tricorni*: cappelli a tre punte.
31. *cominciò... linfa*: sembrò diventare vero e vivo.
32. *faunesco*: vivace come quello di un fauno, antica divinità dei boschi.

poggiando sul pavimento le ginocchia nude. – Che fai, mia sposa? – egli disse. – Alzati.

Lei trasaliva. – Tu sei venuto, – sussurrò quasi gemendo, – e non è piú notte, non ho piú paura. Finalmente sono vicina a te! Sono come dentro una fortezza, come dentro un nido. Tu sapessi che tristezza, e come piangevo in queste notti solitarie! E tu, mio cuore, che cosa facevi in queste notti?

– Erravo[33], – egli disse, – sul mio cavallo, pensando al modo di rapirti. Ma non ricordare, mia diletta, il tempo della solitudine. Ora tutto è passato. Nessuna forza potrà separarci. Siamo uniti per l'eternità.

– Per l'eternità! – ella ripeté smarrita. Sorrideva con le palpebre abbassate, e sospirava e tremava. D'improvviso ebbe un sussulto, e si strinse a lui: – Non ti sembra, – disse, – di udire come un suono di tromba in lontananza? –.

Roberto tese l'orecchio. – Devo suonare le trombe? – interrogò Pietro accostandosi. Era la sua specialità. Egli sapeva imitare il suono degli strumenti da fiato e le voci degli animali e nel far questo le sue gote si gonfiavano in modo strambo e mostruoso.

– Sí, – bisbigliarono gli altri due.

Un suono di tromba, roco e basso, che via via diventava piú vicino e squillante, si udí nel fondo. Nella foresta il vento si levò; una folata trascinò le chiome degli alberi come drappi di bandiere. I cavalli balzarono, i cavalieri si scossero sulle groppe, i falchi girarono nell'aria sibilante. I levrieri si gettarono nelle tenebre, e i cavalieri soffiando nei corni e gridando:

– Olà! Olà! – corsero innanzi tra le fiaccole che segnavano strisce e cerchi di fumo.

Isabella emise un grido, e rovesciò la testa indietro, aggrappandosi a Roberto:

– Mia Regina! – questi esclamò. – Nessuno ti strapperà da queste braccia! Lo giuro. E con questo bacio

---

33. *Erravo*: andavo qua e là.

suggello il giuramento. Ora, avanzatevi! Avanzatevi, se ne avete il coraggio!

I due fanciulli si baciarono sulle labbra, Giovanni ingrandiva. Con gli zigomi arrossati e le tempie che battevano, si stringeva alla sorella. E questa, i capelli scomposti, la bocca bruciante, iniziò un ballo frenetico. – Venite, cavalieri e cavalli! – gridavano intanto. E Pietro saltava in qua e in là ondeggiando sul corpo tozzo ed enfiando le gote, simile ad un grosso zufolo.

In quel momento, la tragedia e il tripudio[34] si interruppero. Gli alberi e i cavalieri si irrigidirono, senza piú dimensioni, e un silenzio polveroso entrò nella stanza. Alla luce delle candele non c'erano piú che tre brutti fanciulli.

L'uscio si apriva. La marchesa, ispirata, aveva deciso improvvisamente una visita notturna nella camera dei figli, e le sue ricerche l'avevano condotta infine alla sala della caccia: – Che cos'è questa commedia? – esclamò con voce squillante e stupida. Ed entrò, reggendo un alto candeliere, seguita dal marchese.

Le loro ombre grottesche strisciarono lunghe sulla parete di faccia. Il mento e il naso aguzzo, le dita secche, e la treccia oscillante della marchesa, appuntata in cima al cranio, si scuotevano debolmente in quella luce ora piú chiara, e la figura piccola ed umile del marchese restava indietro, immobile. Egli indossava una logora veste da camera a strisce gialle e rosse che lo faceva rassomigliare ad uno scarabeo, e i pochi capelli grigi, che ungeva sempre di una sua pomata, ritti sulla testa, gli davano l'espressione del terrore. Se ne stava lí guardingo, come pauroso d'inciampare, e velava con la palma distesa la fiamma del lume.

La marchesa girò sui figli uno sguardo acuto che li gelò; poi si volse alla figlia, con le sopracciglia sollevate e un ironico e sprezzante sorriso.

– Ma guardala! – esclamò, – carina! Oh, cara, cara! –

---

34. *tripudio*: allegria rumorosa.

e, fatta d'improvviso rabbiosa è pugnace[35], seguitò con tono piú alto: – Dovreste vergognarvi, Antonia! Mi spiegherete...

I fanciulli tacevano; ma mentre i due fratelli rimanevano confusi ad occhi bassi, Antonietta, rincantucciata presso il suo albero ora ucciso, fissava la madre con occhi smarriti e aperti, simile ad una giovane quaglia sorpresa dallo sparviero. Poi il suo viso pallidissimo, dalle labbra sbiancate, si sparse di un rossore disordinato e violento, che coprí la sua pelle di chiazze oscure. Le sue labbra tremarono, ed ella si agitò un attimo sperduta, sopraffatta da una dolorosa e indomabile vergogna. Si ritraeva sempre piú nel suo angolo, come paurosa che qualcuno volesse toccarla e frugarla.

I due fratelli sbigottirono alla scena che seguí. La sorella cadde ad un tratto in ginocchio, e credettero che volesse chiedere perdono: invece ella si coprí la faccia infuocata con le mani, e cominciò a scuotersi bizzarramente in un rauco e febbrile ridere, che presto diventò un pianto rabbioso. Si scoprí la faccia convulsa, e, distesa a terra con le gambe irrigidite, prese a strapparsi, con un gesto puerile e continuo, i suoi capelli sciolti.

– Antonietta! Che cosa succede? – esclamò il marchese esterrefatto. – Taci tu! – ordinò la marchesa, e, poiché la figlia nell'agitarsi aveva scoperto le sue gambe esili e bianche, torse[36] il capo con ribrezzo.

– Alzatevi, Antonietta, – comandò. Ma la sua voce esasperò la figlia, che parve posseduta dalle furie; era la gelosia del suo segreto che la squassava[37]. Muti, i fratelli si scostarono, ed ella rimase sola nel mezzo, scrollando la testa come se volesse staccarla dal collo, gemendo con gesti scomposti e impudichi. – Aiutatemi a sollevarla, – disse infine la marchesa, e, appena i

---

35. *pugnace*: aggressiva, battagliera.
36. *torse*: volse con decisione.
37. *la squassava*: l'agitava in maniera incontrollabile.

genitori la toccarono, Antonietta cessò ogni moto, sfinita. Sorretta per le ascelle, si avanzava senza coscienza su per la scala dalle luci fioche; i suoi occhi erano asciutti e fissi, sulle labbra aveva la schiuma dell'ira, e il suo gridare aveva ceduto ad un lamento soffocato e interrotto, ma pieno d'odio. Ella continuò a lamentarsi in tal modo anche nel suo letto in cui la fecero distendere; e la lasciarono sola.

Nella camera vicina i fratelli non potevano impedirsi di tendere l'orecchio a quel lamento che li distoglieva anche dal pensiero del segreto violato. Poi Pietro fu sopraffatto da un sonno privo di sogni, e Giovanni rimase solo a vegliare in quell'oscurità. Senza pace si rivoltava ora su un fianco ora sull'altro, finché si decise e, lasciato il letto, entrò a piedi nudi nella camera della sorella. Era una camera angusta, oblunga, in cui si respirava l'aria dell'infanzia, ma di un'infanzia repressa di collegio. Il soffitto era adorno di una figurina scolorita: una donna snella, vestita di veli arancione, che danzando tendeva le braccia verso un vaso dipinto. Le pareti erano macchiate e squallide, un paio di vecchie babbucce[38] rosse era posto accanto al letto di legno, e sulla parete un angelo dalle ali distese reggeva un'acquasantiera. La lampada della notte era accesa e spandeva sul letto un alone azzurrastro e fievole.

– Antonietta! – chiamò Giovanni. – Sono io...

La sorella parve non accorgersi del richiamo, quantunque i suoi occhi fossero aperti e pieni di lagrime; giaceva immersa nel suo lagno infantile, con le labbra contratte e tremolanti, e non si mosse; piano piano i suoi occhi si andavano chiudendo, e le ciglia umide apparivano lunghe e raggiate[39]. A un tratto come scuotendosi ella chiamò:

– Roberto! – e questo nome e l'acuta dolcezza della voce piena di rimpianto sbigottirono il fratello.

---

38. *babbucce*: pantofole.
39. *raggiate*: simili a raggi.

– Antonietta! – ripeté. – Sono io, tuo fratello Giovanni!

– Roberto, – ella ripeté a voce piú bassa. Ora, calmandosi, pareva raccolta in se stessa e attenta, come chi segue cauto le orme di un sogno. In silenzio, il fratello avvertí anch'egli la presenza di Roberto nella camera; alto, un po' spaccone, col giustacuore di velluto nero, l'arma arabescata[40] e le fibbie d'argento, Roberto era in piedi fra loro due.

Antonietta pareva ormai tranquilla e addormentata; egli uscí nel corridoio. Qui lo avvolse il silenzio della casa, un silenzio rinchiuso e nello stesso tempo senza limiti, come quello dei sepolcri. Il soffocamento e la nausea lo presero alla gola, cosí che si accostò all'ampia finestra della scala e aprí i vetri. Udiva nella notte leggeri tonfi, come di corpi molli che cadessero sulla sabbia del giardino; vivo e sensibile gli apparve lo spazio di là dal giardino, e il bisogno della fuga, avvertito già altre volte, seppure chimerico[41] e vago, lo afferrò ora subitaneo e irresistibile.

Senza pensare, quasi inerte, tornò nella sua camera e si infilò i panni al buio. Con le scarpe in mano discese la scala, e il cigolio del portone richiuso dietro di lui lo atterrí, e insieme lo deliziò come un canto: – Addio, Antonietta, – disse piano. Pensava che mai piú avrebbe rivisto Antonietta, mai piú la casa e la piazza; doveva soltanto camminare diritto innanzi perché tutto ciò non esistesse piú.

Sulla piazza vuota si udiva il rauco gocciare della fontana ed egli si volse dall'altro lato, distogliendo lo sguardo da quella fredda e trista faccia di marmo. Percorse le strade note, finché cominciarono i viottoli campestri e poi i campi aperti. Il grano già alto e verde cresceva a destra e a sinistra, nel fondo le montagne parevano una nuvolaglia indistinta, e la notte avanza-

---

40. *arabescata*: decorata con disegni incisi sulla lama.
41. *chimerico*: illusorio.

ta, come esausta, respirava umida e ferma sotto i lumi pungenti delle stelle. «Arriverò a quella catena di monti», egli pensò, «e poi al mare». Non aveva mai visto il mare, e il rombo illusorio e cupo di una conchiglia che spesso da bimbo accostava per giuoco all'orecchio ritornò a lui, ma vivente ora e ripercosso intorno, cosí che invece dei campi gli parve di avere ai lati due stese[42] di acque tranquille in continuo risucchio. Dopo qualche tempo, pensò di aver molto camminato, mentre si era di poco allontanato dal suo borgo. Sfinito volle riposarsi al piede di un albero dal tronco liscio e dalla chioma ampia e divisa in due lunghe ramificazioni simili ai due bracci di una croce.

Aveva appena appoggiato il capo alla corteccia quando avvertí un brivido: «Il male», pensò atterrito e insieme calmo. La febbre infatti entrava in lui, scavava con le radici infuocate e torbide nel suo corpo già troppo debole per rialzarsi. Subito la sua vista divenne acuta, cosí che egli distingueva ora il brulichio degli animali notturni che gli facevano cerchio d'intorno, e vedeva il battere e lo spegnersi dei loro occhi simili a fuochi appannati.

Ammiccavano, li riconosceva tutti, e forse avrebbe potuto chiamarli uno per uno e fare ad essi le infinite domande che fin dall'infanzia si accumulavano in lui.

Ma, con una strana fretta, già la notte trasmigrava nel giorno. Sopravveniva un'alba chiara nella quale il paesaggio parve mutato in una larga città di creta, polverosa e deserta, sparsa di capanne simili a cumuli di terra, e di tozze colonne. In questa città, dalla parte del sole, apparve Isabella, grande sul cielo come una nuvola, con la veste uguale al calice di un fiore rosso. Ella gli veniva incontro, sebbene i suoi piedi fossero immobili. Le sue spalle nude si rilasciavano per la stanchezza, mentre la sua bocca chiusa pareva sorridere, e i suoi occhi vitrei e fermi lo fissavano per farlo dormire.

42. *stese*: distese.

Egli docile si addormentò: e a giorno fatto, fu proprio l'odiato servo che lo ritrovò e lo portò a casa fra le sue braccia volgari. Come tante altre volte, Giovanni giaceva nel suo letto per giornate inconsapevoli di esser vissute[43], sua sorella Antonietta lo vegliava. Ella stava lí pigra e tranquilla, qualche volta cucendo, spesso in ozio. Guardava il fratello che vaneggiava[44] nei suoi mondi rossi e infuocati, e di tanto in tanto gli porgeva l'acqua. Stava seduta là, col suo grembiule e la pettinatura liscia, simile ad una serva di convento.

Le sue labbra parevano bruciate.

---

43. *inconsapevoli... vissute*: di cui il ragazzo malato e privo di sensi non aveva coscienza.
44. *vaneggiava*: delirava.

Tommaso Landolfi

Pioggia

Di solito, appena desta, mia moglie va nel bagno a pulirsi i denti; poi torna, tuttavia imbambolata, e solo allora emette i primi giudizi sulla situazione o sulla vita in generale, oppure rivanga[1] qualcosa. E cosí è stato oggi. Salvo che, oggi, se n'è uscita colla seguente straordinaria frase:

– Era tirato da un ragno, no, il nostro cocchio?

Ora, intendiamoci, io sono avvezzo alle sue occasionali bizzarrie; ma il fatto è che fino a tal punto la mia diletta moglie non era mai arrivata. Mi è convenuto pertanto assumere quell'aria tonta che hanno i mariti nelle farse del buon tempo antico ed esclamare:

– Eh? Che diavolo stai dicendo?

– Ti chiedo, – ha replicato senza batter ciglio, – ti chiedo semplicemente se il nostro cocchio era tirato da un ragno. Che è, non ci senti, o sei diventato un bempensante?

– Un bempensante: che c'entra? – Mah, chi ti capisce, potrebbe sembrarmi strana la tua domanda.

– Perché strana?

– Perché, perché... Dove mai l'hai visto, un cocchio tirato da un ragno?

– In sogno, beninteso.

– Ah, ecco, in sogno: e io che posso saperne o come potrei precisarti le circostanze del tuo personale sogno?

– Tu non mi ami.

---

1. *rivanga*: ritorna a pensare o a discutere qualcosa.

– Che dici! Ti adoro.
– Niente affatto, e basterebbe codesto aggettivo a darmene l'amara certezza. «Sogno personale!» Ma, se tu veramente mi amassi, tutti i nostri sogni dovrebbero essere comuni; tutto, dovrebbe essere comune e in comune. Ah, facile: io sogno di andare a spasso con te in un cocchio tirato da un ragno, e tu non ne sai nulla e te ne lavi le mani?
– Capisco cosa vuoi dire...
– Meno male.
– Ma io che ne posso se...
– Benissimo, a meraviglia, c'era da scommettere che venisse fuori, l'odiosa parola! «Che ne posso»: tra parentesi, non ti riesce di esprimerti in modo meno volgare e piú corretto? Comunque sia, in che lingua te lo devo ripetere che, se davvero tu mi amassi, faresti senza alcuno sforzo gli stessi miei sogni?
– Eh, aspetta: c'è la reciproca.
– La reciproca, che trucco è questo? Di', carino, credi proprio d'incantarmi coi tuoi termini difficili?
– No, ascolta: tu mi ami?
– Certo, purtroppo.
– E allora perché non sei tu a fare i miei sogni, o casomai a non sognare per nulla (come appunto è avvenuto a me questa notte)?
– Che sciocchezza! Lo riconosci tu stesso che non hai sognato nulla; e, secondo te, io dovrei uniformarmi al nulla? Basta coi discorsi. Invece, sai cosa ti dico? Sul cocchio tirato dal ragno noi in sostanza fuggivamo da un giovane che mi stava facendo la corte. E, sappilo: un giovane bellissimo; e sappi che la sua corte non mi era del tutto indifferente. Al vederlo, coi suoi occhi malinconici eppure ardenti, colla sua muta eppur imperiosa richiesta d'amore, mi sentivo come uno struggimento in petto... Règolati.
– Ah sí, un giovane bellissimo? Biondo o bruno, vestito di raso o di velluto? E tu ti sentivi?...
– La pigli alla leggera, signor mio? Ma non sai che

perfino i sogni, anzi soltanto i sogni, sono pericolosi?... Insomma, io voglio da te una prova.
- Ossia?
- Descrivimi ed eventualmente spiegami tutto questo sogno.
- Che non ho fatto.
- Che non hai fatto ma che avresti avuto l'elementare dovere di fare e che in ogni caso hai l'obbligo di conoscere punto per punto. O altrimenti vorrà dire che non mi vuoi bene.

- Capíto tutto.
- Finalmente; e avanti, comincia.
- Beh, per cominciare avevamo leticato[2].
- Esatto; ma per qual motivo? Vediamo se lo sai.
- Per le mie osservazioni sulle spese di casa.
- Sí, sí, è vero: tu pretendi che io faccia miracoli; ma se tutto aumenta, se i prezzi crescono di giorno in giorno, mentre i tuoi guadagni rimangono quello che sono...
- Zitta. E cosí, dopo aver leticato, siamo usciti insieme nel crepuscolo; no, un momento: nell'alba.
- Alba, sí: tutti gli oggetti avevano una strana lucentezza, il cielo era chiaro e vuoto; alba, proprio; che gioia sentirtelo dire.
- Proseguimmo. Noi, ancora stizziti, si guardava ognuno altrove; e d'un tratto ci si è parato davanti il giovane.
- Il giovane.
- Che si è messo a guardarti avidamente con balzi successivi.
- Come, con balzi successivi?
- Pareva, di momento in momento, lanciartisi addosso cogli occhi sgranati, e solo in tali momenti acquistava vera consistenza; e poi ridileguava indietro[3].

2. *leticato*: litigato.
3. *ridileguava indietro*: svaniva divenendo quasi invisibile.

– Oh Dio, perfetto; ora sí, tu mi piaci.
– Eh, sai, di certe cose me ne intendo. E dunque, come dicevo, lui ti guardava in quella maniera ed io ero molto imbarazzato, sebbene mi rendessi conto che avevo poco da fare con un tipo tanto inafferrabile. Quando...
– Quando?... – mi ha incitato mia moglie con attenzione spasmodica.

Ma in realtà io non sapevo piú come seguitare o cosa piú inventare, prima dell'arrivo del cocchio tirato dal ragno; che il medesimo sopravvenisse senza altri incidenti, mi sembrava troppo semplice, troppo elementare rispetto all'indole di mia moglie. Sicché ho cercato di tergiversare:

– Un attimo di riposo, che diamine: del quale profitteremo per capire alcuni punti. Tu, ad esempio, codesto cocchio prossimo a comparire lo chiami pomposamente cosí e passi; tuttavia, pensandoci meglio, mi sembrerebbe piuttosto una comune carrozza... una carrozza da nolo; eh? – Cercavo anche, infatti, di penetrare la natura delle sue fantasie, tanto da poterle secondare. Se non che lei implacabile:

– Ammettiamolo. Procedi, non ti perdere in quisquilie[4].

E adesso?... E qui, imperdonabilmente, mi sono appigliato a una circostanza esterna. Fuori pioveva; ho arrischiato:

– Beh, nel frattempo s'era messo a piovere...

Ma qui, maledizione, ella s'è d'improvviso rabbuiata; e freddamente, puntando l'indice:

– No; no davvero; risparmiati ulteriori sforzi d'immaginazione; no, non pioveva nemmeno per ombra. Sei abile nell'ingannare una povera donna! Fortuna che io ho la testa sulle spalle. Non pioveva, caro il mio lusingatore, caro il mio bieco seduttore; e ti spiego subito come mai l'avevi finora azzeccata. Tu devi posse-

---

4. *quisquilie*: piccoli particolari senza importanza.

dere qualche segreta facoltà di lettura del pensiero: poiché io pensavo intensamente al mio sogno, tu ne avevi, diciamo, captato qualcosa. Ma al punto giusto, quando veramente bisognava dar ragione di tutto e precisare il valore delle diverse figurazioni, ti sei tradito... Ci vuol altro che misteriosi e dilettanteschi poteri, altro che una benevola disposizione a compiacere il sesso debole: affetto, profondo affetto ci vuole, amore! M'hai presa per una bambina? Sentite un po': pioveva! Domando solo come t'è venuto in capo, che piovesse. In un sogno, piove! S'è mai udito? Piove nel vostro maledetto mondo, adesso piove, non nei sogni! E da tutto ciò devo concludere, son forzata a concludere per quanto mi costi, che, appunto, tu non mi ami, che le tue son chiacchiere vuote di senso... Ah sciagurata, in quale terribile avventura mi trovo coinvolta, irretita (è cosí, no, che parlate e scrivete voi letteratucoli?)

– Calma, suvvia: forse non pioveva, mi sarò sbagliato.

– «Forse», «sbagliato»: ma il punto è proprio questo! Come avresti potuto sbagliarti, se? Non avresti dovuto poterti sbagliare, o avresti dovuto non poterti sbagliare, se.

– Non ti par complicato, e non ti pare alla fine irragionevole pretendere?...

– Ti ci aspettavo, ti ci aspettavo di piè fermo, all'irragionevolezza! Voialtri credete di risolvere tutto, non già colla ragione (sarebbe ancora grasso che cola), ma colle classificazioni razionali: la tal cosa è ragionevole, la tale altra non lo è... che razza di presuntuosi siete?

– Vedi, cara...

– Niente cara, e non ho niente da vedere. Règolati piuttosto, ti ripeto: se si seguita cosí la prossima notte torno da lui.

– Chi lui, grullina?

– Da lui, dal giovane: tienitelo per detto!

Col che è scoppiata in pianto; mi ha buttato le braccia al collo, e singhiozzava e gemeva: guardava fuor della finestra, mormorava: – Piove, piove senza remissione; il cielo è tutto chiuso; piove... Ma qui, non lí per amor di Dio; cattivo, questo non dovevi farmelo... –.

Un po' d'isterismo, naturalmente: con due bambini piccini!... Eppure nessuno mi leva dalla testa che, in fondo in fondo, ella possa aver ragione. Difatto, se ci si vuol bene, come mai non si sognano le stesse cose nello stesso istante? O, in termini meno assurdi, donde il perenne disaccordo dei nostri umori e perfino dei nostri sentimenti?

Dino Buzzati

Il buon nome

Il conte Attilio Fossadoro, di 74 anni, presidente di sezione di Corte d'appello in pensione, signore oltremodo corpulento, una notte si sentí male forse per avere trasmodato[1] nel mangiare e nel bere.

– Mi sento un po' pesante – disse nell'atto di coricarsi.

– Sfido io – fece la moglie Eloisa. – Ci voleva poco a prevederlo. Peggio di un bambino!

L'emerito[2] magistrato si abbandonò di schianto sul letto, supino, a bocca aperta, e non rispondeva piú a nessuno.

Era un sonno di piombo dovuto al Barolo o si trattava di un malore? Anfanava[3]. Lo chiamarono, lo scossero, gli spruzzarono dell'acqua sulla faccia. Niente.

Allora si pensò al peggio. La signora Eloisa telefonò al medico curante dottor Albrizzi.

A mezzanotte e mezzo il dottore arrivò. Vide, eseguí le auscultazioni[4], parve rimanere in forse, assunse quell'atteggiamento soave e diplomatico che nei medici non lascia presagire nulla di buono.

In un salottino contiguo, il dottore, donna Eloisa e i due figli Ennio e Martina, mandati subito a chiamare, confabularono a bassa voce.

---

1. *trasmodato*: esagerato.
2. *emerito*: illustre, famoso.
3. *Anfanava*: parlava a vuoto, straparlava.
4. *auscultazioni*: momento della visita in cui il medico ascolta il respiro e il battito del cuore.

La congiuntura⁵ si profilava minacciosa. Fu deciso di ricorrere al massimo luminare⁶, al vecchio clinico di celebrità internazionale. A ottantatré anni suonati, il professore Sergio Leprani era sempre il piú autorevole; e di riflesso il piú caro. Non era però una spesaccia che potesse spaventare i Fossadoro.

– Chiamarlo quando? Ma subito! – intimò donna Eloisa.

– No, no, a quest'ora non si muove garantito, togliamocelo dalla mente!

– Per il conte Fossadoro si muoverà, e come! Vuole scommetterci, caro Albrizzi?

Telefonò, infatti, in tono cosí robusto da sconvolgere le ferree consuetudini del Maestro.

Il quale giunse al palazzo verso le ore due, accompagnato, anzi sostenuto, dal primo dei suoi assistenti, il professore Giuseppe Marasca.

Come il sommo entrò nella camera, il letargo del Fossadoro sembrava essersi fatto ancora piú greve; e l'ansimare piú stentato.

Sedette ai piedi del letto e lasciò fare al Marasca e all'Albrizzi, i quali gli comunicavano via via i dati: anamnesi⁷, temperatura, cuore, pressione, riflessi, eccetera.

Impassibile, le palpebre abbassate a scopo di concentrazione mentale (o il sonno aveva avuto la meglio?), il Leprani ascoltava senza fare una piega.

Alla fine il Marasca gli si chinò a un orecchio chiamandolo – Maestro! – con uno scoppio di voce sorprendente in quel luogo, in quella circostanza e in quell'ora.

Leprani si riscosse e i tre medici chiesero di poter rimanere soli.

Ma il consulto non durò piú di tre minuti. Dopodiché alla contessa che gli chiedeva ansiosamente: – E

---

5. *congiuntura*: situazione.
6. *luminare*: autorità in materia.
7. *anamnesi*: informazioni relative a precedenti malattie del paziente.

allora, Maestro? – Leprani rispose: – Signora mia, un minimo di pazienza! Saprà tutto a tempo debito, dal suo medico curante –. E traballando si infilò nell'ascensore.

L'Albrizzi, in compenso, non fece tanto il prezioso. Con le dovute cautele comunicò senz'altro il perentorio responso del grande: embolo cerebrale, prognosi infausta[8], nessuna speranza, al massimo ancora una settimana di vita.

Quale non fu la stupefazione dell'Albrizzi il mattino dopo quando si ripresentò a palazzo Fossadoro per avere notizie.

Ida, la governante, gli aprí la porta con un sorriso radioso:

– Tutto bene, dottore, tutto benone! L'avevo sospettato fin dal primo momento, io, ma potevo forse parlare alla presenza di quei professoroni? Una solenne bevuta, nient'altro.

In quel momento comparve, gioviale, anche lui, il moribondo.

– Grazie, sa, caro Albrizzi, di tutto il disturbo che stanotte si è preso per me. Mi dispiace proprio... Lo so, lo so, non sono cose che si dovrebbero fare alla mia età.

– Ma come sta? Come si sente in piedi?

– Be', la testa un po' vaga, questo sí. Per il resto, proprio niente male. In questi casi non c'è rimedio che valga una bella dormita.

Stupefazione. Ma anche scandalo. Come il Marasca, primo assistente del Maestro, seppe dall'Albrizzi la «resurrezione» del Fossadoro, andò su tutte le furie: – È assurdo! È inaudito! Il professor Leprani non sbaglia mai, non può sbagliare! Ma ti rendi conto, Albrizzi, di quello che può succedere? Gliene è andata già buca una, al Maestro, il mese scorso e se non gli è venuto l'infarto è stato un miracolo. Sei giorni a let-

---

8. *prognosi infausta*: previsione di morte imminente.

to, ha dovuto restare. Un secondo smacco sarebbe fatale. Lo capisci? Dopo tutto, bestia anche tu a non aver capito ch'era soltanto una sbronza.

– E tu? E tu, allora?

– Io, un dubbio, giuro l'ho avuto. Ma provaci tu a contraddirlo, il Maestro, lo sai che razza di temperamento. E ormai lui lo ha già dato pubblicamente per cadavere, il Fossadoro.

– Accidenti. E che cosa si può fare?

– Senti, al Maestro credo che siano dovuti tutti i riguardi possibili, mi capisci? proprio tutti i riguardi! Andrò io stesso a parlare con la contessa.

– Per dirle cosa?

– Lascia fare a me. Niente paura. Sistemerò le cose per il meglio.

Il Marasca, intrepido arrampicatore universitario[9], parlò chiaro a donna Eloisa:

– Qui sta succedendo una cosa gravissima, il professor Leprani ha sentenziato un esito mortale a breve termine e il paziente se ne va in giro per la casa come se niente fosse. Non sarà mica uscito, per caso...

– Ma, veramente...

– Domeneddio, che disastro. Il prestigio di un clinico sommo, invidiatoci dall'estero, messo a repentaglio cosí! Non possiamo permetterlo assolutamente.

– Mi dia lei un consiglio, professore.

– Intanto, per prima cosa, persuadere il conte a mettersi a letto, fargli capire che è ammalato, gravemente ammalato.

– Ma se lui si sente bene!

– No, contessa, questa obiezione da lei non me l'aspettavo. Non si rende conto della delicatezza della situazione? Una vita spesa per l'umanità sofferente, una fama conquistata col diuturno[10] lavoro di tanti anni, dovrebbero essere trascinate nel fango?

---

9. *arrampicatore universitario*: colui che cerca con ogni metodo e senza scrupoli di far carriera all'università.
10. *diuturno*: lungo e continuo.

– Ma non sarebbe logico che lei parlasse a mio marito?

– Dio me ne guardi. A quell'età si è cosí attaccati alla vita... E poi, voglia considerare, mi permetta, anche il buon nome di casa Fossadoro... Se si venisse a sapere la verità, se l'integerrimo magistrato, di illustre famiglia patrizia, diventasse lo zimbello della piazza... Un ubriacone senza freni!

– Professore, non le permetto...

– Scusi, contessa, ma non è piú il caso di fare complimenti. Il professor Leprani deve essere salvato ad ogni costo.

– E cosa dovrebbe fare mio marito? Scomparire? Togliersi la vita?

– Questo è affar vostro, contessa. Da parte mia le ripeto: Leprani non sbaglia mai, neanche stavolta può essersi sbagliato... Che diamine, un minimo di riguardo per tanto scienziato!

– Io non so, professore, non capisco... Personalmente non ho nulla in contrario a mettermi nelle sue mani...

– Brava, contessa. Come del resto me l'aspettavo, constato in lei un alto concetto della rispettabilità della casata, del decoro sociale... In fondo sarà una cosa semplice... Somministrare, ad esempio, i cibi adatti... il conte suo marito, eh, eh, non si farà pregare...

– E la conclusione sarebbe?

– Il professore Leprani non può essere smentito da chicchessia. Ha detto una settimana. Tiriamogli pure il collo, alla sua diagnosi. Vede che in fondo anch'io sono comprensivo. Ma entro quindici giorni, i funerali.

La macchina dell'onore accademico[11] si mise ben presto in moto.

Leprani chiedeva al primo assistente: – E allora, notizie del vecchio conte? Sta tirando regolarmente le cuoia? – E l'assistente: – Lei ha già parlato, Maestro.

---

11. *accademico*: universitario.

Tutto secondo le previsioni. Ormai piú di là che di qua.

A palazzo Fossadoro, dove il conte coi piú ingegnosi pretesti (il freddo, il vento, l'umidità, lo smog, un principio di raffreddore) veniva tenuto rinchiuso, urgevano le telefonate di circostanza[12]. La diagnosi di Leprani aveva già fatto il giro della città.

Telefonavano: le pompe funebri per la scelta della bara, la preparazione della salma e gli addobbi di rito; il medico comunale per il certificato di morte; il parroco, impaziente di somministrare l'estrema unzione; l'Istituto degli orfanelli per la rappresentanza ai funerali; il fioraio per le corone. E lui, il conte, sempre sano come un grillo.

Al quattordicesimo giorno il professor Leprani cominciò a dar segni di agitazione. – Il terribile vecchio – domandava – ancora non si è deciso? – Fu necessaria una iniezione ipotensoria[13].

Col sangue agli occhi, nel pomeriggio, il professor Marasca si presentò al palazzo Fossadoro accompagnato da due giovani assistenti travestiti da cuochi; e prese possesso della cucina. Alla sera, gran pranzo familiare per l'onomastico di una nipotina. Tra gli invitati, anche l'implacabile Marasca.

Lavoro, per la verità, eseguito a regola d'arte. Emozione e disturbo ridotti al minimo. Come, al dessert, inghiottí il primo boccone di torta, il conte Attilio Fossadoro restò stecchito, con ancora sulle labbra il beato sorriso di poco prima.

Subito il Marasca telefonò al luminare:

– Ancora una volta congratulazioni, Maestro. Or ora il conte ha cessato di vivere.

---

12. *telefonate di circostanza*: telefonate tipiche di un particolare momento; qui, naturalmente, la morte.
13. *ipotensoria*: che fa abbassare la pressione sanguigna.

Vita e storia

Beppe Fenoglio

La sposa bambina

Catinina del Freddo era di quella razza che da noi si marchia[1] col nome di mezzi zingari perché mezza la loro vita la passano sotto l'ala[2] del mercato.

Proprio sotto l'ala si trovava, a tredici anni giusti, a giocare coi maschi a tocco e spanna, quando sua madre le fece una chiamata straordinaria.

– Lasciami solo piú giocare queste due bilie! – le gridò Catinina, ma sua madre fece la mossa di avventarsi e Catinina andò, con ben piú di due bilie nella tasca del grembiale.

A casa c'era suo padre e sua sorella maggiore, tra i quali vennero a mettersi lei e sua madre, e cosí tutt'insieme fronteggiavano un vecchio che Catinina conosceva solo di vista, con baffi che gli coprivano la bocca e nei panni un cattivo odore un po' come quello dell'acciugaio. I suoi di Catinina stavano come sospesi davanti al vecchio, e Catinina cominciò a dubitare che fosse venuto per farsi rendere ad ogni costo del denaro imprestato e i suoi l'avessero chiamata perché il vecchio la vedesse e li compatisse.

Invece il vecchio era venuto per chiedere la mano di Catinina per un suo nipote che aveva diciotto anni e già un commercio suo proprio.

Sua madre si piegò e disse a Catinina: – Neh che sei contenta di sposare il nipote di questo signore?

---

[1]. *si marchia*: si definisce; detto con un certo disprezzo.
[2]. *sotto l'ala*: sotto la tettoia che copre il mercato.

Catinina scrollò le spalle e torse la testa. Sua madre la rimise in posizione: – Neh che sei contenta, Catinina? Ti faremo una bella veste nuova, se lo sposi.

Allora Catinina disse subito che lo sposava e vide il vecchio calar pesantemente le palpebre sugli occhi. – Però la veste me la fate rossa, – aggiunse Catinina.

– Ma rossa non può andare in chiesa e per sposalizio. Perché ti faremo una gran festa in chiesa. Avrai una veste bianca, oppure celeste.

A Catinina la gran festa in chiesa diceva poco o niente, quella veste non rossa già le cambiava l'idea, per lo scoramento si lasciò piombare una mano in tasca e fece suonare le bilie.

Allora la sorella maggiore disse che le avrebbero portato tanti confetti; a sentir questo Catinina passò sopra alla veste non rossa e disse di sí su tutto. Anche se quei confetti non finivano in bocca a lei.

Si sposarono alla vicaria[3] di Murazzano, neanche un mese dopo. Lo sposo dava alla vista meno anni dei suoi diciotto dichiarati, aveva una corona di pustole sulla fronte, piú schiena che petto, e certi occhi grigi duretti.

Fecero al Leon d'Oro il pranzo di nozze, pagato dal vecchio, e dopo vespro partirono. C'era tutto il paese a salutar Catinina, e perfino i signori ai loro davanzali.

Lo sposo, che era padrone di mula e carretto, aveva giusto da andare fino a Savona a caricar stracci, che era il suo commercio, e ne approfittava per fare il viaggio di nozze con Catinina.

Alla sposa venne da piangere quando, salita sul carretto, dominò di lassú tutta quella gente che rideva, ma le levò quel groppo un cartoccio di mentini che le offrí una donna anche lei della razza dei mezzi zingari.

Alla fine partirono, ma ancora a San Bernardo avevano il tormento di quei bastardini[4] che fino a ieri gio-

---

3. *vicaria*: chiesa parrocchiale.
4. *bastradini*: ragazzini.

cavano alle bilie con la sposa. Quantunque lo sposo non tardasse a girare la frusta.

Viaggiavano sulla pedaggera[5] e ne avevano già ben macinata di ghiaia, e Catinina non aveva ancora aperto bocca se non per infilarci quei mentini uno dopo succhiato l'altro, e lo sposo le sue quattro parole le aveva dette alla mula.

Ma passato Montezemolo lo sposo si voltò e le disse: – Voi adesso la smettete di mangiare quei gommini verdi, – e Catinina smise, ma principalmente per lo stupore che lo sposo le aveva dato del voi.

Veniva su la luna, e dopo un po' fu un mostro di vicinanza, di rotondità e giallore, navigava nel cielo caldo a filo del greppo[6] della langa, come li volesse accompagnare fino in Liguria.

Catinina toccò il suo sposo e gli disse: – Guarda solo un momento che luna.

Ma quello le si rivoltò e quasi le urlò: – Voi avete a darmi del voi, come io lo do a voi!

Catinina non rifiatò, molto piú avanti disse semplicemente che il listello di legno l'aveva tutta indolorita dietro, dopo ore che ci stava seduta. E allora lui le parlò con una voce buona, le disse che al ritorno sarebbe stata piú comoda, lui l'avrebbe aggiustata sugli stracci.

Arrivarono a Savona verso mezzogiorno.

Lo sposo disse: – Quello lí davanti è il mare, – che Catinina già ci aveva affogati gli occhi.

– Che bestione, – diceva Catinina del mare, – che bestione!

Tutte le volte che pascolava le pecore degli altri in qualche prato sotto la strada del mare e sentiva d'un tratto sonagliere, si arrampicava sempre sull'orlo della strada e da lí guardava venire, passare e lontanarsi i carrettieri e le loro bestie in cammino verso il mare

---

5. *pedaggera*: strada sulla quale si pagava il pedaggio, quindi strada importante.
6. *greppo*: fianco ripido della collina.

con grandi carichi di vino e di farine. Qualche volta li vedeva anche al ritorno, coi carri adesso pieni di vetri di Carcare e di Altare e di stoviglie d'Albisola, e si appostava per fissare i carrettieri negli occhi, se ritenevano[7] l'immagine del mare.

Ora se lo stava godendo da due passi il mare, ma lo sposo le calò una mano sulla spalla e si fece accompagnare a stallare la bestia. Ma poi le fece vedere un po' di porto e poi prendere un caffellatte con le paste di meliga. Dopodiché andarono a trovare un parente di lui.

Questo parente stava dalla parte di Savona verso il monte e a Catinina rincresceva il sangue del cuore distanziarsi dal mare fino a non avercene nemmeno più una goccia sotto gli occhi.

Ce ne volle, ma alla fine trovarono quel parente. Era un uomo vecchiotto ma ancora galante, e quando si vide alla porta i due ragazzi sposati fece subito venire vino bianco e paste alla crema ed anche dei vicini, ridicoli come lui.

Mangiarono, bevettero e cantarono, Catinina in quel buonumore prese a snodarsi e a rider di gola e ad ammiccare come una donna fatta, e teneva bene testa al parente galante ed ai suoi soci; lo sposo le era uscito di mente ed anche dagli occhi, non lo vedeva, seduto immobile, che pativa a bocca stretta e col bicchiere sempre pieno posato in terra fra i due piedi.

Quando si ritirarono per la notte in una stanza trovata dal parente, allora riempí di schiaffi la faccia a Catinina. E nient'altro, tanto Catinina non era ancora sviluppata.

Al mattino Catinina aveva per tutto il viso delle macchie gialle con un'ombra di nero, lo sposo venne a sfiorargliele con le dita e poi scoppiò a piangere. Proprio niente disse o fece Catinina per sollevarlo, gli disse solo che voleva tornare a Murazzano. E sí che si

---

7. *ritenevano*: conservavano.

sarebbe fermata un altro giorno tanto volentieri per via di quel parente cosí ridicolo, ma ora sapeva cosa costava il buonumore, e poi il mare le diceva meno.

Lo sposo caricò in fretta i suoi stracci, la fece sedere sul molle e tornarono.

La mattina dopo, il panettiere di Murazzano, che si levava sempre il primo di tutto il paese, uscito in strada a veder com'era il cielo di quel nuovo giorno, trovò Catinina seduta sul selciato e con le spalle contro il muro tiepido del suo forno.

– Ma sei Catinina? Sei proprio Catinina. E cosa fai lí, a quest'ora della mattina?

Lei gli scrollò le spalle.

– Cosa fai lí, Catinina? E non scrollarmi le spalle. Perché non sei col tuo uomo?

– Me no di sicuro!

– Perché te no?

Allora Catinina alzò la voce. – Io non ci voglio piú stare con quello là che mi dà del voi!

– Ma come non ci vuoi piú stare? Invece devi stargli insieme, e per sempre. È la legge.

– Che legge?

– O Madonna bella e buona, la legge del matrimonio!

Catinina scrollò un'altra volta le spalle, ma capiva anche lei che scrollar le spalle non bastava piú, e allora disse: – Io non ci voglio piú stare con quello là che mi dà sempre del voi. E poi che casa mi ha preparata che io c'entrassi da sposa? Una casa senza lume a petrolio e senza il poggiolo!

L'uomo sospirò, la fece entrare nel suo forno, disse piano al suo garzone: – Attento che non scappi, ma non beneficiartene[8] altrimenti il mestiere vai a impararlo da un'altra parte, – e uscí.

Quando tornò, c'era con lui l'uomo di Catinina. Col panettiere testimone, le promise il lume a petrolio

---

7. *beneficiartene*: approfittartene.

per subito e di farle il poggiolo, tempo sei mesi.

Catinina il lume a petrolio l'ebbe subito, e poi anche il poggiolo, ma dopo un anno buono, che lei aveva già un bambino sulle braccia. Perché Catinina non era la donna che per aver la grazia dei figli deve andarsi a sedere sulla santa pietra alla Madonna del Deserto e pregare tanto.

Questo primo figlio, dei nove che ne comprò nella sua stagione, l'addormentava alla meglio in una cesta e poi subito correva sotto l'ala a giocare a tocco e spanna con quei maschi di prima. Dopo un po' il bambino si svegliava e strillava da farsi saltare tutte le vene, finché una vicina si faceva sull'uscio e urlava a Catinina: – O disgraziata, non senti la tua creatura che piange? Vieni a cunarlo[8], o mezza zingara!

Da sotto l'ala Catinina alzava una mano con una bilia tra il pollice e l'indice e rispondeva gridando:

– Lasciatemi solo piú giocare questa bilia!

---

8. *cunarlo*: cullarlo.

Italo Calvino

Il bosco degli animali

I giorni di rastrellamento[1], al bosco sembra che ci sia la fiera. Tra i cespugli e gli alberi fuori dai sentieri è un continuo passare di famiglie che spingono la mucca od il vitello, e vecchie con la capra legata a una corda, e bambine con l'oca sotto il braccio. C'è chi addirittura scappa coi conigli.

Da ogni parte si vada, piú i castagni son fitti, piú si incontrano panciuti bovi e scampananti mucche che non sanno come muoversi per quei dirupati[2] pendii. Meglio ci si trovano le capre, ma i piú contenti sono i muli che una volta tanto posson muoversi scarichi, brucando cortecce per i viottoli. I maiali vanno per grufolare in terra e si pungono coi ricci tutto il grugno; le galline s'appollaiano sugli alberi e fanno paura agli scoiattoli; i conigli che in secoli di stalla hanno disimparato a scavar tane, non trovano di meglio che cacciarsi dentro il cavo degli alberi. Alle volte s'incontrano coi ghiri che li mordono.

Quella mattina il contadino Giuà Dei Fichi, stava facendo legna in un remoto angolo del bosco. Non sapeva nulla di quel che succedeva al paese, perché n'era partito la sera del giorno prima con l'intento d'andare per funghi la mattina presto e aveva dormito in un casolare in mezzo al bosco, che serviva, d'autunno, a essiccare le castagne.

1. *rastrellamento*: azione militare fatta in una zona occupata per eliminare i nemici che ancora resistono o si nascondono.
2. *dirupati*: ripidi

Perciò mentre menava colpi d'accetta contro un tronco morto, fu sorpreso a sentire, lontano e vicino per il bosco, un vago rintoccare di campani. S'interruppe e udí delle voci avvicinarsi. Gridò: – Ooo-u!

Giuà Dei Fichi era un ometto basso e tondo, con una faccia da lunapiena nerastra di pelo e rubizza[3] di vino, portava un verde cappello a pan di zucchero con una penna di fagiano, una camicia a grandi pallini gialli sotto il gilecco[4] di fustagno, e una sciarpa rossa intorno alla pancia a pallone per sostenergli i pantaloni pieni di toppe turchine.

– Ooo-u! – gli risposero e apparve tra le rocce verdi di licheni un contadino coi baffi e il cappello di paglia, suo compare, che si portava dietro un caprone dalla barba bianca.

– Cosa fai qui, Giuà, – gli disse il compare, – sono arrivati i tedeschi al paese e girano tutte le stalle!

– Ohimè di me! – gridò Giuà Dei Fichi. – Troveranno la mia mucca Coccinella e la porteranno via!

– Corri che forse fai ancora in tempo a nasconderla, – lo consigliò il compare. – Noi abbiamo visto la colonna che saliva in fondovalle e siamo subito scappati. Ma può darsi che ancora non siano arrivati a casa tua.

Giuà lasciò legna, accetta e cestino dei funghi e corse via.

Correndo per il bosco s'imbatteva in file d'anatre che gli scappavano starnazzando di tra i piedi, e in greggi di pecore che marciavano compatte fianco a fianco senza lasciargli il passo, e in ragazzi e in vecchine che gli gridavano: – Sono arrivati già alla Madonnetta! Stanno frugando le case sopra il ponte! Li ho visti girare la svolta prima del paese! – Giuà Dei Fichi s'affrettava con le corte gambe, rotolando come una palla giú per i pendii, guadagnando le salite a cuore in gola.

---

3. *rubizza*: di aspetto sano, ma un po' troppo colorita.
4. *gilecco*: gilè, panciotto.

Corri e corri, arrivò a un gomito di costone[5] donde s'apriva la vista del paese. C'era un gran spaziare d'aria mattiniera e tenera, uno sfumato circondario di montagne, e in mezzo il paese di case ossute e accatastate tutte pietre e ardesia. E nell'aria tesa veniva dal paese un gridare tedesco e un battere di pugni contro porte.

– Ohimè di me! ci sono già i tedeschi nelle case!

Giuà Dei Fichi tremava tutto nelle braccia e nelle gambe: un po' di tremito ce l'aveva di natura per via del bere, un po' gli veniva adesso a pensare alla mucca Coccinella, unico suo bene al mondo, che stava per venir portata via.

Quatto quatto, tagliando per i campi, tenendosi al coperto dietro i filari delle vigne, Giuà Dei Fichi s'avvicinò al paese. La sua casa era una delle ultime ed esterne, là dove il paese si perdeva negli orti, in mezzo a un dilagar verde di zucche: poteva darsi che i tedeschi non fossero arrivati ancora lí.

Giuà facendo capolino dai cantoni cominciò a scivolare nel paese. Vide una strada vuota coi consueti odori di fieno e di stallino, e questi nuovi rumori che venivano dal centro del paese: voci disumane e passi ferrati. La sua casa era lí: ancora chiusa. Era chiusa sia la porta della stalla a pianterreno sia quella delle stanze in cima alla consunta[6] scala esterna, tra cespi di basilico piantati dentro pentole di terra. Una voce dall'interno della stalla disse: – Muuuuuu... – Era la mucca Coccinella che riconosceva l'avvicinarsi del padrone. Giuà si rimescolò di contentezza.

Ma ecco che sotto un archivolto[7] si sentí rimbombare un passo umano: Giuà si nascose nel vano di una porta tirando indietro la pancia rotonda. Era un tedesco dall'aria contadina, coi polsi e il collo allampanati che sporgevano dalla corta giubba, le gambe lunghe

---

5. *costone*: cresta rocciosa della montagna.
6. *consunta*: consumata per l'uso.
7. *archivolto*: sottopassaggio in muratura a forma di arco.

lunghe e un fucilaccio lungo quanto lui. S'era allontanato dai compagni per veder di cacciare qualcosa per suo conto; e anche perché le cose e gli odori del paese gli ricordavano cose e odori noti. Cosí andava fiutando l'aria e guardando intorno con una gialla faccia porcina sotto la visiera dello schiacciato cheppí[8]. In quella Coccinella disse: – Muuuu... – Non capiva come mai il padrone non arrivasse ancora. Il tedesco ebbe un guizzo in quei suoi panni striminziti e si diresse subito alla stalla; Giuà Dei Fichi non respirava piú.

Vide il tedesco che s'accaniva a dar calci alla porta: presto l'avrebbe sfondata, di sicuro. Giuà allora scantonò e passò dietro la casa, andò al fienile e prese a rovistare sotto il fieno. C'era nascosta la sua vecchia doppietta da caccia, con una fornita cartuccera. Giuà caricò il fucile con due pallottole da cinghiale, si cinse la pancia con la cartuccera e quatto quatto, a fucile spianato, andò a appostarsi all'uscita della stalla.

Già il tedesco stava uscendo tirandosi dietro Coccinella legata ad una fune. Era una bella mucca rossa a macchie nere e perciò si chiamava Coccinella. Era una mucca giovane, affettuosa e puntigliosa: ora non voleva lasciarsi portar via da quest'uomo sconosciuto, e s'impuntava; il tedesco la doveva spinger via per il garrese[9].

Nascosto dietro un muro Giuà Dei Fichi mirò. Ora bisogna sapere che Giuà era il cacciatore piú schiappino[10] del paese. Non era mai riuscito a centrare, manco per sbaglio, non dico una lepre ma nemmeno uno scoiattolo. Quando sparava ai tordi al fermo, quelli manco si muovevano dal ramo. Nessuno voleva andare a caccia con lui perché impallinava il sedere dei compagni. Non aveva mira e gli tremavano le mani. Figuriamoci adesso, tutto emozionato com'era!

---

8. *cheppí*: cappello militare.
9. *garrese*: quella parte del corpo di un quadrupede posta tra il collo e il dorso.
10. *schiappino*: scadente, incapace.

Puntava, ma le mani gli tremavano e la bocca della doppietta continuava a girare in aria. Faceva per mirare al cuore del tedesco e subito gli appariva il sedere della mucca sul mirino. «Ohimè di me!» pensava Giuà, «e se sparo al tedesco e uccido Coccinella?» E non s'azzardava a tirare.

Il tedesco s'avanzava a stento con questa mucca che sentiva la vicinanza del padrone e non si lasciava trascinare. S'accorse a un tratto che i suoi commilitoni avevano già sgombrato il paese e scendevano per lo stradone. Il tedesco s'accinse a raggiungerli con quella testarda mucca dietro. Giuà li seguiva a distanza, saltando dietro le siepi e i muretti e puntando ogni tanto il fucilaccio. Ma non riusciva a tener ferma l'arma e il tedesco e la mucca eran sempre troppo vicini l'uno all'altra perché lui s'azzardasse a far partire un colpo. Che se la dovesse lasciar portare via?

Per raggiungere la colonna che s'allontanava, il tedesco prese una scorciatoia per il bosco. Adesso riusciva piú facile a Giuà tenergli dietro nascondendosi tra i tronchi. E forse ora il tedesco avrebbe proceduto piú discosto dalla mucca in modo che fosse possibile tirargli.

Una volta nel bosco Coccinella parve perdere la riluttanza a muoversi, anzi, poiché il tedesco tra quei viottoli si raccapezzava poco, era lei a guidarlo e a decidere nei bivi. Non passò molto e il tedesco s'accorse che non era sulla scorciatoia dello stradone ma in mezzo al bosco fitto: in una parola s'era smarrito insieme a quella mucca.

Graffiandosi il naso nei roveti e finendo a piè pari nei ruscelli Giuà Dei Fichi gli teneva dietro, tra frulli di scriccioli che prendevano il volo e sguisciar di ranocchi dei pantani. Prendere la mira in mezzo agli alberi era ancor piú difficile, a farla passare attraverso tanti ostacoli e con quella groppa rossa e nera tanto estesa che gli si parava sempre sotto gli occhi.

Il tedesco già guardava con paura il bosco fitto, e studiava come poteva fare a uscirne, quando udí un fruscio in un cespuglio di corbezzoli e sbucò fuori un bel maiale rosa. Mai al suo paese aveva visto maiali che girassero nei boschi. Mollò la corda della mucca e si mise dietro al maiale. Coccinella appena si vide libera s'inoltrò trotterellando per il bosco, che sentiva pullulare[11] di presenze amiche.

Per Giuà era venuto il momento di sparare. Il tedesco s'affaccendava intorno al porco, l'abbracciava per tenerlo fermo, ma quello gli sgusciava via.

Giuà era lí lí per schiacciare il grilletto, quando gli apparvero vicini due bambini, un maschietto e una piccina, coi berrettini di lana a pon-pon e le calze lunghe. I bambini avevano i lucciconi in pelle in pelle: – Tira bene, Giuà, mi raccomando, – dicevano, – se ci ammazzi il maiale non ci resta piú nulla! – A Giuà Dei Fichi quel fucile nelle mani riprese a ballar la tarantella: era un uomo di cuore troppo tenero e s'emozionava troppo, non perché doveva ammazzare quel tedesco ma per il rischio che correva il maiale di quei due poveri bambini.

Il tedesco rotolava contro pietre e cespugli con quel maiale tra le braccia che si dibatteva e gridava: – Ghiii... ghiii... ghiii... – A un tratto ai gridi del maiale rispose un – Beeé... – e da una grotta uscí un agnellino. Il tedesco lasciò scappare il porco e si mise dietro all'agnellino. Strano bosco, pensava, con maiali nei cespugli e agnelli nelle tane. E acchiappato per una zampa l'agnellino che belava a perdifiato se lo issò in spalla come il Buon Pastore, ed andò via. Giuà Dei Fichi lo seguiva quatto quatto. – Stavolta non scappa. Stavolta c'è, – diceva e già stava per tirare, quando una mano gli alzò la canna del fucile. Era un vecchio pastore con la barba bianca, che giunse le mani verso di lui dicendo: – Giuà, non mi ammazzare l'agnellino, uccidi lui ma non mi ammazzare l'agnellino. Mira bene, una volta tanto, mira bene! – Ma Giuà ormai non capiva piú niente, e non trovava nemmeno il grilletto.

11. *pullulare*: esser pieno in ogni parte.

Il tedesco andando per il bosco faceva scoperte da restar a bocca aperta: pulcini sopra gli alberi, porcellini d'India che facevano capolino dal cavo dei tronchi. C'era tutta l'arca di Noè. Ecco che su un ramo di pino vide posato un tacchino che faceva la ruota. Subito, alzò la mano per pigliarlo, ma il tacchino, con un piccolo salto, andò ad appollaiarsi su un ramo del palco piú alto, sempre continuando a far la ruota. Il tedesco, lasciando l'agnello, cominciò ad arrampicarsi su quel pino. Ma ogni palco di rami che lui saliva, il tacchino andava su d'un altro palco, senza scomporsi, impettito e coi penduli bargigli fiammeggianti.

Giuà avanzava sotto l'albero con un ramo frondoso sulla testa, altri due sulle spalle e uno legato alla canna del fucile. Ma arrivò una giovane grassottella con un fazzoletto rosso intorno al capo. – Giuà, – disse, – stammi a sentire, se ammazzi il tedesco io ti sposo, se m'ammazzi il tacchino ti taglio le budella –. Giuà che era anziano ma scapolo e pudico, diventò tutto rosso e il fucile gli ruotava davanti come un girarrosto.

Il tedesco salendo era arrivato ai rami piú sottili, finché uno non gli si spezzò sotto i piedi e lui cascò. Per poco non finí addosso a Giuà Dei Fichi, che questa volta ebbe occhio e scappò via. Ma lasciò per terra tutti i rami che lo nascondevano, cosí il tedesco cadde, sul morbido e non si fece niente.

Cadde e vide una lepre sul sentiero. Ma non era una lepre: era panciuta e ovale e sentendo rumore non scappò, ma s'appiattí per terra. Era un coniglio e il tedesco lo prese per gli orecchi. Avanzava cosí col coniglio che squittiva e si contorceva in tutti i sensi e lui era costretto per non farselo scappare a saltare in qua e in là col braccio alzato. Il bosco era tutto muggiti e belati e coccodè: a ogni passo si facevano nuove scoperte d'animali: un pappagallo su un ramo d'agrifoglio, tre pesci rossi sguazzanti in una polla[12].

12. *polla*: fonte, ruscello d'acqua pura.

A cavalcioni d'un alto ramo d'una annosa quercia Giuá seguiva la danza del tedesco col coniglio. Ma era difficile prenderlo di mira perché il coniglio cambiava continuamente posizione e capitava in mezzo. Giuà si sentí tirare per un lembo del gilecco: era una ragazzina con le trecce e la faccia lentigginosa: – Non uccidermi il coniglio, Giuà, se no è lo stesso che me lo porti via il tedesco.

Intanto il tedesco era arrivato a un posto tutte pietre grigie, ròse da licheni azzurri e verdi. Solo pochi pini scheletriti crescevano intorno, e vicino s'apriva un precipizio. Nel tappeto d'aghi di pino che giaceva in terra, stava razzolando una gallina. Il tedesco fece per rincorrere la gallina e il coniglio gli scappò.

Era la gallina piú magra, vecchia e spennacchiata che mai si fosse vista. Apparteneva a Girumina, la vecchia piú povera del paese. Il tedesco l'ebbe presto tra le mani.

Giuà s'era appostato in cima a quelle rocce e aveva costruito un piedestallo di pietre per il suo fucile. Anzi aveva messo su proprio la facciata d'un fortino, con solo una stretta feritoia per far passare la canna del fucile. Adesso poteva sparare senza scrupoli, ché se anche ammazzava quella gallina spennacchiata era mal di poco.

Ma ecco che la vecchia Girumina, raggomitolata in scialli neri e cenciosi, lo raggiunse e gli fece questo ragionamento: – Giuà, che i tedeschi mi portino via la gallina, unica cosa che mi resti al mondo, è già triste. Ma che sia tu che me l'ammazzi a fucilate è piú triste ancora.

Giuà riprese a tremare piú di prima, per la gran responsabilità che gli toccava. Pure si fece forza e schiacciò il grilletto.

Il tedesco sentí lo sparo e vide la gallina che gli starnazzava in mano restare senza coda. Poi un altro colpo, e la gallina restare senza un'ala. Era una gallina stregata, che esplodeva ogni tanto e gli si consumava in mano? Un altro scoppio e la gallina fu completamente spennata, pronta per andare arrosto, e pure continuava a starnazzare. Il tedesco che cominciava a esser preso dal terrore la teneva per il collo discosta da sé. Una quarta cartuccia di Giuà le troncò il collo proprio sotto la sua mano e lui rimase con la testa in mano che si muoveva ancora. Buttò via tutto e scappò via. Ma non trovava piú sentieri. Vicino a lui s'apriva quel roccioso precipizio. Ultimo albero prima del precipizio era un carrubo e sui rami del carrubo il tedesco vide rampare[13] un grosso gatto.

Ormai non si stupiva piú di vedere animali domestici sparsi per il bosco e avanzò la mano per accarezzare il gatto. Lo prese per la collottola e sperava di consolarsi a sentirlo far le fusa.

Ora bisogna sapere che quel bosco era da tempo infestato da un feroce gatto selvatico che uccideva i volatili e talvolta si spingeva fino al paese nei pollai. Cosí il tedesco che credeva di sentir fare ron-ron, si vide precipitare il felino contro a pelo dritto e arruffato e sentí le sue unghie farlo a brani. Nella zuffa che seguí l'uomo e la belva rotolarono ambedue nel precipizio.

Fu cosí che Giuà, tiratore schiappino, fu festeggiato come il piú grande partigiano e cacciatore del paese. Alla povera Girumina fu comprata una covata di pulcini a spese della comunità.

---

13. *rampare*: arrampicarsi a balzi.

Natalia Ginzburg

Inverno in Abruzzo

*Deus nobis haec otia fecit* [1].

In Abruzzo non c'è che due stagioni: l'estate e l'inverno. La primavera è nevosa e ventosa come l'inverno e l'autunno è caldo e limpido come l'estate. L'estate comincia in giugno e finisce in novembre. I lunghi giorni soleggiati sulle colline basse e riarse, la gialla polvere della strada e la dissenteria dei bambini, finiscono e comincia l'inverno. La gente allora cessa di vivere per le strade: i ragazzi scalzi scompaiono dalle scalinate della chiesa. Nel paese di cui parlo, quasi tutti gli uomini scomparivano dopo gli ultimi raccolti: andavano a lavorare a Terni, a Sulmona, a Roma. Quello era un paese di muratori: e alcune case erano costruite con grazia, avevano terrazze e colonnine come piccole ville, e stupiva di trovarci, all'entrare, grandi cucine buie coi prosciutti appesi e vaste camere squallide e vuote. Nelle cucine il fuoco era acceso e c'erano varie specie di fuochi, c'erano grandi fuochi con ceppi di quercia, fuochi di frasche e foglie, fuochi di sterpi raccattati ad uno ad uno per via. Era facile individuare i poveri e i ricchi, guardando il fuoco acceso, meglio di quel che si potesse fare guardando le case e la gente, i vestiti e le scarpe, che in tutti su per giú erano uguali.

Quando venni al paese di cui parlo, nei primi tempi tutti i volti mi parevano uguali, tutte le donne si rasso-

---

[1]. *Deus nobis haec otia fecit*: Un dio ci ha donato questo periodo di quiete. In latino.

migliavano, ricche e povere, giovani e vecchie. Quasi tutte avevano la bocca sdentata: laggiú le donne perdono i denti a trent'anni, per le fatiche e il nutrimento cattivo, per gli strapazzi dei parti e degli allattamenti che si susseguono senza tregua. Ma poi a poco a poco cominciai a distinguere Vincenzina da Secondina, Annunziata da Addolorata, e cominciai a entrare in ogni casa e a scaldarmi a quei loro fuochi diversi.

Quando la prima neve cominciava a cadere, una lenta tristezza s'impadroniva di noi. Era un esilio il nostro: la nostra città era lontana e lontani erano i libri, gli amici, le vicende varie e mutevoli di una vera esistenza. Accendevamo la nostra stufa verde, col lungo tubo che attraversava il soffitto: ci si riuniva tutti nella stanza dove c'era la stufa, e lí si cucinava e si mangiava, mio marito scriveva al grande tavolo ovale, i bambini cospargevano di giocattoli il pavimento. Sul soffitto della stanza era dipinta un'aquila: e io guardavo l'aquila e pensavo che quello era l'esilio. L'esilio era l'aquila, era la stufa verde che ronzava, era la vasta e silenziosa campagna e l'immobile neve. Alle cinque suonavano le campane della chiesa di Santa Maria, e le donne andavano alla benedizione, coi loro scialli neri e il viso rosso. Tutte le sere mio marito ed io facevamo una passeggiata: tutte le sere camminavamo a braccetto, immergendo i piedi nella neve. Le case che costeggiavano la strada erano abitate da gente cognita[2] e amica: e tutti uscivano sulla porta e ci dicevano – Con una buona salute –. Qualcuno a volte domandava: – Ma quando ci ritornate alle case vostre? – Mio marito diceva: – Quando sarà finita la guerra –. – E quando finirà questa guerra? Te che sai tutto e sei un professore, quando finirà? – Mio marito lo chiamavano «il professore» non sapendo pronunciare il suo nome, e venivano da lontano a consultarlo sulle cose piú varie, sulla stagione migliore per togliersi i denti,

---

2. *cognita*: conosciuta, nota.

sui sussidi[3] che dava il municipio e sulle tasse e le imposte.

D'inverno qualche vecchio se ne andava con una polmonite, le campane di Santa Maria suonavano a morto, e Domenico Orecchia, il falegname, fabbricava la cassa. Una donna impazzí e la portarono al manicomio di Collemaggio, e il paese ne parlò per un pezzo. Era una donna giovane e pulita, la piú pulita di tutto il paese: dissero che le era successo per la gran pulizia. A Gigetto di Calcedonio nacquero due gemelle, con due gemelli maschi che aveva già in casa, e fece una chiassata in municipio perché non volevano dargli il sussidio, dato che aveva tante coppe[4] di terra e un orto grande come sette città. A Rosa, la bidella della scuola, una vicina gli sputò dentro l'occhio, e lei girava con l'occhio bendato perché le pagassero l'indennità. – L'occhio è delicato, lo sputo è salato –, spiegava. E anche di questo si parlò per un pezzo, finché non ci fu piú niente da dire.

La nostalgia cresceva in noi ogni giorno. Qualche volta era perfino piacevole, come una compagnia tenera e leggermente inebriante. Arrivavano lettere dalla nostra città, con notizie di nozze e di morti dalle quali eravamo esclusi. A volte la nostalgia si faceva acuta ed amara, e diventava odio: noi odiavamo allora Domenico Orecchia, Gigetto di Calcedonio, Annunziatina, le campane di Santa Maria. Ma era un odio che tenevamo celato, riconoscendolo ingiusto: e la nostra casa era sempre piena di gente, chi veniva a chieder favori e chi veniva a offrirne. A volte la sartoretta veniva a farci le sagnoccole[5]. Si cingeva uno strofinaccio alla vita e sbatteva le uova, e mandava Crocetta in giro per il paese a cercare chi potesse prestarci un paiolo ben grande. Il suo viso rosso era assorto e i suoi occhi

---

3. *sussidi*: aiuti economici.
4. *coppe*: misura agraria abruzzese.
5. *sagnoccole*: piatto tipico abruzzese dalla preparazione abbastanza complicata.

splendevano di una volontà imperiosa. Avrebbe messo a fuoco la casa perché le sue sagnoccole riuscissero bene. Il suo vestito e i capelli si facevano bianchi di farina, e sul tavolo ovale dove mio marito scriveva, venivano adagiate le sagnoccole.

Crocetta era la nostra donna di servizio. Veramente non era una donna perché aveva quattordici anni. Era stata la sartoretta a trovarcela. La sartoretta divideva il mondo in due squadre: quelli che si pettinano e quelli che non si pettinano. Da quelli che non si pettinano bisogna guardarsi, perché naturalmente hanno i pidocchi. Crocetta si pettinava: e perciò venne da noi a servizio, e raccontava ai bambini delle lunghe storie di morti e di cimiteri. C'era una volta un bambino che gli morí la madre. Suo padre si pigliò un'altra moglie e la matrigna non amava il bambino. Perciò lo uccise mentre il padre era ai campi e ci fece il bollito. Il padre torna a casa e mangia, ma dopo che ha mangiato le ossa rimaste nel piatto si mettono a cantare:

> E la mia trista matrea
> Mi ci ha cotto in caldarea
> E lo mio padre ghiottò
> Mi ci ha fatto 'nu bravo boccò[6].

Allora il padre uccide la moglie con la falce, e l'appende a un chiodo davanti alla porta. A volte mi sorprendo a mormorare le parole di questa canzone, e allora tutto il paese mi ritorna davanti, insieme al particolare sapore di quelle stagioni, insieme al soffio gelato del vento e al suono delle campane.

Ogni mattina uscivo con i miei bambini e la gente si stupiva e disapprovava che io li esponessi al freddo e alla neve. – Che peccato hanno fatto queste creature? – dicevano. – Non è tempo di passeggiare, signò. Torna a casa –. Camminavamo a lungo per la campagna bianca

---

6. *E la mia triste matrea* ecc.: E la mia triste matrigna / mi ha cotto nella caldaia / e il mio padre ghiottone / mi ha mangiato in un boccone.

e deserta, e le rare persone che incontravo guardavano i bambini con pietà. – Che peccato hanno fatto? – mi dicevano. Laggiú se nasce un bambino nell'inverno, non lo portano fuori dalla stanza fino a quando non sia venuta l'estate. A mezzogiorno mio marito mi raggiungeva con la posta, e tornavamo tutti insieme a casa.

Io parlavo ai bambini della nostra città. Erano molto piccoli quando l'avevamo lasciata, e non ne avevano nessun ricordo. Io dicevo loro che là le case avevano molti piani, c'erano tante case e tante strade, e tanti bei negozi. – Ma anche qui c'è Girò –, dicevano i bambini.

La bottega di Girò era proprio davanti a casa nostra. Girò se ne stava sulla porta come un vecchio gufo, e i suoi occhi rotondi e indifferenti fissavano la strada. Vendeva un po' di tutto: generi alimentari e candele, cartoline, scarpe e aranci. Quando arrivava la roba e Girò scaricava le casse, i ragazzi correvano a mangiare gli aranci marci che buttava via. A Natale arrivava anche il torrone, i liquori, le caramelle. Ma lui non cedeva un soldo sul prezzo. – Quanto sei cattivo, Girò –, gli dicevan le donne. Rispondeva: – Chi è buono se lo mangiano i cani –. A Natale tornavano gli uomini da Terni, da Sulmona, da Roma, stavano alcuni giorni e ripartivano, dopo aver scannato i maiali. Per alcuni giorni non si mangiava che sfrizzoli[7], salsicce pazze e non si faceva che bere: poi le grida dei nuovi maialetti riempivano la strada.

In febbraio l'aria si faceva umida e molle. Nuvole grigie e cariche vagavano per il cielo. Ci fu un anno che durante lo sgelo si ruppero le grondaie. Allora cominciò a piovere in casa e le stanze erano dei veri pantani. Ma fu cosí per tutto il paese: non una sola casa restò asciutta. Le donne vuotavano i secchi dalle finestre e scopavano via l'acqua dalla porta. C'era chi andava a letto con l'ombrello aperto. Domenico Orecchia diceva che

---

7. *sfrizzoli*: gustoso prodotto alimentare a base di carne di maiale.

era il castigo di qualche peccato. Questo durò piú d'una settimana: poi finalmente ogni traccia di neve scomparve dai tetti, e Aristide aggiustò le grondaie.

La fine dell'inverno svegliava in noi come un'irrequietudine. Forse qualcuno sarebbe venuto a trovarci: forse sarebbe finalmente accaduto qualcosa. Il nostro esilio doveva pur avere una fine. Le vie che ci dividevano dal mondo parevano piú brevi: la posta arrivava piú spesso. Tutti i nostri geloni guarivano lentamente.

C'è una certa monotona uniformità nei destini degli uomini. Le nostre esistenze si svolgono secondo leggi antiche ed immutabili, secondo una loro cadenza uniforme ed antica. I sogni non si avverano mai e non appena li vediamo spezzati, comprendiamo a un tratto che le gioie maggiori della nostra vita sono fuori della realtà. Non appena li vediamo spezzati, ci struggiamo[8] di nostalgia per il tempo che fervevano[9] in noi. La nostra sorte trascorre in questa vicenda di speranze e di nostalgie.

Mio marito morí a Roma nelle carceri di Regina Coeli, pochi mesi dopo che avevamo lasciato il paese. Davanti all'orrore della sua morte solitaria[10], davanti alle angosciose alternative che precedettero la sua morte, io mi chiedo se questo è accaduto a noi, a noi che compravamo gli aranci da Girò e andavamo a passeggio nella neve. Allora io avevo fede in un avvenire facile e lieto, ricco di desideri appagati, di esperienze e di comuni imprese. Ma era quello il tempo migliore della mia vita e solo adesso che m'è sfuggito per sempre, solo adesso lo so.

---

8. *ci struggiamo*: ci consumiamo.
9. *fervevano*: ribollivano.
10. *morte solitaria*: Leone Ginzburg, marito dell'autrice di questo racconto, morí nel 1944 in carcere, a causa delle torture subite per opera dei nazifascisti.

Carlo Emilio Gadda

La fidanzata di Elio

Quarantaquattro lettere di congratulazione e un vassoio di biglietti. «La compagna che ti sei scelta...» Le zie di Elio non avevano mai stillato una prosa cosí commovente.

Avevano scandito[1] i lunghi anni del tempo con la puntualità de' loro auguri di Pasqua: ogniqualvolta, inghirlandavano la Resurrezione di squisiti saggi calligrafici, oculatamente svolti fra le piú impreviste ova sode. Fra le gambe dei pigolanti avevano messo in grammatica i piú delicati affetti, gli augurii piú fervidi.

E cosí per tutta la ginnasiale pace e nella tempesta di poi[2], quando ai pulcini era succeduta la Gloria aureolata di giallo, svolazzante con ali di pellicano fra i nembi, sopra le dirute[3] case e i barili sventrati.

E tutto pareva non fosse stato se non un laborioso esercizio per arrivare a tanto: alle felicitazioni e alle benedizioni supreme.

La sua mamma invece (stava rammendandogli le calze), aveva intermesso[4]; lo aveva guardato con un velo di pianto, con uno sguardo che pareva tremare: – Sei proprio certo?

Quella sera la mamma era assente. Elio, mutatosi d'abiti, si era pettinato con cura, aveva tristemente

1. *scandito*: segnato cn regolarità.
2. *ginnasiale pace e... tempesta di poi*: la vita serena da ragazzo e poi il dramma della prima guerra mondiale.
3. *dirute*: distrutte dalle bombe.
4. *intermesso*: interrotto il lavoro.

spento tutte le luci di casa: i vecchi quadri senza senso erano piombati a un tratto nel buio. Sette rintocchi, dalla vecchia torre, caddero nel lago opaco del silenzio. Poi un ritornello che saliva dalla via solitaria, spiegato:

*Abat-jour, tu che spandi la luce blu...*

quando già il tipografo pallido stava per chiuder bottega.

Elio traversava la città: dove le lampade facevano sera e i fermenti della palingenesi[5] tenevano i garzoni in una frequenza di canti.

Ma un piú angoscioso pensiero lo tenne, vedeva già tutto: vedeva la chiesa, i lumi, il tappeto, l'assessore Raspagnotti, la penna d'oro, sentiva già sull'epigastro[6] le note basse e clamorose dell'organo, che dicevano perfetta la «felicità» sua, la felicità delle zie.

Si indusse cosí a pensare di Luisa, lungamente, schivando d'istinto i piú sgangherati tram, ricolmi allora come arnie, e i taxis repentini e diabòlici.

Quella sera, Luisa doveva aver preparato il suo centotrentacinquesimo budino di fidanzata; alla sémola, inarrivabile massaia!, sostituiva regolarmente della farina gialla di seconda qualità.

Anche l'adagio della Patètica[7], sotto il tocco magico di quelle dita, si trasformava in un budino.

E allora a lui gli germinavano dei pensieri per bene, i di cui riflessi diramavano bentosto fino ai calcagni. Ed erano ordini d'operazione ai suoi atti correttissimi di gentiluomo, preoccupato di non scivolare sul *parquet*: come gli ordini che Luisa impartiva un po' a tutti, con quella voce nasale e un poco stridula, rigorosamente monda di ogni vena di sensualità.

---

5. *palingenesi*: letteralmente «ritorno alla vita»; in questo caso da connettere alla «primavera» (ritorno alla vita della natura).
6. *epigastro*: stomaco.
7. *Patètica*: celebre sonata per pianoforte di Beethoven.

«Anche l'adagio della Patètica!», si diceva Elio.

Quelle encomiabili note gli parevano esprimere la voluttà e la malinconia, quanto gli spaghetti in iscatola degli americani rifanno la pasta di Napoli. Vedeva oramai con chiarezza: vedeva la «sua» Luisa nella realtà; ne percepiva tutta la perfezione: le virtú filiali, le virtú domestiche, le virtú musicali, le virtú culinarie.

Goloso come un ragazzo, vorace come un alpino, si sentiva rapire all'idea di quei dolci, manipolati dalle mani di Luisa: dove l'economia domestica avrebbe trionfato di vera gloria e di eterno splendore. La fetta di torta matrimoniale sarebbe succeduta alla fetta di torta fidanzamentale: e avrebbe finito ogni sera di ingozzarlo come un pollo, con il gusto inimitabile che la vera massaia conferisce ai piú farinosi plum-cakes.

Luisa non beveva vino né liquori, il caffè raramente, e quelle rarissime volte ci metteva pochissimo zucchero. Luisa andava alla Messa, egli ve l'aveva accompagnata, e una zia di Luisa li aveva accompagnati tutti e due, cosí la Messa l'avevano sentita tutti e tre. Davanti Domine Dio stava diritta, si chinava con misura, nulla faceva che potesse spiacere al buon Dio: si soffiava il naso con tanto riguardo! Oh! «non desiderare la donna d'altri!», diceva un'antica legge: ed Elio si studiava di osservare la legge. Ma i sogni erano cosa che non poteva rattener sempre, come le nuvole di primavera non si rattengono, se il vento, a marzo, le sospinga ad oscurare, trasvolando, la campagna fiorita.

Ed Elio, sotto i fari e di tra le concitate voci de' passanti, vide proprio la donna d'un altro, la signora che aveva conosciuto in una cittadina dolcissima della dolce Italia, ch'era la moglie d'un commilitone e lo aveva invitato.

Lo aveva salutato, bionda, ampia, pacata, con un sorriso sereno: lo aveva pregato di sedere: nel súbito incanto erano vaniti[8] perfino i ricordi delle bevute col-

---

8. *vaniti*: svaniti, dimenticati.

legiali, in guerra. Parlava con una voce lenta e come sommessa, diceva con verità le cose consuete e vere, non sonava il pianoforte, aveva preparato della minestra, del pollo, dell'arrosto, del lesso, dell'insalata, dei dolci; dei dolcissimi frutti. La tavola era imbandita con i piatti e le caraffe di Piedilúco[9], con una tovaglia ricamata da lei; perché l'ospite fosse lieto, perché il sole si rifrangesse fulgidamente sopra li argenti, e il pollo arrosto avesse l'onore che mèrita.

Lo serví lei, levàtasi apposta, data l'inesperienza e la confusione della donzella[10]: Elio protestava: gli diede lei l'ala e la coscia, e poi un altro pezzo; gli diede l'insalata, l'arrosto, il dolce, la frutta.

Il lesso s'era modestamente ritenuto, conscio di non poter competere con le dorature profumate delle carni di casseruola. Nelle caraffe c'era del fresco vino d'Orvieto, molto vino, quanto due alpini volessero berne, commemorando. Nel caffè lo zucchero, molto caffè, molto zucchero. Ella gli chiese quanti pezzi: ed Elio, guardandola, esitò, mentre ancora l'amico mesceva: – bevi, bevi –. Quegli occhi della bionda donna gli parvero pieni d'un'ombra serena, quei cigli! e le fossette del viso! – Io sono molto ghiotto... –, arrivò a dire, – come ha veduto... – Allora, come una mamma indulgente, ella gli depose i tre pezzi dentro la tazza, ma si capiva che se avesse voluto sei glie ne metteva anche sei, anche dodici, con egual gioia. Perché l'ospite fosse lieto.

«Quando i treni sibilanti ci portavano via dal paese», pensava Elio, «quanto desiderio rimane!» tram e i taxis velocipedastri sgattaiolàvano, poi saettàvano diritti contro il terrore delle dame.

Ancora pochi minuti e avrebbe baciato Luisa. Elio non ragionava, se avesse ragionato sarebbe stato piú calmo. Passarono degli ufficiali ed Elio ripensò, subi-

---

9. *Piedilúco*: località umbra, in cui si producono ceramiche tipiche.
10. *donzella*: cameriera.

tamente, gli anni di prima; un cocchiere imbestiato sbraitava, non vide contro chi. Suo padre era morto come può morire un colonnello di fanteria «che deve impadronirsi ad ogni costo di quota 960». Era caduto con tre pallottole nello stomaco ed egli, il giovine, non aveva avuto piú pace finché non se n'era procurate altrettante. «Papà, papà!», pensava.

Elio aveva tre ferite nel corpo ed una sola, ed atroce, nell'anima. Di questa, Luisa non aveva mai avuto neppure un sospetto, rigidamente intenta ai plum-cakes; la donna del buon paese, nel dolce sole d'Italia, l'aveva saputa medicare di dolcezza, di serenità, di letizia.

Tre ferite in corpo. Ciò nonostante i Ghiringhelli avevano trovato che, come genero, poteva andare: benché fosse «un forestiero». Perché era un «ragazzo pieno di volontà» e, subito dopo la laurea, «si era già trovato un buon posto».

Il qual fidanzamento e il qual posto, manco a dirlo, avevano suscitato larga simpatia di commenti per tutta la vastissima cerchia dei Ghiringhelli, dei Comolli e dei Fumagalli. La serietà del giovane aveva avuto il meritato premio, poiché Luisa, benché figlia di milionari, accudiva con impegno esemplare alle cose domestiche, e, benché artista nell'anima, ed ammirata interprete di Chopin e di Grieg, era tuttavia espertissima anche in cucina, dove i budini di farina gialla dicevano, indorando, tutta la geniale fecondità del suo spirito.

Nei salotti delle tenere amiche, dopo il the si potevano delibare i commenti: dopo i laboriosi accordi per il tennis dell'indomani, per la Scala del dopodomani, per la gita della imminente domenica. «Il figlio di un colonnello!...», stupivano incredule, divagando, le sèriche[11] amiche, poi scivolando nella commiserazione. Di un colonnello morto! –; – In guerra – ...Ma come vivono?... – Ma! –; – Oh Dio! lui, adesso, qualche cosa guadagna... –; – Un millecinquecen-

---

11. *sèriche*: di seta, cioè vestie con abiti di seta.

to o duemila lire[12]... –; – Ah, povera Luisa!... –; – Sua mammina ha una pensione... –; – Se la vedeste: è una donnetta patita, che si mette gli occhiali per rammendar le calze... –; – Ottocentotrenta lire[12] al mese... – affermò Carlo Pistoni, biondissimo. – Come è cattivo lei!, – indulgeva Teresa, impegnata nella immortale diligenza de' suoi golf. – Io cattivo! e perché?, – si meravigliò l'elegantissimo, trascuratamente compiaciuto della propria eleganza. – Perché dice delle cose cattive... –; – Come? È una cosa cattiva dire che la mamma di questo Elio ha una pensione?... Ottocentotrenta lire al mese? Vorrei averla io, scusi tanto!... –; – A lei non gliela daranno mai! non la merita!... –; – Sfido io! se per averla bisogna morire squartati... –; – Oh ma quel Carlo!... –, si scandalizzavano le belle, in un impeto di segreta ammirazione per l'impomatato. Teresa intermise esterrefatta il lavoro: tacque il fecondo balbettío degli uncini: – Mangi un marron glacé e stia zitto! Mi faccia il piacere di star zitto! – E con occhi appassionati, mentre il gomitolo soffice rotolava lontano, mise davvero il piú bel marron glacé nella bocca dell'ammonito, che si spalancò pronta, rivelando la bianca corona dei denti e la lingua immobile. Gli occhi risfavillarono, prima di chiudersi lenti come in un languore beato, e le guance si impegnarono súbito nel dilettoso tramestío: per ingollare quel po' po' di castagna gli ci vollero davvero due buoni minuti, durante i quali ebbe modo di registrare con soddisfazione i successi del suo raffinato discorrere.

Donna Carla, inseguito con una rapida occhiata il suo migliore marron, pensò altrettanto rapidamente (quando proprio lo vide spacciato dentro le fauci del giovane), che quel bel tomo non avrebbe mai impalmato nessuna delle sue quattro figlie: era però un ragazzo magnifico, sicché donna Carla, razionalmente

---

12. *millecinquecento o duemila lire...*: le cifre rispecchiano il valore del denaro attorno al 1920-25, anni in cui è collocato il racconto.

indispettita, si sentí fisiologicamente soddisfatta di quella cosí elegante deglutizione[13].

Nell'automobile del giovine milionario gli affitti delle vedove «governative» travasavano la benzina apollinea[14] della spensieratezza: davanti a lui c'era la Vita, le accecanti strade, qualche anitra è vero, ma poi finalmente le Alpi fumanti di nuvole. C'era il tennis, c'erano gli alberghi, nel di cui albo, sommessogli fra reverenze di smoking, egli signorilmente inscriveva il suo nome: Carlo Pistoni.

Luisa non s'era mai curata delle ferite di Elio, visibili od invisibili. Aveva ben altro da fare. Visitava certi ospedali, cuoceva certe polpette, interpretava certo Beethoven; frequentava la «Scuola superiore delle massaie» in Santa Maria Fulcorina e vi aveva raggiunto, senza difficoltà, la libera docenza. La sua saggezza casalinga era discesa diritta dalla saggezza de' suoi genitori e degli avi. E forse tra gli antenati dei Ghiringhelli c'era anche Giovannin Bongée[15]. Se pur inconsciamente, Elio aveva registrato con acume i «riflessi» della sua cara fidanzata: questi riflessi egli li aveva stranamente associati all'idea di un educandato modello.

La signorina perfetta, quella che avrebbe dovuto cader preda esemplare delle sue «attenzioni» in ogni notte d'amore, egli la vedeva ora con un colletto alto, severo, nelle corsíe d'una clinica pediatrica, propinare medicine inappuntabili a dei poveri esseri pieni di irregolarità vomitive e dissenteriche: con una gran forza nell'animo, con una luce fredda negli occhi. Pensando a Luisa, Elio, chissà perché, vedeva dei pavimenti tersissimi, un giorno chiaro ed eguale da ampie vetrate; e immaginava risuonarvi solenne il verbo di un pedagogi-

---

13. *elegante deglutizione*: modo elegante di inghiottire il dolce.
14. *apollinea*: luminosa, gioiosa.
15. *Giovannin Bongée*: tipico popolano milanese, personaggio del poeta Carlo Porta.

sta termometrico[16]. Suo suocero, caustico come un disoccupato, disprezzava i meridionali e i funzionari del Regno: Luisa invece gli faceva venire in mente il linòleum, il, nichelio di cucina, il ferro elettrico e una limonata dei Quattro Cantoni, estremamente calviniana[17], senza il piú piccolo seme, con pochissimo zucchero.

Egli sentí, spoletano, che preferiva il vino d'Orvieto. Voleva dei canonici roboanti per le sue nozze, seduti comodi negli stalli d'un vecchio coro di noce intarsiato; voleva il vescovo mitrato ed aurato, con una luce di ametista[18] dalla benedicente mano. Voleva, nell'abside[19], dei diavoli nerastri dalle ali di pipistrello, che svolazzassero verso l'inferno sulfúreo; con zanne di cinghiale nel sinistro ghigno, con i corni a cavatappi. E in groppa al piú cane, con funeste mammelle, la peccatrice nuda, angosciata, bianca.

La penna d'oro... voleva scrivere all'assessore Raspagnotti che poteva risparmiarsi il disturbo.

Elio sognava di dire «dioboia» tutte le volte che aveva la luna in traverso e di andare alla Messa corta, alle otto. Ma, poi, la pazienza tornava. Il tenace affetto de' suoi suoceri lo avrebbe saputo sorreggere nel difficile cammino della vita; i sani principii avrebbero trionfato d'ogni inconsistente capriccio, d'ogni disordinato impulso.

«Pochissimo zucchero!», ecco la base granitica della famiglia e della società, contro il cartello[20] delle raffinerie. I semi levarli, uno a uno, dalla limonata. E lui si sarebbe emendato[21], ne era certo: già le zuccheriere di ca-

---

16. *pedagogista termometrico*: medico che insegna alle infermiere.
17. *calviniana*: molto aspra, come se fosse una seguace di Calvino, severo pensatore e riformatore svizzero del Cinquecento.
18. *ametista*: pietra preziosa che spesso adorna gli anelli delle alte autorità ecclesiastiche.
19. *abside*: parte di una chiesa posta dietro all'altare, spesso decorata con affreschi o mosaici.
20. *cartello*: unione di industrie attive nel medesimo settore produttivo.
21. *emendato*: corretto.

sa, ammirate, si congratulavano con un elogio muto, vecchie zie senza manico.

Egli vedeva, accanto a Luisa, la sua vita; ci sarebbe stato il pranzo: un dolce rimprovero, per il ritardo, un rimprovero dolce, per l'anticipo: una guardata rapida, in traverso, all'orologio alto di sala; ci sarebbe stato il bacio, un bacio castissimo, al marmo di Carrara. E cosí per sempre, per tutta la vita. Una vita entusiasta dei châlets, del lago di Lucerna, del lago di Ginevra, dei pelapatate automatici. Una vita drappeggiata di linòleum, risfolgorata di nichelio. Con dei libri francesi della riva calviniana e con l'Imitazione di Cristo[22] rilegata in marocchino color cioccolatto. E un'audace punta verso i regni dei rèprobi, rappresentata da Max Nordau e da Romain Rolland[23].

Il ritratto dell'allampanato colonnello di quota 960, al confronto con gli sviluppi puberali di Jean Christophe[24], doveva fare una ben magra figura...

Il ritratto del povero papà!... Quota 960... una domanda in carta semplice, un atto di notorietà in triplice copia... una pensione a «una vecchia che rammendava le calze».

«Papà, mamma!»; a Elio gli pareva di singhiozzare, come sogliono i fanciulli soli.

Elio, il giorno di Sant'Anastasia, incontrò la zia Brigida e la zia Peppa, giusto in Santa Maria Fulcorina. Era la prima volta, dopo tanti anni, che i pulcini, le ova sode e gli augurii calligrafici avevano fatto cilecca[25]. Le zie si scusarono: – Non è stata una dimenticanza, Elio mio, lo avrai capito anche tu, anche la tua mamma... –. Siamo proprio rimaste di sasso... Ma

---

22. *Imitazione di Cristo*: libro di meditazione religiosa.
23. *Max Nordau e Romain Rolland*: famosi scrittori dell'inizio del Novecento.
24. *Jean Christophe*: personaggio di un'opera dello scrittore francese Romain Rolland.
25. *avevano fatto cilecca*: non erano arrivati.

speriamo che tu trovi presto chi... chi... ti sappia comprendere... apprezzare...

Allegre e bianche nuvole trasvolàvano nel cielo di aprile e saettanti rondini le divanzavano; intanto le perfezioni degli umani cuocevano a bagno-maria, protette da Santa Maria Fulcorina.

GIUSEPPE PONTIGGIA

La presenza scenica

> *Si ama come si ama e si è artisti come si sente.*
> E. Duse, lettera a I. Polese
> (15 ottobre 1883)

MOLTENI FRANCA

Nasce a Merate[1] il 3 ottobre 1902 da Annoni Luisa, di 29 anni, casalinga, e da Molteni Ugo, di anni 44, titolare di un negozio di panettiere. Non fa in tempo a conoscere suo padre, morto di congestione il 28 agosto di quell'anno, dopo un bagno nelle acque gelide dell'Adda, sotto il ponte di ferro di Paderno.

Eppure non dimenticherà il suo viso vigoroso, con i baffi biondi spioventi e il cappello bianco, che campeggiava nella fotografia del colombario[2] di Merate. Aveva studiato fino alla quarta elementare, ma da adulto aveva collezionato libri su Napoleone. La vedova li scopre in un armadio del solaio, sotto le travi inclinate, nella luce obliqua e polverosa che scende da una finestrella, tra pile di ceste sfondate e di assi accatastate. E ne strapperà periodicamente le pagine per accendere la stufa di ghisa. Solo a undici anni la figlia, studiando il capitolo di storia intitolato «Un uomo tra due secoli» rivivrà questa passione del padre e riuscirà a sottrarre alla madre gli ultimi trentasei libri. Li conserverà con devozione in camera sua, come una eredità preziosa e perenne.

A tredici anni, il 22 settembre 1915, la zingara di un

---

1. *Merate*: località sull'Adda, a nord-est di Milano.
2. *colombario*: in un cimitero, costruzione in cui le bare vengono collocate in loculi affiancati e sovrapposti.

piccolo circo accampato a Brivio³ le predice per 50 centesimi – all'ingresso di una tenda illuminata dalle candele – il futuro. Una frase rimarrà incancellabile nella sua mente: «Uno dei vostri figli si eleverà molto».

Nella recita scolastica di fine anno si distingue per una teatralità precoce. Il vicepresidente, professor Aldo Parravicini, regista dello spettacolo, commenta:
«È come se imitasse grandi attrici, che però non ha mai visto recitare.»

A quindici anni – terminate le scuole tecniche che lei, unica tra le compagne, nobilita con la e stretta (técniche) – sostiene la parte della contessina Erminia Belgioioso nel dramma in due tempi *L'uragano* di Francesco Carminati, rappresentato a Merate dalla Filodrammatica⁴ dell'oratorio Don Bosco, con citazione nel foglio diocesano intitolato «Faville».
A diciotto anni entra nel gruppo teatrale Melpomene di Lecco e recita una piccola parte nella *Nemica*, la novità di Dario Niccodemi. Il critico E.P. della «Provincia» scrive:
«Apprezzata, soprattutto per la presenza scenica, Franca Molteni.»
Conserva il ritaglio del giornale in un album di pegamoide⁵ verde intitolato «Palcoscenico», ma solo altri due si aggiungeranno a questo: uno per *La moglie ideale* di Marco Praga al teatro Odeon di Bellagio, l'altro per la prima di *Demetra e Persefone* di Arturo Rivoalta, al teatro all'aperto Licinium di Erba. Sulla scena di pietra al fondo della cavea⁶ semicircolare, in una sera lunare e ventilata di aprile, declamerà diciotto esametri carducciani in due scene diverse, davanti a un pubblico piú esterrefatto che rapito. Ma sarà la

---

3. *Brivio*: paese vicino a Merate.
4. *Filodrammatica*: gruppo teatrale, spesso formato da dilettanti.
5. *pegamoide*: finto cuoio.
6. *cavea*: gradinata riservata agli spettatori.

parte piú breve in tutta la tragedia. E quando, al ristorante L'Alpina, l'autore obeso, sudato, rosso in viso, la abbraccerà con foga eccessiva, lei si divincolerà dalla stretta. E poco dopo, amara, delusa, gelida, sprezzante, guardando davanti a sé, tra commensali congestionati[7], pronuncerà a voce bassa ma ferma la frase definitiva che nessuno udirà:

«Io con il teatro ho chiuso.»

Accetta undici giorni dopo di incontrare nel tardo pomeriggio, al traghetto leonardesco[8] di Imbersago, lungo la riva destra dell'Adda, un satiro[9] di *Demetra e Persefone,* il ragionier Carlo Bernasconi, impiegato di prima categoria al Banco Lariano di Lecco. È un po' goffo nel saltellare con i piedi caprini[10] e il professor Ernesto Ratti, il regista, ha dovuto spiegargli che si tratta di un coro greco e non di una danza russa. Però in borghese ha un'aria riservata e signorile, le ha mandato undici rose rosse con il biglietto «Alla vera Persefone» e porta un panama bianco, a tese larghe, che le ricorda suo padre. Fuma, tra i pochi a Merate, le Serraglio[11] e batte l'indice sulla sigaretta, per farne cadere la cenere, con una eleganza che la attira. Solo nove anni dopo gli confesserà che il dettaglio era stato per lei importante, ma lui non le crederà.

Lo sposa il 28 giugno 1929, dopo avergli offerto per lettera, il 18 maggio, il proprio corpo e avergliene poi differito il possesso il 30 maggio, in una sera temporalesca sulle rive del lago di Sartirana. Firma le lettere con una calligrafia ariosa e verticale che ricalca quella

---

7. *congestionati*: sudati, accaldati.
8. *leonardesco*: progettato e fatto costruire da Leonardo da Vinci alla fine del Quattrocento.
9. *satiro*: antica divinità mitologica; qui naturalmente è l'attore che impersonava un satiro.
10. *i piedi caprini*: la figura del satiro era caratterizzata dai piedi di capra.
11. *Serraglio*: sigarette di una certa raffinatezza.

di d'Annunzio, ammirata in una corrispondenza con la Duse[12] uscita sulla «Domenica del Corriere».

Al ritorno dalla luna di miele confessa a don Riboldi, parroco di Merate, la propria delusione. Termine di paragone insuperabile l'ingegner Vergani, un villeggiante milanese di due estati prima, che l'aveva toccata in un plenilunio, vicino a un covone, e le aveva procurato una sorta di deliquio[13]. «Pensa al tuo Carlo» le risponde il parroco.

Il lascito[14] napoleonico di suo padre diventa il nucleo di una libreria a vetri scorrevoli, con le tendine che si aprono come su un palcoscenico.
Acquista a rate da un rappresentante di Torino la collezione dei classici italiani della UTET[15], diretta da Gustavo Balsamo-Crivelli. Scrive alla casa editrice chiedendo il cambio delle prime copie, che hanno le pagine frastagliate, ma avvampa di vergogna quando il rappresentante la informa, con discrezione, che si tratta di un pregio delle edizioni classiche.
Alla sera, umiliata, lo racconta a letto a suo marito. Ricacciando le lacrime e guardando il chiarore della finestra, dice: «Io dovevo studiare», ma lui si è già addormentato.

Tre figli, due maschi e una femmina, tra il 1930 e il 1936. Alla fine degli anni '40, sa già quale dei due, secondo la profezia della zingara, si eleverà molto: Paolo, il secondo, che eccelle sia in italiano sia in matematica.
La mattina del 6 maggio 1940, dopo un litigio con il marito, si inginocchierà davanti al figlio in un ango-

---

12. *Duse*: Eleonora Duse era stata una celebre attrice all'inizio del Novecento, per un certo tempo legata da una relazione sentimentale col poeta Gabriele D'Annunzio.
13. *deliquio*: svenimento.
14. *lascito*: eredità.
15. *UTET*: importante casa editrice con sede a Torino.

lo del terrazzo, vicino ai vasi dei gerani, e abbracciandolo gli dirà commossa: – Ti prego, non deludermi –.
Nove anni dopo lui si diplomerà a pieni voti perito meccanico e alla fine della carriera dirigerà a Colico una agenzia di accessori d'auto. Invece Michele, il primogenito, farà il veterinario a Monza. Lei scoprirà solo nel 1959 che la profezia si riferiva alla figlia, vincitrice del Premio Scarlatti come solista di pianoforte.

Nell'estate del 1935 manda all'ingegner Vergani, di nuovo in villeggiatura all'Hotel Principe, un biglietto anonimo scritto dalla sua amica Fernanda, che lo invita a un appuntamento amoroso in piazza Stoppani.
Alle 19, ridendo dietro le persiane, lo vedono passeggiare in basso con aria distratta e soffermarsi a lungo davanti alle vetrine, le mani infilate nelle tasche della giacca coloniale. Alla sera, nel letto matrimoniale, si rannicchia nel suo angolo e si dà due volte l'unico piacere che conosce.

Nel 1941 il marito parte per il fronte greco[16]. Potrebbe a causa dell'età ottenere l'esonero, ma lei non lo incoraggia, anzi – in una lettera appassionata che gli viene recapitata in banca di mattina – sottolinea, con la D e la P maiuscole, il Dovere verso la Patria.
Dal fronte lui le scrive tutti i giorni con la penna stilografica Waterman[17], dal serbatoio enorme, che lei gli ha regalato prima di partire. E lui conserverà nel portafoglio, sino alla fine della vita, il biglietto che lui le manda il giorno prima di morire:
«Faccio tutto per te che sei il mio tutto.»
Nei giorni che precedono l'arrivo della salma, la figlia la sente piangere da sola, a notte fonda, con gemiti che diventano sempre piú prolungati. Nei manifesti

---

16. *fronte greco*: durante il secondo conflitto mondiale, alla fine del 1940, il governo italiano dichiarò guerra alla Grecia senza alcun motivo.
17. *Waterman*: importante marca di penne stilografiche.

a lutto per i funerali fa scrivere sotto il nome e il cognome «anima adamantina[18]».

Il 21 maggio 1942 le viene riconosciuta la qualifica di «vedova di guerra» e, quattro mesi dopo, la pensione. Per mantenere i figli agli studi vende nel 1946 cinque ettari di terreno che suo padre aveva acquistato in località Madonna del Bosco, ma l'inflazione[19] nel giro di due anni, come le spiega troppo tardi il mediatore, il ragionier Pozzi, di Calco, ha trasformato un chilometro in cinquecento metri[20].

Si decide a vendere anche la famosa macchina fotografica che le era stata regalata per le nozze dal gruppo teatrale Melpomene[21] e che non aveva mai usato per non sciuparla. Due volte l'aveva mostrata ai figli, estraendola da una cassetta di acciaio e collocandola al centro del tavolo:
«Voi non sapete che macchina è questa.»
Poi aveva aggiunto, grave:
«È una Görtz.»
L'ottico di Lecco la esamina sorridendo:
«Sí, era una macchinetta molto diffusa nella Germania di prima della guerra. È una Görtz.»
Ritorna a Merate senza averla venduta.

Controlla dal 1955 la contabilità della ditta Cattaneo & Ciceri, rivedendo a mano i calcoli fatti a macchina e ogni volta scoprendo con orgoglio innumerevoli errori.

Nel 1962 tutti i suoi figli lavorano e contribuiscono con piccole quote al suo mantenimento. Può permettersi viaggi lunghi con la Pro Loco, anche se disdegna

---

18. *adamantina*: limpida e pura come il diamante.
19. *inflazione*: aumento generalizzato dei prezzi con conseguente perdita di valore del denaro.
20. *ha trasformato... metri*: la svalutazione del denaro aveva dimezzato il valore della terra.
21. *Melpomene*: nella mitologia greca è la Musa protettrice della tragedia e in generale del teatro.

la conversazione con le sue coetanee, che giudica limitate. Dichiara di essere vecchia contando di essere smentita, ma trova sempre meno persone disposte a farlo. Smette di dirlo.

Chiede nel 1973 di essere ospitata a Villa Serena, sopra Mandello[22], di cui ha letto la pubblicità su un rotocalco. Non è una clinica né un ospizio, è una casa di riposo per anziani. Dice, dopo averla visitata:
«È meglio di un albergo.»

Ha portato con sé i piccoli classici della UTET, che colloca vicino al fondo napoleonico.
Prende il sole nel prato antistante le vetrate dell'ingresso, in una sedia a sdraio. Poi si sposta sotto un ombrellone bianco.
Nel corso di visite periodiche i figli scoprono come viene considerata: una attrice che aveva un grande futuro, ma che vi ha rinunciato per la famiglia. Il suo repertorio[23] passato si ingrandisce misteriosamente. Vi entra un altro Niccodemi, insieme con un Giacosa e un Sabatino Lopez[24]. Assiste alle commedie trasmesse in televisione e i suoi giudizi, ora severi ora indulgenti, sono tenuti in conto.
A sua figlia dice un sabato pomeriggio, mentre aspettano il cameriere sul prato, in una luce nebbiosa e calda:
«Il nonno non sarebbe stato malcontento di me.»
«Perché?» le chiede sua figlia.
«Cosí» sorride. «Perché ho ereditato i suoi sogni.»
Il 12 settembre 1978 legge il canto quinto dell'*Inferno* («Paolo e Francesca nella immortalità della poesia») agli ospiti riuniti nella sala conferenze.

---

22. *Mandello*: paese sul Lago di Como, poco sopra Lecco.
23. *repertorio*: l'insieme delle interpretazioni teatrali di un attore.
24. *Niccodemi... Lopez*: autori teatrali vissuti tra la fine dell'Ottocento e i primi anni del Novecento.

La notte del 16 settembre sogna di recitare, al Politeama[25] di Como, in *Come le foglie* di Giacosa. Gli applausi, a sipario calato, non cessano. – Che cosa succede? – chiede al regista nascosto dietro le quinte. Intanto si accascia.

Ictus cerebrale[26], diagnostica alla mattina il medico di Villa Serena, nel certificato di morte.

---

25. *Politeama*: il teatro principale della città.
26. *Ictus cerebrale*: improvvisa perdita di sangue nel cervello.

# Thrilling

Carlo Lucarelli

Stazione Ostiense

A vederlo cosí, quasi da fuori, dalla soglia, sembra un clown addormentato. Ma non assopito e basta, profondamente addormentato, come dopo una sbronza. Colorato, strano, grande, immobile e inutile... forse è questo l'effetto che fanno i centri commerciali abbandonati.

Lei è arrivata col diretto da Formia[1]. È salita a Campoleone[2], dopo aver preso il bus da Torvaianica[3], ed è scesa alla stazione Ostiense, binario 10. Lui invece è arrivato in motorino, in ritardo perché non è di Roma, ci studia solamente, come lei non è di Torvaianica, ci vive solamente, perché ha sposato uno di lí. Uno che non è lui, che l'aspetta, ma non al binario 10, perché potrebbe vederli qualcuno, ma piú sopra, al terminale[4] della stazione, davanti alla rampa di una scala mobile che non si muove. Le scale mobili che non funzionano sembrano diverse dalle altre scale. Hanno gradini anche loro, uno dietro l'altro per salire e scendere, ma sembra che non portino da nessuna parte. A loro non interessa, perché andrebbero dovunque, o rimarrebbero lí, in cima a quel cadavere di ferro, immobile e curvo come la schiena di un dinosauro fossile, dovunque, purché assieme.

1. *Formia*: cittadina tra Roma e Napoli, sulla costa tirrenica.
2. *Campoleone*: località a sud-est di Roma.
3. *Torvaianica*: importante centro di villeggiatura della costa romana.
4. *terminale*: punto in cui arrivano e da cui partono gli autobus che portano alla stazione.

Nessuno dei due conosce Roma. Lei è di Trento, sta da quelle parti da solo una settimana, trasferita lí assieme al marito poliziotto, e lui è iscritto all'università da solo un anno e in quell'anno ha studiato e basta. A unirli era stato un colpo di fulmine, proprio alla stazione Ostiense, binario 10. Lei andava a trovare il marito e lui andava a prendere una dispensa da un amico. Lei arrivava e lui partiva. Lei lo aveva guardato e lui aveva perso il treno. Non era successo niente, solo un caffè al bar oltre l'angolo della strada, nascosto dietro una carrozzeria, ma si erano rivisti il giorno dopo, e il giorno dopo ancora, quello. Per un po' avevano fatto i turisti. Si erano fermati davanti alla piramide[5] e lí, rapidamente, approfittando del fatto che lei si era fermata a frugare nella borsa, cercando gli occhiali da sole, lui l'aveva baciata. Troppo in fretta, troppa paura di essere visti, e allora avevano proseguito, erano entrati nel Cimitero degli inglesi, tra le tombe degli scrittori[6], e lui si era sentito nel posto giusto, da romantico e un po' torbido lettore di Poe[7], ma lei no, diceva che le faceva impressione, stare cosí tra i morti. Le si erano anche arrossate le guance rotonde, da biondina carina, pulitina e liscia come una mela del Trentino, moglie giovanissima di un poliziotto. Cosí erano usciti, avevano girato un altro po' e si era fatta l'ora di tornare, come le altre volte, e si erano riavvicinati alla stazione Ostiense. Ma mentre camminavano sul marciapiede, sfiorandosi le mani di nascosto, erano passati davanti all'ingresso semiaperto del City Point[8]: e si erano fermati.

---

5. *piramide*: la piramide di Caio Cestio (I secolo d.C.), monumento funebre che si trova nei pressi della stazione Ostiense.
6. *Cimitero… scrittori*: il Cimitero degli stranieri acattolici residenti a Roma, giustamente definito il cimitero degli artisti e dei poeti, non solo per il grandissimo numero di artisti e di scrittori che vi sono seppelliti (tra gli altri Shelley e Keats), ma anche per il suo fascino particolare e per la sua spiccata atmosfera romantica.
7. *Poe*: Edgar Allan Poe (1809-1849), grande scrittore americano, autore di celebri racconti "polizieschi" e del terrore.
8. *City Point*: è il nome del centro commerciale.

A vederlo cosí, quasi da fuori, dalla soglia, sembra un clown addormentato. Grande, non enorme ma grande, coperto di graffiti colorati, sovrastato da strutture di metallo e vetro, attraversato da scale mobili immobili, delimitato da vetrine nude di negozi chiusi, di uffici sbarrati, rischiarato appena dalla luce di un bancomat solitario.

– Ma che cos'è? – chiede lui.

– Un centro commerciale, – dice lei, che la stazione la conosce. – L'avevano fatto per Italia '90[9]... poi è decaduto e adesso non è piú niente.

A lui, che è un romantico lettore di Poe, certe cose fatiscenti[10] piacciono. A lei meno, ma lo segue, lo accompagna a leggere le scritte sulle colonne intonacate, gli prende la mano, gli si appoggia, si lascia circondare le spalle con il braccio, perché il City Point è deserto e in quella galleria silenziosa e abbandonata ci sono soltanto loro. Se ne accorgono, all'improvviso, guardandosi negli occhi, e per la prima volta si baciano davvero, e lui pensa che le sue labbra sono morbide e dolci proprio come una mela del Trentino. Ci sono due scale immobili, accoppiate, che salgono verso una vetrata dove non c'è niente, soltanto l'ingresso chiuso di una vecchia agenzia investigativa. Niente, soltanto una piattaforma di metallo, illuminata appena dalla luce verde del bancomat, ma per loro è abbastanza.

Quando scendono, mano nella mano, attraversano il piazzale vuoto della galleria e si avvicinano all'uscita, si accorgono che il cancello, quello stesso cancello dal quale sono entrati, è chiuso. C'è un portone a vetri al quale i vetri mancano quasi tutti, chiuso a chiave. E oltre agli occhielli vuoti del portone, attraverso i quali si può far passare il braccio, c'è un cancello di

---

9. *Italia '90*: in occasione dei campionati del mondo di calcio, che nel 1990 si tennero in Italia, si costruirono molti edifici che poi furono abbandonati.
10. *fatiscenti*: cadenti, degradate.

metallo da afferrare e scuotere, inutilmente, perché è chiuso da una catena col lucchetto.
– Oddio! – dice lui. – E adesso?
Fuori è già buio e c'è un signore che sta passando in motorino, dall'altro lato della strada. Lui ha già allungato un braccio e ha aperto la bocca per chiamarlo, ma lei gliel'ha coperta con una mano che sa ancora un po' di lui.
– Sei matto? Cosa credi che possa fare quel signore lí?
– Non so... chiamare qualcuno. C'è la Polfer[11] all'altro angolo del... oddio, è vero. Tuo marito.
È la prima volta che lo nomina, e dopo averlo detto si sente a disagio. Lei lo guarda, con quegli occhi chiari da cielo del Trentino, che sembrano nuvolosi come per un temporale.
– Angelo, – dice lui, ma non è a lei che pensa. Angelo che sta al Testaccio[12] e per come la conosce lui quella città potrebbe essere lontano anni luce ma è un tipo in gamba, saprebbe come tirarli fuori e gli deve un sacco di favori in termini di appunti, dispense e tenergli il posto agli appelli[13]. Basta chiamarlo.
Il cellulare di lui. Lo tira fuori dalla tasca posteriore dei jeans e lo apre. Numero tacche: zero. Niente campo. Gira su se stesso, arriva fino alla scala, si appoggia con la testa a una colonna nell'assurda idea che possa fare da gigantesca antenna, ma niente. Numero tacche: zero.
C'è un telefono, incassato nel muro proprio dietro il bancomat. Ci corrono e lei fruga nella borsa, tira fuori un portafoglio gonfio da scoppiare, sfoglia scontrini fiscali, carte da mille lire, riduzioni del treno, fototessera cosí carina, biondina e melina, e trova una scheda telefonica. Niente da fare. Credito residuo: ze-

---

11. *Polfer*: polizia ferroviaria.
12. *Testaccio*: quartiere popolare di Roma, che si trova a poca distanza dalla stazione Ostiense.
13. *appelli*: quelli relativi agli esami universitari.

ro. L'occhio di plastica dell'apparecchio ammicca, rosso, e la bocca di metallo sputa la scheda. Lui si pianta le mani nelle tasche, gratta nella stoffa con le dita, due monete, una da cento lire e l'altra da cinquanta. Vale a dire: zero[14].

– Quando li faranno i bancomat che danno gli spiccioli? – dice lui con un sorriso scemo, ma lei sembra sul punto di piangere.

– Aspetta, – dice, risucchiando un singhiozzo, – Roberto fa il turno di notte, cosí fino a domani mattina sono a posto... – e lui sorride ancora, ma non tanto, perché pensa che il suo primo pensiero davanti alla possibilità di una notte assieme è andato al marito poliziotto. La prende per mano e la porta in giro per la galleria. L'unico posto in cui sedersi è il davanzale di marmo di un ufficio chiuso, cosí la solleva e ce la mette sopra. Si appoggia alle sue ginocchia e la guarda, poi abbassa le labbra sulle sue gambe ma lei lo ferma. Fa girare un dito in aria, come per indicare la galleria, i suoi muri imbrattati, il pavimento sporco, e scuote la testa con una smorfia. Lui annuisce, sale sul davanzale, vorrebbe tenerla tra le braccia come una bambina ma non è voltata dalla parte giusta, poi sono un po' in bilico e rischiano di cadere. Le prende la mano, quella sí, almeno quella.

– Che silenzio, – dice lui.
– Che buio, – dice lei.

Ma non è vero. Il buio non è buio, è una penombra elettronica, venata di verde. Ci sono i neon della stazione che filtrano dall'alto, dalle vetrate in cima alla parete scarabocchiata della galleria. Stingono il buio, lo fanno impallidire come fosse mattina presto, prima dell'alba e prima del risveglio, in quell'ora in cui di solito si fanno i sogni. No, gli incubi. Perché la scritta verde che compare a intermittenza[15] sullo schermo del

---

14. *Vale... zero*: quando era in uso la lira, la cifra minima per una telefonata urbana era di 200 lire; quindi averne in tasca 150 era come non avere niente.
15. *a intermittenza*: a intervalli regolari.

bancomat taglia la penombra con riflessi lividi che sembrano venire da un'altra dimensione, da un altro pianeta, da un posto in cui non vivono gli uomini. Lei li guarda riflettersi sulle colonne, disegnare ombre allungate e sottili, scivolare veloci sulle vetrate e scomparire, come fantasmi che le fanno paura.

Anche il silenzio non è silenzio. C'è una goccia, da qualche parte. Sembra una goccia, almeno. È qualcosa che cade, e suona come un sospiro trattenuto, un singhiozzo appena accennato poi sospeso, in quel silenzio strano. Cos'è? E c'è un fremito, un brivido elettronico che potrebbe essere il bancomat, ma non sembra venire da là. Sarà una questione di risonanza, un problema di acustica, ma sembra essere lí, vicino vicino. Cos'è? E c'è un raspare, un grattare oltre il portone d'ingresso, oltre il cancello. Cos'è? Sarà un cane che cerca di entrare... ma un cane come? Grande quanto, cattivo quanto? E se non fosse un cane? Lui e lei hanno paura e si stringono, ma non l'uno all'altra, perché sono lontani, si stringono da soli, schiacciandosi contro il muro.

Poi succede qualcosa. Rumore di ferro attorno al cancello, lo scricchiolio metallico della catena che si srotola, le ante che cigolano aprendosi, il portone che si schiude. Lui sta per parlare, apre la bocca e si prepara a saltare giú dalla balaustra di marmo, ma lei gli schiaccia le dita sulle labbra.

Tre uomini. Un africano con un giubbotto di jeans e due italiani. Cominciano a parlare prima ancora di essere visibili al centro della galleria, ed è stato il loro tono a bloccare lei. Litigano, l'africano agita le braccia, spinge indietro un italiano, sputa per terra. L'altro italiano toglie rapido una mano dalla tasca e la fa balenare in aria tagliando un riflesso verde. L'africano si porta le mani alla gola, fa un passo indietro in un gorgoglio[16] indistinto e cade all'indietro sul pavimento sporco.

---

16. *gorgoglío*: mormorio con risucchio.

Lui e lei sono rimasti immobili. Talmente immobili e silenziosi da confondersi con i graffiti sul muro e con le locandine ingiallite dietro le vetrine, tanto che i due italiani se ne sono andati senza neppure vederli. E ci vuole un po' di tempo prima che riescano a muoversi, a smettere di fissare quella macchia densa e rossa che si allarga da sotto la testa dell'africano, da sotto la sua gola squarciata, e sembra coprire tutto il pavimento della galleria. Quando riesce a scuotersi, lui si stupisce di non essere ancora svenuto, e lei sta soffocando un singhiozzo.

Il cancello è rimasto aperto. Saltano giú dal davanzale e girano attorno alle colonne per evitare il sangue che sembra rincorrere le loro scarpe, come un'onda traditrice sulla riva del mare. Fuori non c'è nessuno.

– Che si fa? – dice lui. – Abbiamo visto tutto.

– Dovremmo chiamare la polizia, – dice lei.

– Sí, dovremmo farlo, – dice lui. – C'è la Polfer dietro l'angolo, magari li prendono subito. Dovremmo farlo.

– Sí, dovremmo farlo.

Si voltano assieme a guardare la galleria e a vederlo cosí, quasi da fuori, dalla soglia, il City Point sembra proprio un clown addormentato. Ma uno di quei clown che si vedono nei film dell'orrore, di quelli che sotto la maschera non hanno un volto umano.

– C'è un parcheggio di taxi vicino alla piramide, – dice lui. – Se ti porto lí col motorino ce li hai i soldi per arrivare fino a casa? – Lei annuisce, si stringe la gonna attorno alle gambe e sale dietro lui, sul portapacchi.

– Casomai faccio bancomat[17], – dice, e gli si stringe contro.

---

17. *faccio bancomat*: prelevo dei soldi al bancomat.

Andrea Camilleri

L'odore del diavolo

La signora Clementina Vasile Cozzo era un'anziana ex maestra, paralitica, che aveva aiutato in diverse occasioni il commissario Montalbano. Tra loro era nata qualcosa di piú che un'amicizia: il commissario, che aveva perso la madre quand'era picciliddro[1], provava una specie di sentimento filiale. Spesso Montalbano, dopo essere andato a farle visita, si tratteneva a pranzo o a cena, la cucina della càmmarera[2] Pina prometteva bene e manteneva sempre meglio.

Quel giorno avevano finito di pranzare e stavano pigliando il caffè, quando la signora disse:

– Lo sa che la mia maestra delle elementari è ancora viva e vegeta?

– Davvero? Quanti anni ha?

– Novantacinque, li fa proprio oggi. Ma se la vedesse, commissario! Lucidissima, perfettamente autonoma, cammina come una picciotta[3]. Pensi che almeno una volta al mese mi viene a trovare, e dire che abita vicino alla vecchia stazione.

– A piedi?! – si meravigliò il commissario.

Effettivamente, c'era un bel tratto di strada.

– Oggi però ci vado io a trovarla, per due ragioni. Mi ci porta mio figlio e poi mi viene a ripigliare. Qui a

---

1. *picciliddro*: bambino.
2. *càmmarera*: domestica, cameriera.
3. *picciotta*: ragazza.

Vigàta[4] siamo rimasti una decina di suoi vecchi scolari, è diventata una consuetudine ritrovarci tutti in casa di Antonietta, si chiama Antonietta Fiandaca, per festeggiare il suo compleanno. Non si è mai voluta sposare, è sempre stata una fimmina[5] sola. Per sua scelta, badi bene.

– E l'altra?
– Quale altra? Non capisco.
– Signora Clementina, lei m'ha detto che andava a trovare la sua ex maestra per due ragioni. Una è il compleanno. E l'altra?

La signora Clementina fece un'evidente faccia di circostanza, era chiaramente esitante.

– Il fatto è che sono tanticchia[6] imbarazzata a parlarne. Ecco, Antonietta ieri mi ha telefonato per dirmi che ha sentito nuovamente il feto[7] del diavolo.

Il commissario capí subito che la signora non stava parlando in metafora, si riferiva al diavolo diavolo, quello con le corna, il piede caprino e la coda. Sulla facenna[8] che un diavolo di questo tipo facesse feto, ossia mandasse cattivo odore, Montalbano lo sapeva per lettura e per tradizione orale, vale a dire per i racconti che gli faceva sua nonna. Però davanti alla serietà della signora Vasile Cozzo gli venne di sorridere.

– Guardi, commissario, che è una cosa seria.

Montalbano incassò il rimprovero.

– Perché m'ha detto che la sua ex maestra ha sentito "nuovamente"? È già capitato?

– Piglio la cosa dal principio, che è meglio. Dunque, Antonietta era di famiglia assai ricca, faceva la maestra non perché ne avesse di bisogno, ma perché già da allora aveva idee evolute. Poi il commercio che fa-

---

4. *Vigàta*: paese immaginario della Sicilia in cui sono ambientate le vicende del commissario Montalbano.
5. *fimmina*: donna.
6. *tanticchia*: un po'.
7. *feto*: puzza, fetore.
8. *facenna*: fatto.

ceva suo padre andò male. A farla breve, lei e sua sorella Giacomina si spartirono comunque un'eredità discreta. Tra l'altro, ad Antonietta toccarono due villini, uno in campagna, in contrada Pàssero, e uno qui, a Vigàta. Quello di qua è una delizia, l'ha mai visto?

– Si riferisce al villino in stile moresco[9] a una decina di metri dalla vecchia stazione?

– Sí, quello. È dell'architetto Basile.

Non solo il commissario l'aveva visto, ma piú di una volta si era fermato a taliàrlo[10], ammirandone l'aerea grazia.

– Antonietta, una volta andata in pensione, amava stare il piú a lungo possibile nel villino di campagna, che teneva tirato a lucido e che aveva arredato con mobili di valore. Il giardino, poi, pareva quello di una casa inglese. Lei passava le giornate dando ripetizioni ai figli dei vicini. Quando veniva l'inverno vero, scendeva in paísi[11]. Questo fino a due anni avanti che lei, commissario, arrivasse a Vigàta.

– Che successe?

– Una notte s'arrisbigliò[12] per una rumorata della quale non capí la causa. Com'è naturale, pinsò[13] ai ladri. Sul comodino teneva una specie di citofono collegato con la casetta del custode che ci abitava con moglie e figli. Il custode arrivò in cinque minuti, armato. Nessuna porta sfondata, nessun vetro di finestra rotto. Se ne tornarono a dormire. Appena dintra al letto[14], Antonietta principiò[15] a sentire il feto. Era una puzza insopportabile di zolfo abbrusciato ammiscato[16] con miasmi di cloaca. Pigliava allo stomaco, faceva vo-

---

9. *moresco*: con elementi architettonici e decorativi di origine araba.
10. *taliàrlo*: osservarlo attentamente.
11. *paísi*: paese.
12. *s'arrisbigliò*: si svegliò.
13. *pinsò*: pensò.
14. *dintra al letto*: tornata a letto.
15. *principiò*: cominciò.
16. *ammiscato*: mescolato.

mitare. Antonietta si rivestí e, non volendo nuovamente arrisbigliare il custode, passò il resto della nottata in una specie di gazebo[17] che c'era in giardino.

– Questo feto c'era ancora quando col giorno tornò dentro?

– Certo. Lo notò macari[18] la moglie del custode ch'era andata a puliziare[19] la casa. Debole, ma c'era ancora.

– Capitò altre volte?

– E come no! Antonietta fece svuotare il pozzo nero[20], sgombrare il tetto morto[21], mettere in ordine in cantina. Niente. Il feto tornava sempre. Poi capitò qualche cosa di diverso.

– E cioè?

– Una notte, dopo che il feto l'aveva obbligata a rifugiarsi nel gazebo, sentí provenire dall'interno del villino rumori spaventosi. Quando ci entrò, vide che tutti i bicchieri, i piatti, erano stati fracassati scagliandoli contro i muri E ci fu ancora di peggio. Dopo due mesi di questa vita che oramai la sera Antonietta se ne andava a dormire nel gazebo, tutto finí di colpo, cosí com'era principiato. Antonietta tornò a passare le nottate nel suo letto. Dopo una quinnicina di giorna che tutto pareva tornato normale, capitò quello che capitò.

Il commissario non spiò[22] niente, era interessatissimo.

– Antonietta abitualmente dorme sul dorso. Faceva caldo e aveva lasciato la finestra spalancata. Venne svegliata da qualcosa che pesantemente le era caduto sulla pancia. Aprí gli occhi e lo vide.

– Chi?

---

17. *gazebo*: chiosco in legno o in ferro, solitamente posto in mezzo alla vegetazione di un giardino.
18. *macari*: anche.
19. *puliziare*: fare le pulizie.
20. *pozzo nero*: cella sotterranea in cui (in assenza di rete fognaria) si raccolgono gli scarichi delle latrine.
21. *tetto morto*: lo spazio tra il soffitto e il tetto in cui possono depositarsi resti animali o vegetali che, andando in putrefazione, danno cattivo odore.
22. *spiò*: domandò.

– Il diavolo, commissario. Il diavolo nella forma che aveva deciso d'assumere.
– E che forma aveva?
– Di un animale. A quattro zampe. Con le corna. Fosforescente, gli occhi rossi, soffiava e mandava uno spaventoso feto di zolfo e di cloaca. Antonietta lanciò un grido e svenne. Aveva gridato tanto forte che accorsero il custode e la moglie, ma non trovarono traccia dell'immondo animale. Dovettero far venire il medico, Antonietta aveva la febbre forte per lo scanto[23] e delirava. Quando si rimise, disperata e terrorizzata, chiamò padre Fulconis.
– E chi è?
– Suo nipote, che è parrino[24] a Fela. Giacomina, la sorella, che si era maritata con un medico, il dottor Fulconis, aveva avuto due figli: il prete, Emanuele, e Filippo, un degenerato, un giocatore accanito che ha fatto morire di crepacuore la madre e ne ha dilapidato il patrimonio. Don Emanuele, a Fela, si era fatto la fama d'esorcista. E per questo Antonietta lo chiamò, sperando che gli liberasse la casa.
– E ci riuscí?
– Macché. Appena arrivato, il parrino stava per svenire, aggiarniò[25] tutto che pareva morto, disse che sentiva fortissima la presenza del Maligno. Dopo volle essere lasciato solo nella villa, fece allontanare macari il custode e la sua famiglia. Passati tre giorni che non dava notizie, Antonietta si preoccupò e avvertí i carrabinera. Trovarono padre Fulconis con la faccia gonfiata di botte, zoppo di una gamba, piú in là che qua. Riferí che piú volte gli era comparso il diavolo, che avevano combattuto, ma non ce l'aveva fatta, aveva avuto la peggio. In conclusione, Antonietta si trasferí qua a Vigàta e fece sapere che aveva l'intenzione di

23. *scanto*: spavento.
24. *parrino*: parroco.
25. *aggiarniò*: sbiancò, impallidí.

mettere in vendita la villa. Ma la notizia del diavolo che l'abitava era venuta a conoscenza di tutti, nessuno voleva accattarla[26]. Finalmente si fece avanti una persona di Fela, se la comprò per quattro soldi, una miseria. Ci fece un ristorante a piano terra e trasformò le càmmare[27] di sopra in una bisca clandestina. Poi i carrabinera la chiusero. Il seguito non lo so, non m'importa, tanto la villa non è piú di Antonietta. L'avranno comprata altri. E sa una cosa? Io questa storia del diavolo l'ho conosciuta a cose fatte, quando Antonietta aveva già venduto il villino.

– Perché, se l'avesse saputo a tempo, lei, signora, che avrebbe fatto?

– Mah, a pensarci a mente fredda, non avrei saputo che fare, che consigliarle. Però mi è venuta una raggia[28]! E ora la storia sta ricominciando para para[29]. Io mi scanto[30] che la povera Antonietta, anziana com'è, non ne riceva un danno solo finanziario.

– Si spieghi meglio.

– Mah, non ci sta piú con la testa. Mi ha fatto discorsi strambi, preoccupanti. «Ma che vuole il diavolo da me?» mi ha domandato l'altro giorno.

Si era fatto tardi, il commissario doveva tornare in ufficio.

– Mi tenga informato, mi raccomando – disse alla signora.

Quando la signora Clementina venne a conoscenza che la sua vecchia maestra, a seguito di un intensificarsi della manifestazione diabolica di zolfo e miasmi, era stata costretta a passare due nottate assittata[31] sullo scalino davanti alla porta, le mandò la cammarera Pina con un biglietto e la persuase a venire a dòrmiri a casa sua.

---

26. *accattarla*: comperarla.
27. *càmmare*: camere.
28. *raggia*: rabbia.
29. *para para*: alla stessa identica maniera.
30. *Io mi scanto*: mi preoccupo.
31. *assittata*: seduta.

La signorina Antonietta perciò di giorno tornava al villino e quando calava lo scuro[32] si spostava di casa.

Di questo cangiamento[33] d'abitudini della signorina, Clementina Vasile Cozzo diede telefonico ragguaglio[34] al commissario. Convennero che si trattava della soluzione migliore, dato che era evidente che il diavolo non amava la luce del sole e che di notte cominciava a fètere[35] solo in prisenza della vecchia maestra.

Due giorni appresso però Montalbano telefonò di matina alla signora Clementina.

– La signorina Antonietta è ancora da lei?
– No, è già tornata a casa sua.
– Bene. Posso passare in matinata? Ho necessità di parlarle.
– Venga quando vuole.

La signorina Antonietta alle sette e mezzo di sira cenava (si fa per dire, perché un passero mangiava piú di lei), poi si preparava le cose per la notte, le metteva dintra[36] a un borsone e s'incamminava verso l'abitazione della sua ex allieva.

Quella sera il telefono squillò che aveva appena finito di cenare.

– Pronto, Antonietta? Stavi venendo da me?
– Sí.
– Senti, sono addolorata, non sai quanto mi dispiace, ma è arrivato all'improvviso un mio nipote dall'Australia. Per stasera e per domani non ti posso ospitare.
– Oddio, e adesso dove vado?
– Resta a casa. Speriamo che non succeda niente.

La prima notte non capitò infatti niente, ma la signorina Antonietta non dormí lo stesso per lo scanto di sentire il feto del diavolo.

La seconda notte invece il diavolo si manifestò e il

---

32. *lo scuro*: il buio, la notte.
33. *cangiamento*: cambiamento.
34. *diede telefonico ragguaglio*: (linguaggio burocratico) informò per telefono.
35. *fètere*: puzzare.
36. *dintra*: dentro.

primo a vederlo fu il commissario che se ne stava rannicchiato nella sua macchina ferma a poca distanza dall'ingresso posteriore del villino. Il Maligno raprí[37] cautamente la porta, trasí[38], stette in casa manco un minuto, niscí[39] nuovamente, richiuse, fece per avviarsi verso la sua auto.

– Mi scusi un momento.

Sorpreso dalla voce che gli era arrivata di spalle, il Diavolo sobbalzò, lasciò cadere la boccettina che aveva in mano. Non era stata tappata bene e il liquido si sparse per terra.

– Lei è certamente il diavolo – fece Montalbano – lo riconosco dalla puzza che sta facendo.

Poi, non sapendo come si fa a trattare con una presenza soprannaturale, per il sí e per il no, gli mollò un poderoso pugno sul naso.

– Mi ha confessato che era assillato dai debitori, giocava e perdeva. Cosí gli venne in mente di ripetere quello che aveva fatto anni fa col villino di campagna. Quelli che se l'accattarono per un decimo del valore reale erano d'accordo con lui. Ora si era appattato[40] con altri; avrebbe costretto la zia a vendere anche il villino di Vigàta.

– Io lo sapevo – fece la signora Clementina – che questo nipote Filippo era un delinquente. Lei mi dice che il feto del diavolo era una composta chimica che si era fatta fare e mi sta bene. Ma come mi spiega la faccenda dell'animale diabolico, luminoso, che la pòvira[41] Antonietta si vitti[42] sulla pancia? E come mai il fratello prete, Emanuele, disse che si era malamente scontrato col diavolo?

– L'animale diabolico era un gatto, spalmato con

37. *raprí*: riaprí.
38. *trasí*: entrò.
39. *niscí*: uscí.
40. *si era appattato*: si era messo d'accordo.
41. *pòvira*: povera.
42. *si vitti*: si vide.

una pasta fosforescente e con un paro di corna di cartone attaccate in testa. In quanto al parrino, non si scontrò col diavolo, ma con suo fratello Filippo. Aveva capito tutto e voleva dissuaderlo.
– E si fece complice? Un prete?!
– Non lo giustifico, ma lo capisco. Filippo, per i debiti, era minacciato di morte.
– E ora che si fa? Si racconta tutto ad Antonietta? Se viene a sapere che è stato suo nipote ad architettare la cosa ne morrebbe di dolore, come la sorella.
Montalbano ci pinsò sopra[43].
– Io un'idea ce l'avrei – fece.
– Aspetti, prima di dirmela. Come faceva Filippo a sapere quando Antonietta avrebbe dormito nel villino?
– Un complice, che l'informava degli spostamenti. Me ne ha fatto il nome.
– Mi dica la sua idea.
Chiamato dalla zia Antonietta, che lo fece su pressante[44] suggerimento della signora Clementina, arrivò di corsa a Vigàta patre Emanuele Fulconis, l'esorcista. Stavolta travagliò[45] molto bene, gli bastò una sola nottata. La matina appresso, trionfante, annunziò che finalmente ce l'aveva fatta, il diavolo era stato definitivamente sconfitto.

Avevano finito di mangiare le sarde a beccafico[46], che finalmente il commissario si sentí di fare la domanda che da giorni e giorni si portava appresso. – Ma lei, signora Clementina, al diavolo ci crede? –. – Io? E quando mai! Altrimenti perché le avrei contato[47] questa storia? Se ci avessi creduto, l'avrei contata al vescovo, non le pare?

---

43. *ci pinsò sopra*: ci rifletté.
44. *pressante*: forte, incalzante.
45. *travagliò*: lavorò.
46. *sarde a beccafico*: tipico piatto siciliano.
47. *contato*: raccontato.

Leonardo Sciascia

Gioco di società

La porta improvvisamente si aprí mentre la sua mano ancora esitava sul pulsante del campanello. La donna disse: – Entri, l'aspettavo – sorridendo, la voce gorgheggiata come se veramente stesse realizzandosi per lei un avvenimento desiderato, aspettato con emozione e con gioia. Lui pensò che c'era un equivoco, tentò di calcolarne le conseguenze. Restava sulla soglia smarrito, un po' stravolto. Sicuramente, pensò, lei stava aspettando qualcuno: qualcuno che non conosceva o che conosceva appena o che non vedeva da tanti anni. E non aveva gli occhiali, poi; e di solito, sapeva, li portava. – Mi aspettava? – Certo che l'aspettavo... Ma entri, la prego – sempre gorgheggiando.

Entrò, fece tre passi sul pavimento di ceramica che riproduceva una antica carta nautica: pesantemente, come in un pantano. Si voltò verso di lei che già aveva chiusa la porta e sempre sorridente gli indicava una poltrona.

Tentò di chiarire l'equivoco, di sapere. – Ma lei chi aspettava, precisamente?

– Precisamente? – fece eco lei con un sorriso ora ironico.

– Ecco: io...

– Lei...?

– Insomma, credo che...

– Che io stia scambiandolo per un altro –. Non sorrideva piú. E pareva piú giovane. – Ma no, aspettavo proprio lei... Vero è che non ho gli occhiali, ma gli occhiali mi servono per le cose vicine. L'ho riconosciuta quando era al cancello. Ora forse, da vicino, ho bisogno degli occhiali: cosí né lei né io avremo il minimo dubbio –. Gli occhiali erano posati su un libro aperto, il libro sul davanzale della finestra. Aspettandolo, l'orecchio certo intento a cogliere il cigolío del cancello, aveva cominciato a leggere il libro: ma ne aveva letto poche pagine. Lo assalí l'insensata curiosità di sapere che libro fosse, quale lettura si era scelta per ingannare l'attesa. Ma come mai lo attendeva? Era caduto in una trappola, in un tradimento, o c'era stato un pentimento improvviso da parte dell'uomo che lo aveva mandato?

Stranamente, gli occhiali dalla montatura nera e pesante la fecero apparire ancora piú giovane: lo sguardo, dilatato dalle lenti, assunse un che di meravigliato, di spaurito. Ma non era né meravigliata né spaurita. Gli voltò le spalle come a sfidarlo, anzi. Aprí il cassetto di uno scrittoio, tirò fuori delle carte. Quando si voltò e gli si avvicinò aveva in mano un ventaglio di fotografie. – Sono un poco sfocate – disse – ma non c'è dubbio. Questa è stata scattata alle undici del venti giugno, in via Mazzini: lei è con mio marito; quest'altra alle cinque del pomeriggio, in piazza del Popolo: ventitré luglio, lei è solo, sta chiudendo la macchina dopo aver posteggiato; e in quest'altra ancora c'è anche sua moglie... Vuole vederle? – Il tono era ironico ma senza malanimo, quasi svagato. Lui si sentí finalmente caricato per fare quello che doveva fare. Ma non poteva; per quel tanto che riusciva a connettere, non poteva piú, non doveva. Fece segno di sí, che voleva vederle. Lei gliele diede, restò a guardarlo con la leggera e compiaciuta ansia di chi mostra fotografie familiari, di bambini, e se ne aspetta complimenti. Ma l'uomo era come paralizzato, le percezioni i pensieri i movimenti gli accadevano lenti e remoti, disperatamente pesanti. E il complimento venne da lei, banale e feroce. – Ma sa che lei è fotogenico? – e infatti la sfocatura non arrivava a velare la sua identità, mentre un po' confondeva quella di sua moglie e del commendatore.

– Si accomodi – disse la donna indicandogli la poltrona vicina: e lui vi si sprofondò come nella frana della sua esistenza. Poi: – Vuole bere qualcosa? – e senza aspettare risposta prese due bicchieri, una bottiglia di cognac. Si trovò col bicchiere in mano, di fronte a lei che sorseggiava dal suo guardandolo con divertimento. Bevve. Si guardò intorno come chi rinviene da un collasso. Bella casa. Le restituí le fotografie.

– È una bella ragazza, sua moglie. Somiglia, non so se lei lo sa, alla principessa di Monaco. Ma su questa fotografia posso anche sbagliare. Sbaglio?

– Forse non sbaglia.

– Dunque lei non se ne era mai accorto –. Ancora quell'odiosa risata gorgheggiante. – Ne è innamorato?

Non rispose.

– Non mi giudichi indiscreta, non è per curiosità che glielo domando.

– E perché dunque?

– Vedrà... Ne è innamorato?

Respinse la domanda con un gesto della mano.

– Non vuole rispondermi o debbo intendere che non ha nessun sentimento nei riguardi di sua moglie?

– Come vuole.

– Io voglio una risposta precisa –. Lo disse duramente, con minaccia; poi con tono suadente e accorato: – Perché, vede, io debbo sapere prima se lei può sopportare.

– Prima di che?

– Lei ha già risposto alla mia domanda.

– Non mi pare.

– Ma sí. Io le ho detto: debbo sapere prima se lei può sopportare; e lei non mi ha domandato che cosa avrebbe dovuto sopportare, quale rivelazione riguardo a sua moglie, al suo amore per lei... Si è attaccato subito a quel «prima». Prima di che? Giusto. Non è di

sua moglie che si preoccupa, ma di se stesso. Giusto. Va bene cosí.
- Glielo domando ora: che cosa dovrei sopportare?
- Quello che le dirò.
- Su mia moglie? E si preoccupa se posso sopportarlo?
- Su sua moglie. E mi preoccupavo di sapere come lei avrebbe reagito perché noi due siamo destinati a una lunga e solida amicizia, e dovremo lasciarci alle spalle tante cose. Sempre che lei lo voglia, si capisce.
- Ma mia moglie...
- Ci arriverò. Intanto mi dica: ha capito?
- Che cosa?
- Queste fotografie, il fatto che stessi aspettandola: ha capito?
- No.
- Non mi deluda: se davvero non ha capito, le mie speranze crollano. E anche le sue.
- Le mie?
- Certo, anche le sue. Non le ho detto che diventeremo amici? Sinceramente dunque mi dica: ha capito?... E non abbia paura di parlare, non c'è nessun microfono nascosto, nessun registratore in funzione. Può accertarsene, del resto... Io sto per offrirle un lavoro semplice, rapido, redditizio; e senza rischi. Senza dire che sto salvandola da un pericolo immediato, sicuro. Deve ammettere, dunque, che ho almeno il diritto di conoscere il suo quoziente di intelligenza... E allora: ha capito?
- Non del tutto.
- Naturalmente... Mi dica che cosa ha capito.
- Ho capito che lei sa.
- Risposta breve ed esauriente. Vuol sapere ora come ci sono arrivata?
- Mi piacerebbe.
- Perderemo del tempo, ma è giusto che lei sappia... Ma a che ora deve incontrarsi con mio marito? Perché è bene che glielo dica subito: la base della nostra futu-

ra amicizia sarà l'incontro che lei stasera avrà con mio marito. A che ora?

– Ma non dobbiamo incontrarci.

– Ecco che lei ancora diffida. Conosco benissimo mio marito: non poteva non darle appuntamento per stasera. A che ora?

– A mezzanotte e un quarto.

– Dove?

– In una stradetta di campagna, a trenta chilometri da qui.

– Bene, abbiamo tempo... Ma forse è meglio che sia lei, ora, a farmi delle domande.

– Non saprei da dove cominciare, sono piuttosto confuso.

– Davvero? Mi aspettavo lei fosse un tipo piú pronto, di riflessi piú rapidi, di immediate riflessioni. Ma forse il punto della sua meraviglia, della sua confusione, sta nel fatto che mio marito non le ha detto niente di me, del mio carattere, della mia capacità a intuire i suoi pensieri piú segreti. Dopo quindici anni di vita in comune, un uomo come lui è un libro aperto per una donna con me. Un libro molto sciocco, molto noioso. Lei che ne dice?

– Di che?

– Di mio marito.

– A giudicare dalla situazione in cui mi trovo in questo momento, è un imbecille.

– Sono contenta di sentirglielo dire. Ma avrebbe potuto capirlo anche prima, che imbecille è. Capisco, però, come lei sia stato abbagliato dalla sua prestanza, dal suo modo di fare, dall'autorità e dal denaro che continuamente, ma anche con una certa accortezza, una certa nonchalance[1], fa mostra di possedere... E di denaro ne possiede, non si allarmi... Anch'io, d'altra parte, ci sono caduta. Non che ne sia pentita: il mio solo disappunto è di averlo sposato diciamo per amore

---

1. *monchalance*: noncuranza. In francese.

invece che per calcolo. Ma l'avrei sposato in ogni caso; e il mio ravvedimento è stato poi immediato. E mi ero, non dico adattata, ma addirittura adagiata, in una situazione che mi consentiva di sfogare capriccio e dispetto, una situazione che mi offriva tutto quello che una donna può desiderare, compreso il disprezzo per l'uomo che le vive accanto, ed ecco che l'imbecille viene a rompere l'equilibrio.

– Non direi, però, che è cosí totalmente imbecille come lei lo considera: nel caso in cui mi trovo, sí, non c'è dubbio, si è comportato sciocamente, senza precauzione... Ma è un uomo che si è fatto da sí, almeno cosí mi ha detto, cosí dicono tutti: e si è fatto molto ricco, molto potente...

– Lei ha un'idea da romanzo rosa, da manuale americano del successo, sugli uomini che si fanno da sé. Io conosco non solo mio marito, ma una cerchia piuttosto vasta di uomini che si sono fatti da sé: e posso assicurarle che sono stati fatti, tutti, dagli altri; i quali, a loro volta, sono stati fatti da circostanze, combinazioni e intrallazzi che, anche se arrivano all'altezza della storia, restano fortuiti e miserabili... Nell'ultima guerra, mio marito era nei battaglioni della milizia fascista insieme a Sabatelli, che è poi diventato ministro dei lavori pubblici: entrambi volontari. Tutto qui. E Sabatelli lei non immagina nemmeno che cretino è. In una società bene ordinata, onesta, in cui non si fanno carte false, in cui la capacità e il merito camminano da soli, la sorte piú benigna li avrebbe portati sulla soglia di un ufficio pubblico, come uscieri, e la piú maligna oltre la soglia di un carcere. Invece...

– Invece sono ricchi, potenti e rispettati... Ma lei mi ha invitato a farle delle domande. Posso?

Fermata nello slancio oratorio, fece segno di sí: ma contrariata, stizzita.

– Le mie curiosità sono molte, ma la piú immediata è questa: perché proprio stasera mi aspettava?

– Perché oggi, a tavola, mio marito mi ha chiesto se

avevo intenzione di passar fuori la serata: al cinema, da qualche amica; ché lui sarebbe tornato tardi, molto tardi, per una riunione del consiglio di amministrazione di una delle sue società. E di riunioni simili, durante questa estate, ne ha avute altre due: e dunque la terza doveva essere quella buona. Buona per lui, fatale per me. Perché non dico io, che lo conosco profondamente, ma chi tiene con lui una certa dimestichezza[2], sa che è tutto dedito a un'idea di superstiziosa perfezione basata sul tre. E non parliamo poi del nove, su cui addirittura delira. La terza riunione, dunque; il giorno tre; e lei è arrivato puntualmente alle nove. È stato lui, non è vero, a dirle che avrebbe dovuto suonare il campanello alle nove in punto?

– Sí, ma io credevo...

– ... che fosse un dettaglio calcolato dalla sua mente organizzatrice. Ma lei non sa quanto poco organizzatrice sia la sua mente, ammesso che ne abbia una. E voglio aggiungere che nella sua decisione di affidarle una missione cosí... delicata diciamo, rischiosa... certamente ha giocato il fatto che lei sia un professore di matematica. Lui conosce appena la tavola pitagorica, e perciò coltiva la convinzione che le sue rapine, e tutte le rapine che riescono, attingano[3] alla matematica piú sublime. In certe rapine alle banche, poi, addirittura sente la musica delle sfere[4]. Quelle rapine di cui si legge nei giornali: cronometrate, perfette... E quando non sono perfette, lui sui resoconti le studia, ne coglie le debolezze e gli errori, le porta alla perfezione ideale. Cosí è accaduto in questo caso. C'è stato, qualche anno fa, un delitto di cui certo anche lei si ricorda, un processo famoso. Mio marito ci si è appassionato, è arrivato al punto che mandava un suo impiegato,

---

2. *dimestichezza*: abitudine, familiarità.
3. *attingano*: riguardino.
4. *la musica delle sfere*: secondo un'antica filosofia greca, l'universo era costituito da sfere celesti che, nel loro movimento, producevano una musica perfetta.

ogni mattina, a prendere posto nell'aula dell'assise[5], che glielo tenesse per il caso lui avesse il tempo di andare ad assistere; e piú di una volta il tempo l'ha avuto. Nel tempo stesso che cercava gli errori che avevano portato il protagonista nella gabbia degli imputati, ecco che lui ne faceva uno. Se oggi lei... Insomma, se le cose fossero andate secondo il piano, almeno una diecina di persone si sarebbero ricordate del suo interesse a quel processo, e specialmente l'impiegato che gli teneva il posto e uno dei giudici, che lo conosce bene e che qualche volta, dall'alto dello scranno[6], gli faceva un sorriso.

– È da allora che lei ha cominciato a sospettare?

– Anche da prima; ma è dalla sua passione a quel processo che ho capito che le intenzioni andavano concretandosi in un piano preciso.

– E allora si è rivolta a un'agenzia di investigazioni.

– Una cosa molto lunga, molto costosa; ma, come vede, ne valeva la pena. Per un paio d'anni l'agenzia non mi ha rapportato altro che le sue infedeltà. C'era da ridere: le sue infedeltà! Già dopo pochi mesi che eravamo sposati non me ne importava niente. Lui le donne le aveva sempre pagate, continuava a pagarle, aveva pagato anche me col matrimonio credendo che il mio prezzo, per quanto ingente e di lunga durata, fosse sopportabile.

– E non era sopportabile?

– Evidentemente no.

– Voglio dire: perché gli è diventato insopportabile?

– Per colpa mia, naturalmente. Ho fatto di tutto per allontanarlo da me, per respingerlo al margine della mia vita, delle mie giornate, delle mie notti. Un margine molto esiguo, un piccolo tapis roulant[7] di assegni... No, non ho avuto altri uomini. O meglio: una

---

5. *assise*: tribunale in cui si giudicano delitti gravi.
6. *scranno*: seggio del giudice.
7. *tapis roulant*: nastro trasportatore. In francese.

volta sola, quando ho cominciato a disgustarmi di mio marito. Cosí, tanto per provare. Prova fallita. Non si faccia illusioni, dunque.

Gli venne una vampata di collera, cercò una risposta violenta.

– Non si offenda. So bene di non essere né bella né giovane. lei potrebbe anche dirmi che sono brutta e vecchia. Ma io volevo dire che lei facilmente potrebbe farsi l'illusione di poter raggiungere tutto il mio denaro, invece che una parte, passando sul mio corpo vivo dopo essere passato sul corpo morto di mio marito: e io invece voglio che tutto sia tra noi chiaro fin da ora.

– Dunque lei riconosce che suo marito non ha poi tutti i torti.

– Io non riconosco niente; e se lei al punto a cui è arrivato, a cui siamo arrivati, ha voglia di pesare i meriti delle sue due possibili azioni, l'esecuzione del piano di mio marito o l'esecuzione del mio, sulla bilancia dell'arcangelo, è affare suo. Ma è un cattivo affare, immischiare la bilancia in queste cose. Questo tipo di bilancia, dico. Lei – e si aprí a un sorriso complimentoso – è un piccolo, avido delinquente: non si permetta dei lussi che possono perderla.

– Non sono un delinquente.
– Davvero?
– Non piú di lei.
– D'accordo. E molto meno di sua moglie, direi.
– Forse. Ma lei come può dirlo?
– Lo deduco da quello che so. Lei non sa che sua moglie, diciamo cosí, frequenta altri uomini?
– Non è vero!
– Ma sí che è vero. E non se la prenda. Che cosa possono togliere a una donna come sua moglie, tutti gli uomini che frequenta? Siete una bella coppia, state bene assieme, desiderate le stesse cose, non litigate mai, i vicini vi guardano con simpatia... Il primo rapporto che l'agenzia di investigazioni mi ha mandato su di voi, dice cose davvero carine: lei ha ventidue anni, in-

segna in una scuola materna, molto bella, vivace, elegante; lui ha ventisette anni, supplente di matematica in una scuola media, simpatico, serio; molto innamorati, molto tranquilli... Il secondo rapporto, e poi tutti gli altri, su di lei non dicono niente di diverso; ma di sua moglie rivelano un'attività insospettabile, sorprendente. Per denaro, senza dubbio. Perciò anche se veramente, fino a questo momento, lei non sapeva, si tranquillizzi. Per denaro, soltanto per denaro... Sa che una volta, una volta sola, è andata anche con mio marito?

– Lo sospettavo. L'ho sospettato, cioè, in principio: ho creduto che suo marito si fosse attaccato a noi soltanto perché voleva arrivare a mia moglie. Non che mia moglie ci stesse, però. E poi il sospetto svaní: non avevo piú ragione di credere che venisse a tentare mia moglie, se quello che voleva da noi, da me, l'aveva ormai dichiarato.

– Nel piano di mio marito, invece, una piccola liaison[8] con sua moglie ci voleva. Per servirsene, credo, nell'eventualità che lei, per caso o per una qualunque disattenzione nell'esecuzione del piano, si scoprisse. Allora avrebbe detto: ho avuto una relazione con sua moglie, lui è venuto a saperlo, per vendetta ha ucciso la mia; o l'ha uccisa perché è venuto a cercare me, per uccidermi, e lei gli ha resistito o l'ha mortificato o in qualche altro modo ha suscitato la sua violenza... Ma non cominci a rodersi nel sospetto che in ogni caso, e d'accordo con sua moglie, mio marito avrebbe portato la polizia sulle sue tracce: non arriva a queste finezze. E poi sono sicura che sua moglie non avrebbe mai consentito a questa soluzione finale: credo di aver capito che tipo di donna è.

– Che tipo di donna?

– Mi somiglia. Somiglia a tante altre... Adoriamo le cose, abbiamo messo le cose al posto di Dio dell'universo dell'amore. Le vetrine sono il nostro firmamen-

---

8. *liaison*: (francese) relazione sentimentale.

to, gli armadi a muro e le cucine americane contengono l'universo. Le cucine in cui non si cucina, abitate dal Dio dei caroselli televisivi... Mio padre, che era un piccolo borghese, passò tutta la vita in case d'affitto, senza mai sentire l'esigenza di possederne una. Oggi non c'è rivoluzionario che non voglia essere proprietario della casa in cui abita; che non si getti nei debiti, nei mutui venticinquennali[9] per il possesso di una casa. L'idea dell'eternità, l'idea dell'inferno, si sono contratte nei mutui bancari venticinquennali. Sono le banche che amministrano la metafisica[10]. Ma lasciamo perdere... Sua moglie, dunque, mi somiglia. Ci somigliamo tutte, oggi, questo è il guaio. Sua moglie, in piú, ha indifferenza o innocenza. Sono certa che è stata lei a infiammarsi per prima, quando mio marito vi ha proposto l'affare... A proposito: in che termini ve l'ha proposto?

– Ha già versato a nostro nome, in una banca di Amburgo, una grossa somma.

– Quanto?

– Duecentomila marchi.

– Dunque lei poteva stasera, invece di venire qui, volare ad Amburgo e...

– Potevo. Ma tra due anni, se tutto fosse andato liscio, avrei avuto altri quattrocentomila marchi.

– Ne avrà da me cinquecentomila, e tra sei mesi. Si fida?

– Non lo so.

– Deve fidarsi. E tenga presente che il mio piano comporta un rischio minimo, mentre quello che lei stava per eseguire l'avrebbe defilato in galera con certezza, è il caso di dire, matematica. L'agenzia di investigazioni era incaricata, nel caso mi fosse accaduto

---

9. *mutui venticinquennali*: prestiti fatti da una banca, da restituire, con notevoli interessi, nell'arco di venticinque anni.
10. *metafisica*: parte della filosofia che intende spiegare i princípi essenziali della realtà.

qualcosa, di mandare copie dei rapporti e delle fotografie alla polizia... Mentre ora, anche ammettendo che io non tenga fede all'impegno o che addirittura abbia intenzione di tradirla, lei corre soltanto il rischio di non avere altro denaro e di essere condannato per omicidio passionale, d'onore. Due o tre anni di carcere, e c'è sempre di mezzo un'amnistia. Anzi, non dimentichi questo mio buon consiglio: nel caso lei cadesse in trappola, si attenga sempre al tradimento di sua moglie, all'atroce delusione che mio marito le ha dato. Sempre.

– Pensandoci bene, lei forse mi sta appunto mettendo nella trappola.

– La riterrei un cretino, se non se ne andasse da qui con questo sospetto... – Guardò l'ora, si alzò, sorridendo domandò. – Mi giudicherà indiscreta se le chiedo di che morte doveva farmi morire?

– Pistola.

– Benissimo... Se ne vada ora, è quasi al limite del tempo che ci vuole per raggiungere il posto dell'appuntamento. E auguri.

L'accompagnò alla porta dolcemente sorridendo, materna. Prima di chiuderla, quando lui si era già avviato verso il cancello, lo richiamò con un bisbiglio. – Mi raccomando: piú di un colpo, è molto robusto – col tono di sollecitare particolari attenzioni per un bambino gracile. E poi: – C'è il silenziatore, immagino.

– Nella pistola? Sí, c'è.

– Bene. Di nuovo auguri –. Chiuse la porta, si appoggiò con le spalle. Aveva un sorriso incantato, gustò ogni sillaba dicendo: – Il silenziatore: omicidio premeditato –. Si avvicinò alla finestra. Lo vide uscire dal cancello.

Sedette in poltrona. Si alzò. Passeggiò. Sfiorò con le mani, quasi facesse musica, mobili e oggetti. Si fermò davanti ai quadri. Guardò l'orologio. Andò al telefono, fece il numero, con voce agitata disse: – Mio marito è ancora in ufficio?... È già andato via?...

Sono preoccupata, molto preoccupata... Sí, lo so che non è la prima volta che fa tardi; ma stasera è accaduto un fatto che mi inquieta... È venuto a cercarlo un giovane, aveva un'aria sconvolta, minacciosa; si è messo qui ad aspettarlo; se ne è andato proprio ora. Mi ha fatto paura... No, non è soltanto un'impressione; è che so per quale ragione il giovane poteva essere cosí sconvolto, cosí minaccioso... Ma mio marito è andato via da quanto tempo?... Sí, grazie. Buonasera... Sí, buonanotte –. Riattaccò, fece un altro numero, parlò con voce piú agitata e accorata. – Commissariato? C'è il commissario Scoto?... Me lo passi; subito, per favore... Oh commissario, sono fortunata a trovarla in ufficio a quest'ora... Sono la signora Arduini... Senta, sono preoccupata, molto preoccupata... Mio marito... È imbarazzante, per me, umiliante: ma non posso fare a meno di dirglielo... Mio marito ha una relazione con una donna sposata, una donna molto giovane, molto bella. Lo so perché l'ho fatto sorvegliare da un'agenzia di investigazioni, non ho vergogna a confessarlo... No, non voglio accusarlo di adulterio; al contrario, sono preoccupata che gli succeda qualcosa... Perché, vede, stasera è venuto qui il marito di lei, un giovane professore: era molto agitato, stravolto. L'ho fatto entrare, incautamente; e si è messo qui, con atteggiamento minaccioso, ad aspettare mio marito. Per un paio d'ore. Ho tentato di farlo parlare, ma non rispondeva che evasivamente, con poche parole. Ora se ne è andato... Sí, da qualche minuto... Ho telefonato a mio marito per avvertirlo, ma già aveva lasciato l'ufficio. Dovrebbe essere già qui, lei non potrebbe fare qualcosa?... Sí, va bene – quasi piangendo – aspetterò ancora mezz'ora e la richiamerò... Grazie.

Giorgio Scerbanenco

## Stazione Centrale ammazzare subito

Era mercoledí pomeriggio; erano quasi le quattro di quel torrido pomeriggio di metà maggio, già piú caldo che estate, e lui prese la rivoltella dalla borsa di pelle che teneva sotto il cuscino, se la mise nella tasca dei calzoni, cosí, semplicemente, uscí dalla stanza numero quattordici dell'alberghetto vicino a piazzale Duca d'Aosta e, calmo, possente, con quel corpo possente, sotto l'afa e il polline che volava nell'aria rendendola ancora piú irrespirabile, raggiunse la Stazione Centrale.

La Stazione Centrale di Milano è un pianeta a sé, è come una riserva di pellerossa nel mezzo della città. A lui piaceva. Ci veniva ogni settimana, da oltre due mesi, saliva sulla scala mobile e arrivava alla galleria di testa. Comprava un paio di giornali e di riviste poi andava in fondo, al bar, guardando ogni tanto l'orologio: l'appuntamento era alle quattro e quaranta, col treno proveniente da Ginevra.

Anche quel mercoledí fece cosí, montò sulla scala mobile e appena arrivato nella galleria di testa andò all'edicola, prese un quotidiano del pomeriggio e, calmo, possente, leggendo delle ultime complicazioni in Grecia e dell'ultimo sorpasso non riuscito con sette, 7, morti, entrò nel bar in fondo alla galleria e ordinò un gingerino, perché sul lavoro, in servizio, era un analcoolico. – Non ghiacciato, – spiegò, perché non gli piacevano le bevande ghiacciate. Si guardò intorno.

Anche se fuori c'era il sole rovente del pieno meriggio, lí, in quel bar, c'era sempre aria notturna, tutte le luci erano accese, lí dentro poteva essere qualunque ora, mezzanotte, mezzogiorno, l'alba, il tramonto, c'era sempre lo stesso clima di locale notturno: affollato il banco dei panini e dei tosti, affollato il banco del bar con gente assetata e frettolosa che si precipitava lí a bere. Occupati tutti i tavoli, da gente che aspettava: aspettava molte cose, chi un treno, chi un amico, chi un mediatore per concludere un affare, chi una ragazza che lavorava per lui nei vicini alberghetti.

Vi erano anche dei poliziotti. Lui, Domenico Barone, ne riconobbe facilmente due, uno all'esterno del bar che voleva avere l'aria di un innocuo e innocente emigrato dal Sud, ma che era tradito dal rigonfio a destra, sotto la giacchina attillata, rigonfio dovuto a una Beretta d'ordinanza. L'altro era nell'interno del bar e parlava con una vecchia signora che gli aveva chiesto dove poteva trovare un alloggio economico, per una notte. Doveva avere settant'anni, la vecchietta, il poliziotto la guidò fuori del bar e la portò fino all'ufficio informazioni. Li vide scomparire nella folla.

Bene. La folla andava bene. Piú folla c'era, e meglio era. Bevendo il gingerino continuò a leggere il giornale e a guardare l'orologio. Alle quattro e quaranta lesse che un vecchio di ottantanove anni si era suicidato buttandosi dal quinto piano. «Ma bastava che aspettasse ancora un poco,» pensò lui, Domenico Barone, «e si evitava la fatica di scavalcare il balcone». Erano tutti troppo impazienti. Alle quattro e quarantacinque vide rientrare, solo, il poliziotto che aveva accompagnato la vecchietta all'ufficio informazioni. Alle quattro e quarantasei lesse, ma svagatamente, che era ripreso lo sciopero dei becchini. Alle quattro e quarantanove guardò per un istante una ragazza in calzoni e giacca arancione, con una valigia turchese e con tutti i rilievi anatomici perfettamente e visibilmente a posto.

Alle quattro e cinquantuno seguí, di scorcio, il poliziotto che attraversava la sala, dando rapide, professionali occhiate a tutti, anche a lui, ma a lui i poliziotti non facevano paura. Erano bravi ragazzi, e per principio non sparavano mai per primi, al massimo davano qualche schiaffone se vi arrestavano ma, poveretti, ne devono arrestare tanti che non riescono mai ad arrestarli tutti, e quelli che sono fuori sono sempre i peggiori. Il poliziotto gli passò davanti come svestendolo con lo sguardo, corpo e anima, poi se ne andò oltre. All'apparenza, lui aveva un'aria abbastanza buona. Anche gli occhiali (di semplice vetro perché ci vedeva benissimo) gli davano l'aspetto di un grosso impiegato, un caporeparto di una grande industria.

E alle quattro e cinquantasette arrivò l'amico, il treno da Ginevra quella volta era in ritardo, col suo innocente valigino squadrato di metallo, il suo corpo magrolino un po' curvo, il viso ossuto lucido di sudore. Lo vide andare alla cassa, mentre fingeva di leggere il giornale e, come tutte le altre volte, andare poi al banco, ordinare un caffè, depositare la valigetta squadrata in terra, e tutto senza mai guardarsi intorno, bravissimo, come se non si conoscessero, mai visti, mai sentito parlare l'uno dell'altro. Invece l'aveva ben visto.

L'amico bevette il caffè in fretta, e intanto che lo beveva lui gli si avvicinò, e appena gli fu vicino, però, l'amico scappò via e lasciò la valigetta in terra, come fosse sua, e in mezzo a tutta quella folla neppure il poliziotto poteva sapere o capire qualche cosa, mentre l'amico che gliel'aveva volutamente lasciata era già scomparso a nascondersi sul treno che parte poco dopo le cinque del pomeriggio per Ginevra. E con la valigetta in mano lui uscí dal bar.

Questo si chiama, in gergo tecnico, «passaggio a rischio calcolato». Infatti, questo passaggio di merce, diciamo illegale, è piuttosto rischioso. Dopo una volta, due, tre, un buon poliziotto che vi segue può accorgersi della manovra, e allora è finita. Per questo, in romanesco, viene definito «lo sbrigamose», perché piú l'operazione di passaggio della valigetta, o del pacco, viene eseguita rapidamente, e piú il rischio è minore.

Era dunque un rischio, ma anche questa volta era andata bene, e lui, Domenico Barone, con la valigetta, rientrò in albergo, nel suo alberghetto di terza ma pulita categoria, senza donnacce e senza giovanottelli troppo furbi. Era un alberghetto di vecchi, una specie di «baggina»[1] o di ospizio per valetudinari[2].

E chiuso in camera aprí subito la valigetta. Non era facile. Non vi erano chiavi. Era una chiusura a molla, a pressione, ma bisognava sapere dove era la molla da premere. Lui lo sapeva, premette, e la valigetta si aprí.

Questa volta erano dollari. La settimana prima erano state sterline, la settimana prima ancora, franchi svizzeri. Adesso erano biglietti da cento dollari, per uno spessore di sei centimetri e per un'area di 24 cm per 28. C'erano, lí dentro, non meno di cinquanta milioni di lire italiane, in dollari. Del resto lo sapeva che il minimo dei trasporti era su e giú quella cifra, ma nonostante fossero mesi che svolgeva quel lavoro non ci si era ancora abituato. Una valigetta grande come un grosso libro di enciclopedia, con dentro tutti quei milioni di valuta[3] straniera, gli faceva sempre impressione. Anzi, voleva essere sincero con se stesso, ogni volta gli veniva la voglia di andarsene via lui, personalmente, con la valigia e con la bionda, invece di «passarla» al padrone di quei soldi.

Ma erano pensieri che cercava di evitare, di non pensare, perché quelli che facevano girare tutti quei soldi non erano cretini. Sapeva con precisione che, se provava a prendersi solo uno di quei biglietti da cento dollari, entro due giorni si sarebbe ritrovato sul tavolo di marmo dell'obitorio, col biglietto ancora da spendere.

Richiuse invece la valigetta, uscí dalla camera portandola con sé, si toccò con piacere la rivoltella che

---

1. *baggina*: termine con il quale si indica, a Milano, un istituto di ricovero per anziani.
2. *valetudinari*: persone ammalate in maniera cronica, o comunque dalla salute molto debole.
3. *valuta*: denaro.

aveva nella tasca destra dei calzoni, perché lui non era un mancino, e scese nel salone, dove c'era una cabina telefonica. Il salone era ingombro di vecchi, la cui età, sommata, raggiungeva l'età dalla fondazione di Roma ai giorni nostri, che stavano seguendo alla televisione, giovanilmente e sportivamente, una partita di calcio, in attesa però di uno dei film della famosa e antica serie del mulo parlante.

Nella cabina non arrivava nessun rumore. Lui mise dentro un gettone, formò il numero, attese che l'apparecchio gli trasmettesse un solo segnale, cioè che al numero che aveva chiamato si udisse un solo squillo, poi tolse subito la comunicazione. Dopo un momento l'apparecchio fece clet clet e sputò il gettone. Lo prese e lo rimise dentro l'apposita fessura. Formò lo stesso numero, e attese: questa volta due segnali. Un attimo dopo il secondo segnale tolse di nuovo la comunicazione. Attese un istante e l'apparecchio col suo clet clet sputò un'altra volta il gettone. E lui un'altra volta lo rimise nella fenditura, formò una terza volta lo stesso numero e attese un segnale soltanto, poi riattaccò subito, attese che il gettone ricadesse, se lo rimise in tasca e uscí dalla cabina grondante sudore per il chiuso, e anche per la tensione. Ma era fatta.

Questa era la «comunicazione in muto», perché c'erano anche quelle in parlato. Si mette il gettone, si fa dare uno squillo solo e poi si riattacca. Se avesse dato solo questo squillo, soltanto uno, e non avesse piú chiamato, questo voleva dire: «L'amico non è arrivato». Se, dopo aver chiamato con un solo squillo avesse richiamato con due squilli, e poi basta, senza telefonare piú, questo voleva dire: «L'amico è arrivato ma non ha portato la roba». E se, come aveva fatto, avesse fatto tre chiamate, una con uno squillo, una con due e una con uno, voleva dire: «L'amico è arrivato, ha portato la roba, l'ho presa e controllata, vieni a prenderla». Perché con questi passaggi a rischio calcolato bisogna stare attenti, una volta o l'altra c'è il poliziotto che vi segue, e meno ci si conosce, tra passatori, meno si parla, meglio è. Inoltre, quelle telefonate mute erano economiche, da quasi tre mesi usava sempre lo stesso gettone. Al numero a cui telefonava c'era un furbastro che doveva stare tutto il giorno all'apparecchio a sentire gli squilli.

Uscí anche dall'albergo in via Vitruvio, quasi vicino a piazza Lima. Imboccò coraggiosamente, anche se sudando nell'affocato pomeriggio milanese, corso Buenos Aires, diretto verso il centro. Pensava che nessuno poteva immaginare quanto pesasse una valigia con una cinquantina di milioni di lire in dollari. Ma bisognava portarla con noncuranza e, nel caso fosse stato seguito da un poliziotto, sparare. E lui era pronto.

Nello stesso tempo bisognava essere svelti e stare sempre in mezzo alla folla, nelle vie piú affollate, nei negozi piú gremiti: un povero poliziotto che segue uno alla Rinascente, per esempio un giorno di sabato, è meglio che vada a casa a dormire, perché si perde quello che deve seguire in quattro minuti. Cosí lui andava, se non proprio alla Rinascente, al Supermercato di viale Regina Giovanna, dove si può, abbastanza bene, confondere le idee ai rappresentanti della legge, della giustizia e della morale. E, col suo passo, placido ma possente, vi arrivò molto presto. C'era sempre tanto sole, fuori, e tanta luce fluorescente dentro, e tanta gente, quasi tutte donne, molte con bambini, ma anche giovanotti e vecchiardi che facevano la spesa per conto della mamma o della moglie o della nuora.

Prese un carrello, mise la valigetta in basso, con noncuranza, in fondo erano solo un po' di milioni, non era il tesoro della Banca d'Italia, e cominciò dal corridoio delle verdure e dei salumi. Prese due ananas per Olimpia, poi due reticelle piene di belle arance, di notte lui e Olimpia bevevano spremute a gogò[4], lei si alzava e spremeva tutto lo spremibile che aveva in ca-

---

4. *a gogò*: in grande quantità e con frequenza.

sa, ananas, arance, limoni, cedri, ci buttava dentro ghiaccio e acqua minerale, bevevano e si riaddormentavano come somari.

Poi, piú avanti, però, prese anche delle bolognette, quelle piccole mortadelle di Bologna, perché Olimpia non viveva mica solo di spremute, e prese anche delle salamelle di Modena e, mentre stava per prendere una brancata di salsicciotti di Parma, distinse subito che l'amico era arrivato, era il furbastro grassottino e giocondo che veniva a ritirare la roba.

Dopo l'avvistamento, lasciarono tutti e due il proprio carrello nel corridoio verdure e salumi e si allontanarono di poco piú di un metro, lui con la valigetta in mano, fingendo di scegliere nello scaffale dello scatolame. Lui scelse due grossi barattoli di asparagi in scatola: sapeva tutto quello che piaceva a Olimpia, poi depositò la valigetta nel carrello dell'amico che stava fingendo di scegliere dei fagioli toscani cannellini, ma che intanto lo seguiva con la coda dell'occhio, e dopo essersi cosí liberato di quella valigia lui depositò i barattoloni di asparagi nel suo carrello, si allontanò, rapido ma placido, dal suo amico che si portava via la valigetta, andò alla cassa, pagò e uscí col suo paccone di spesa, sudando un po' meno, ora che si era liberato del tesoro e che aveva davanti a sé una settimana per fare all'amore con Olimpia perché a lei, con quell'aria fragile di biondina appena uscita dal collegio, non piacevano mica solo le spremute, le bolognette o le salamelle di Modena, ma i tipi come lui, che pesavano il doppio di lei.

Se ne andò col suo paccone, sempre a piedi, in via Nino Bixio, in quel bel palazzone nuovo vicino a via Pisacane. La portinaia gli sorrise gentile, sapeva che non era il marito della signorina Olimpia Ressi, perché le signorine sono signorine, appunto, perché non hanno marito, ma diecimila lire al mese di mancia fanno sorridere anche le sedie di marmo. Entrò nell'ascensore, salí al quinto piano, aprí la porta dell'appartamentino, tre stanze con un solo servizio, e andò subito in cucina a depositare il paccone. Erano soltanto le sei e tre quarti, c'era sempre il sole, era una grande e bella primavera, e Olimpia non sarebbe arrivata prima delle sette e mezzo, di ritorno dall'ufficio dove lavorava come infermiera, segretaria, e che si chiamava con un terribile nome: Istituto audiometrico per lo studio, il controllo e la correzione delle ipoacusie[5]. Praticamente vendevano apparecchietti alla gente debole di udito, ma come intestazione si davano delle arie.

Fece in tempo a fare un bagno, a radersi, a farsi un cognac allungato con limone spremuto, e quando lei suonò il campanello la lasciò appena entrare e richiudere la porta, poi la schiacciò contro la porta chiusa, alto molto piú di lei, largo molto piú di lei, lei fu come se scomparisse. – Ancora una settimana, e poi ho finito, – le disse. Le impedí di rispondere, soffocandola con un bacio, poi disse ancora: – Mercoledí venturo c'è il passaggio dell'ultima valigia. Quando l'amico mi porta la valigia da Ginevra e io al Supermercato la consegno all'altro amico, quest'altro amico, al Supermercato, mi dà la busta. Sono cinque milioni, Olimpia –. Le impedí qualunque risposta, soffocandola ancora.

Era sabato sera. Aveva in mente di portare Olimpia prima al cinema, a vedere *La notte dei generali*, perché a lei piacevano i film forti. Scese dalla sua stanza nell'alberghetto dei millenari, e il ragazzotto che era dietro il cosí detto bureau gli tese una lettera. – E per lei.

Per strada, mentre andava al caffè dove aveva l'appuntamento con Olimpia, aprí la busta. C'era dentro una cartolina con una veduta di Genova, corso Italia, vicino a Boccadasse. Sulla cartolina erano scritte quattro parole in una frase che non aveva alcun senso. Le quattro parole erano: «Statista centellino ammanierato subappalto».

Si fermò, un po' per rileggere meglio, un po' per

---

5. *ipoacusie*: difetti dell'udito, parziali sordità.

sorridere di quell'incongrua frase, e un po' per rabbrividire di paura, perché quando arrivava uno di quei messaggi c'era solo da tremare dal terrore. Poi tornò subito in albergo, nella sua stanza. Dalla valigia prese uno di quei vecchi vocabolari rilegati in tela rossa, editi dai Fratelli Treves subito dopo il 1900: era il codice. Con la cartolina davanti, un foglietto di carta e un pennarello a punta sottile cominciò a decifrare la prima parola. La prima parola delle quattro del messaggio era «statista». Allora cercò nel vocabolario la parola «statista» poi, cominciando da questa parola, scese di parola in parola lungo la colonnina dei vocaboli e al dodicesimo vocabolo si fermò. Il vocabolo era: «stazione».

Ripeté il lavoro con la parola «centellino». Scese di parola in parola per dodici vocaboli, e al dodicesimo si fermò. Il dodicesimo vocabolo era: «centrale».

Fece la stessa operazione con «ammanierato», e al dodicesimo vocabolo trovò «ammazzare», e con «subappalto», e al dodicesimo trovò «subito». Quindi, il testo decifrato del messaggio era: «Stazione Centrale ammazzare subito».

A lui questi messaggi in codice (ne aveva ricevuti altri due, prima) lo avevano sempre un po' divertito perché sentiva che un buon decifratore dei servizi segreti in una mezza giornata avrebbe intuito il meccanismo della criptografia[6] che era abbastanza trasparente. Infatti, l'inizio delle parole da decifrare era uguale per tutte e quattro le parole del messaggio decifrato. «Statista» cominciava come «stazione», «centellino» cominciava come «centrale», «ammanierato» come «ammazzare» e «subappalto» come «subito». Ma nella sua ingenuità bisognava riconoscere anche una certa furberia del sistema, soprattutto nel fatto che il vocabolario codice era di oltre sessanta anni prima. Anche il più abile criptologo sarebbe stato in gra-

---

6. *criptografia*: scrittura in codice o con alfabeto segreto.

vi difficoltà nell'individuare un «codice» cosí vecchio e insolito. A parte questo, lui, Domenico Barone, rilesse una dozzina di volte «Stazione Centrale ammazzare subito», e capí perfettamente di che cosa si trattava e che cosa gli chiedevano. Quando lo ebbe imparato a memoria, probabilmente per sempre, andò in bagno, stracciò la busta, la cartolina, il suo foglietto con la decifrazione e gettò tutto nel water. Si toccò la rivoltella nella tasca destra dei calzoni, ma senza gioia come le altre volte. Maledizione, perché si era messo con quella gente: per cinque milioni di lire italiane. E per cinque milioni uno si gioca tutta la vita, si rovina per sempre e neanche può goderseli.

Quella notte, dopo aver portato Olimpia a vedere *La notte dei generali*, dove Peter O'Toole squartava le donne, e a mangiare la pizza da Di Gennaro, a letto cercò di far capire a Olimpia che cosa gli stava succedendo. Olimpia era una ragazza intelligente, non viveva solo di spremute, di mortadella e pizze e di possenti uomini. Sapeva anche pensare: lui se ne era accorto parecchie volte, anche meglio di lui.

– Si tratta di contrabbando di valuta, tu lo sai, – cominciò a spiegarle, tenendosela quasi metà addosso, perché è vero che era inquieto, ma il corpo di Olimpia era una di quelle cose che attenuano parecchio, moltissimo, l'inquietudine. – Ma non di pochi milioni ogni tanto. Qui è tutto organizzato come la lavorazione a catena delle auto alla Fiat. Qui, io sono uno dei tanti che fanno i passaggi, chi sa quanti ce ne sono, in ogni città, e chi sa quanti passaggi fanno questi soldi, io credo che facciano quasi il giro del mondo. A ogni quotazione di borsa[7] partono decine e decine di milioni, da una parte all'altra dell'Europa, alla fine ci sono movimenti di centinaia di miliardi.

Si sedette sul letto e cominciò a bersi un bicchiere

---

7. *quotazione di borsa*: valore assegnato dalla contrattazione alle diverse monete.

di succo di ananas. – E sono organizzati molto meglio del servizio di spionaggio inglese o americano. Sanno tutto di tutti i loro uomini e siamo tutti sorvegliati gli uni dagli altri. Per esempio, l'amico che mi porta i soldi alla Stazione Centrale sorveglia me, ma anch'io devo sorvegliare lui. Il mese scorso mi hanno fatto una comunicazione telefonica in parlato. Sai che cosa mi hanno detto? Ecco: «Devi dirgli di farsi tagliare bene i capelli. Non vogliamo capelloni, danno troppo nell'occhio». E io gliel'ho detto, e infatti lui si è subito tagliato i capelli, da allora.

– Ma con quel messaggio, che cosa vogliono da te? – lei disse.

– Il messaggio dice: «Stazione Centrale ammazzare subito», e vuol dire che mercoledí, quando arriva l'amico da Ginevra coi soldi, devo stenderlo, e questo è un lavoro che non mi piace. Io, se sono attaccato, sparo, ma non sparo a freddo a uno che non mi ha fatto niente, perché a me quel magrolino col naso a becco sul viso tutto ossa non mi ha fatto niente.

– Ma perché lo vogliono ammazzare?

– Questo è facile da capire. Lui deve aver combinato qualche porcheria, forse ha preso dei soldi, forse fa il doppiogioco con la polizia che aspetta ad arrestare che ci siano i pesci grossi e loro hanno detto: «ammazzalo».

– Loro, chi?

– E chi lo sa? – disse lui prendendo da terra la caraffa con la spremuta di ananas e dandoci dentro lunghe sorsate. – Io ne conosco tre, e solo di vista, e visti sempre al buio. Col primo eravamo a mezzanotte su una panchina in piazzale Napoli, figurati che illuminazione. Mi ha offerto il lavoro e mi ha chiesto se accettavo. Io non ho riflettuto neppure un secondo, mi dava un milione subito, e altri cinque a metà maggio, alla fine del lavoro. Quando sento la parola milione dico sempre di sí. E lui allora mi spiegò tutto quello che dovevo fare, tutti i sistemi di comunicazione che dovevo usare con loro, da quelle telefoniche in muto a quelle in parlato, alle cartoline col codice, poi mi dette il milione, biglietto su biglietto, e mi disse: «Fai il bravo, non pensare di andartene con questi soldi e non farti trovare piú: ti ritroveremmo anche se ritornassi nella pancia di tua madre». A me questa frase fece impressione, capii che con quella gente non si poteva scherzare, e infatti non ho mai scherzato, ho fatto sempre tutto quello che volevano loro. Per forza: non c'era molto da scegliere.

– E gli altri due?

– Sono gli amici che vengono da Ginevra coi pacchi di soldi. Da Ginevra viene sempre quello col naso a becco. Qui a Milano consegno la valigia a un giovanotto grassino, giocondo. Non so di loro niente, né il nome, né dove abitano. Se la polizia mi arresta, io, anche volendo, non saprei dire niente, perché non so quasi niente. Io so solo un numero di telefono, anche se dico il numero alla polizia, quei poliziotti non trovano nulla: non stanno mica lí al telefono a farsi prendere.

Lei, Olimpia, saltò fuori dal letto, con quella sua sciolta e tutta aperta vestaglietta rosa, prese in terra la bottiglia di aranciata e si mise a bere a canna, poi disse: – Che succede se non lo ammazzi?

– Prima di tutto, – disse lui, sollevandosi a sedere sul letto, tutto il possente, velloso torace scoperto, – io devo telefonare per dare la conferma, e che eseguirò quello che mi hanno detto di fare. Se non do la conferma, loro mi mandano un paio di amici e domani nel pomeriggio, se fossimo sposati, tu saresti fulmineamente vedova.

– Sono cosí esagerati? – lei disse, posando in terra la bottiglia con la spremuta di arancia, – ammazzano cosí, come nei film?

– Peggio. Tu non capisci il lato concreto della questione. Ad ogni «passaggio» si tratta di decine di milioni di lire. Solo io, in tre mesi, ne ho fatti una dozzina di questi passaggi, ma io sono l'ultima spazzatura dell'organizzazione, l'ultimo venuto, qui ci sono centinaia di persone, e tra queste devono esserci banchieri dal nome grosso come una casa, industriali che annegano nei miliardi. Quando c'è di mezzo tutto questo denaro, questo fiume di milioni, la vita di un uomo vale meno di quella di una mosca.

Lei tornò a letto vicino a lui. – A me però sembrano un po' stupidi. Ti obbligano ad ammazzare uno alla Stazione Centrale, con tutti i poliziotti che ci sono lí, vieni preso subito, e quando sei preso, qualche cosa alla polizia finisci per dirla, ed è peggio per loro.

Lui scosse il capo, parlò con la sigaretta tra le labbra. – Non hai ancora capito. Certo che loro non vogliono che io sia preso dalla polizia. Quando telefono la conferma, loro mi dicono anche come devo fare.

Olimpia rifletté, per parecchi secondi. Poi disse: – Allora dai subito la conferma e senti che cosa ti dicono.

– Adesso?

Lei saltò ancora fuori dal letto, gli tese la mano: – Vieni, – lo trascinò fuori dal letto, lui con gli slippini da play-boy, e lo portò in anticamera dove era il telefono. Faceva caldo, il pavimento freddo sotto i piedi nudi dette loro piacere. Egli formò il numero. Lasciò passare solo uno squillo, poi tolse la comunicazione. Riformò il numero, lasciò passare solo due squilli e chiuse. Fece il numero per la terza volta, e dopo uno squillo, chiuse ancora. Poi per la quarta volta formò il numero e stette ad attendere, senza staccare piú la comunicazione. Quello era il procedimento per una comunicazione «in parlato». Dopo pochi squilli udí la voce d'uomo che conosceva all'altro capo del filo: – Pronto.

Lui, tirandosi su gli slip che tendevano a scivolare e guardando Olimpia, disse: – Ricevuto, confermo.

La voce disse: – Allora ascolta.

Lui ascoltò. Non fu una spiegazione lunga: meno di un minuto. Poi lui riattaccò.

– Che cosa ti hanno detto? – domandò lei.

Egli sedette in slip sulla panca dell'anticamera, stette a capo basso guardando le venature del marmo giallino

del pavimento. – Mercoledí, prima di andare alla Stazione Centrale, devo trovarmi in via Aporti, di fianco alla stazione, e un tale mi consegnerà una scatoletta –. Respirò forte. – Una scatoletta grande come un libro.
– E cosa c'è nella scatoletta? – lei chiese.
– Qualche cosa di peggio di una bomba al plastico[8] – disse lui. – Cioè una piccola mina antiuomo. Appena si apre la scatola, scoppia, e l'uomo resta polverizzato, se trovano qualche dito è già molto.
Anche lei respirò forte. – E tu che cosa devi fare?
– Dopo aver preso la scatola, vado come tutti i mercoledí alla Stazione Centrale, arriva il magrolino che mi passa la valigia coi soldi, e io gli passo la scatola.
– Ma quello forse potrebbe insospettirsi che tu gli consegni una scatola cosí, se ha commesso qualche cosa sarà in sospetto.
– No, già altre volte gli ho passato delle scatole simili. Loro hanno studiato bene la cosa. E nelle scatole che gli ho passato le altre volte c'erano dei brillanti. Anche i brillanti sono un buon investimento, passando una frontiera.
– E poi cosa succede? – lei, sempre piuttosto rosea, era a poco a poco illividita in viso: non pallida, ma livida.
– Succede che lui prende la scatola e corre al treno che lo riporta a Ginevra e che sta per partire, perché gli orari sono stati calcolati al dieci minuti. Sale sul suo vagone e appena il treno si muove va nella toeletta e vi si chiude dentro. Lui crede che nella scatola vi siano dei brillanti e deve levarli dalla scatola per nasconderli. E sai dove li nasconde? C'è da ridere, cosa vanno a pensare, – rise, ma amaro e disperato, – li nasconde in una scatola di supposte di glicerina. Scava le supposte di glicerina e ci mette dentro due o tre brillanti, o anche uno solo, secondo la grandezza. È difficile che alla dogana pensino di controllare anche le supposte. Una

---

8. *plastico*: tipo di esplosivo particolarmente potente.

volta o l'altra lo faranno, ma finora è andata bene. Allora lui si chiude nella toeletta per fare questo lavoro di nascondere i brillanti, ma appena apre la scatola esplode tutto. Penso che potrebbe deragliare anche il treno, se ha già preso una buona velocità.

Rimasero seduti sulla panca, piú d'un minuto, anzi, quasi due minuti, poi lui disse ancora: – E sai cos'è il diabolico di questo piano, adesso che ci penso? È che la polizia penserà a un attentato per l'Alto Adige[9]. La mina antiuomo è uno strumento di guerra, è difficile collegarlo a un contrabbando di valuta o di preziosi.

Ancora un minuto di silenzio come per commemorare un eroe morto sul campo di battaglia. Poi lei disse: – Non puoi evitare di fare questo lavoro?

– No, – lui disse.

– Perché?

– Perché sarei morto.

– Non possiamo fuggire, nasconderci per un po' di tempo? Ho qualche cosa da parte, sono stufa di lavorare in quell'ufficio di sordi, a Bologna ho due zii grandi e grossi piú di te che ci ospiterebbero e ci difenderebbero, – lei cominciava ad avere la voce tremante.

– Ricordati quello che mi hanno detto al principio, – rispose lui. – «Non fare scherzi, ti ritroveremmo anche se ritornassi nella pancia di tua madre», e a me questa frase non piace.

– E a me non piacciono gli assassini, – e lei, Olimpia, si mise a piangere, a denti chiusi, soffocatamente.

– E a me non piace di essere morto, – lui disse.

– Allora farai quello che ti hanno detto?

– Non ho scelta. O lo faccio, – spiegò lui, calmo, pur nella sua disperazione, – o è meglio che mi sparo

---

9. *attentato per l'Alto Adige*: verso il 1960, epoca in cui è ambientato il racconto, vi furono diversi attentati compiuti da un gruppo terroristico che chiedeva l'indipendenza dell'Alto Adige dall'Italia.

subito, qui, adesso, almeno mi ammazzo da me, senza aspettare nell'angoscia che mi ammazzino loro.

– Oh, no, no, no, – lei gli si buttò addosso stringendolo alle massicce spalle. – Non devi morire.

Guardò il calendario. Era mercoledí. L'ultimo mercoledí, poi aveva finito quel lavoro. Erano ancora le tre e mezzo passate; uscí dalla stanza e scese nel salone dell'albergo, dove quattro o cinque millenari stavano conversando di preistorici avvenimenti, e dove vi era anche la cabina telefonica. Mise il gettone e formò il numero di lei, Olimpia.

– Ciao, – le disse appena udí il suo «pronto?» – Esco adesso, non aver paura, tu vai con la macchina in viale Regina Giovanna, dall'altra parte della strada, davanti al Supermercato. Arrivo poco dopo le cinque. Stai tranquilla.

– Non sono tranquilla.

– Non piangere, e stai tranquilla. Questo è l'ultimo passaggio che faccio: mi danno gli altri cinque milioni, e ho finito. Non mi metterò mai piú in un giro simile. Stai tranquilla, Olimpia, bambina mia. – Udí solo il suo pianto. – Ciao, riattacco, sta' tranquilla, alle cinque al Supermercato. – Riattaccò, uscí, salutò la padrona dell'alberghetto che era dietro il bureau, dall'alto, forse, dei suoi duecento anni, uscí e a piedi, gli piaceva camminare, anche se faceva caldo, anche se tremava di paura, percorse via Vitruvio fino a via Ferrante Aporti, dove c'era il palazzo delle Poste e lí vide subito il grassottino e giocondo che già conosceva e che era vicino al cestino dei rifiuti attaccato a un palo della luce e che subito buttò nell'argenteo cestino dei rifiuti qualche cosa e poi si allontanò. Subito lui si avvicinò al cestino e tirò fuori il qualche cosa mentre il grassottino, a distanza di qualche metro, dopo averlo osservato, se ne andava.

Il qualche cosa era un pacchetto squadrato come una piccola scatola di cioccolatini, quelle che si prendono quando si va a pranzo da amici per farne loro omaggio. Nell'interno vi era invece la mina antiuomo. In tempo di guerra quelle mine erano larghe come una grossa pizza alla napoletana, ma il progresso le ha nanizzate, si portano in giro come pacchetti qualunque.

E lui la portò in giro alla vicina stazione. Salí la scala mobile, comprò un paio di riviste di grande formato per mimetizzare meglio la scatola, e andò nel bar. Non erano ancora le quattro. Troppo in anticipo. Dovette attendere, girando da una parte all'altra della galleria di testa, bevendo ogni tanto un gingerino[10], fino alle cinque meno dieci, quando nel bar comparve il magrolino dal naso adunco con la sua valigetta. C'erano i soliti due poliziotti, ma non era questo che lo preoccupava, e s'avvicinò subito al magrolino che aveva deposto la valigetta in terra: lo toccò come casualmente urtandolo a un braccio e gli passò il pacchettino, che quello prese subito. Poi si chinò, raccolse la valigetta del magrolino e se ne andò subito via.

Anche il magrolino, col suo pacchetto in mano, bevette in fretta il suo caffè, poi corse al suo treno, il direttissimo Milano-Ginevra, che stava per partire. Salí in un vagone semivuoto e attese, sempre col pacchetto sulle ginocchia. Appena il treno, una decina di minuti dopo, si mosse, andò nella toeletta, si chiuse dentro, strappò l'elegante nastrino che legava il pacchetto, poi cominciò a svolgere la carta, erano pacchettini che conosceva bene, pieni di piccoli ma autentici brillanti, e arrivato a svolgere tutta la carta, lui e metà del vagone esplosero. Tutto il treno vibrò, solo per un miracolo il vagone non uscí dalle rotaie, ma una studentessa milanese che andava a passare le vacanze da un'amica svizzera, e che attendeva sulla piattaforma davanti alla toeletta, esplose anche lei.

Intanto lui, Domenico Barone, con la valigetta, era

---

10 *gingerino*: diminutivo colloquiale per «ginger», bevanda analcolica di largo consumo.

già uscito dalla Stazione Centrale, aveva attraversato la piazza, aveva imboccato via Vitruvio, ed era arrivato davanti al suo alberghetto. Salí in camera sua e sedette sul letto, con la valigetta sulle ginocchia, ansando. Si sentiva molto stanco. Molto, ma ormai era finita. Basta, basta, non si sarebbe mai piú messo in storie come quelle. Adesso doveva fare solo altre quattro cose. 1. Controllare se la valigetta conteneva il denaro; 2. telefonare in muto all'amico per avvertirlo che tutto andava bene e che era pronto al passaggio; 3. andare al Supermercato in viale Regina Giovanna e passare la valigia all'amico che sarebbe venuto a prenderla; 4. uscire dal Supermercato coi cinque milioni che l'amico gli avrebbe consegnato, attraversare il viale, saltare dentro la macchina di Olimpia che lo aspettava, e andar via con lei. Per qualche settimana la notte avrebbe sognato il magrolino che saltava in aria appena apriva il pacchetto, ma poi gli sarebbe passata. Cominciò a eseguire l'operazione 1: la valigetta era la solita, senza serratura, ma con una molla a scatto: bastava premerla, e la valigia si apriva. Cosa c'era dentro, questa volta? Dollari, marchi tedeschi, sterline? Trovò facilmente la molla, ormai era pratico, premette la molla, e tutto saltò in aria, lui, la stanza con le pareti, porte e finestre esplosero, se la villetta a tre piani che costituiva l'albergo-ricovero di tanti vecchi fosse stata colpita da una bomba in un bombardamento aereo, l'effetto non sarebbe stato molto maggiore. Una mina antiuomo non ha nulla da invidiare a una bomba d'aereo.

– Mi scusi, dottore, – disse il brigadiere Mazzarelli, un romano, sforzandosi di parlare, di fronte al suo piú alto superiore, senza far sentire l'accento romano, – anch'io al principio ho creduto che si trattasse di attentati per l'Alto Adige. Una mina che esplode in una toeletta del direttissimo per Ginevra, un'altra che distrugge mezza villetta in via Vitruvio a Milano e ammazza tre persone, non potevano essere che attentati.

I giornali hanno parlato, appunto, solo di attentati politici. Ma la verità è molto diversa.

– Si, è vero, – disse il vicequestore, – ho letto il rapporto. Si tratta di contrabbando di valuta e di preziosi. Ma come siete riusciti a scoprirlo?

– Vede dottore, lei ha letto il rapporto, quindi capisce. Tanto all'uomo che veniva da Ginevra con la valigia piena di soldi da far passare, guardi la foto, è un magrolino con un nasone ossuto, quanto a quello grosso, guardi la foto, che al bar della stazione ritirava la valigia, era stato mandato lo stesso messaggio: «Stazione Centrale ammazzare subito». Questi stupidi non sanno che, in organizzazioni cosí potenti, a un certo punto i capi hanno bisogno di liberarsi di gente o insicura o debole, o che sa troppe cose. Cosí quello di Milano ha ricevuto l'ordine di uccidere quello che veniva da Ginevra e gli ha consegnato il pacchetto con la mina. E quello che veniva da Ginevra ha ricevuto l'ordine di uccidere quello di Milano e gli ha consegnato una valigetta con la mina dentro. Se ne liberano facendoli ammazzare tra di loro. È stata una donna che ci ha messi sulla traccia giusta: Olimpia, l'amica del grosso di Milano. Ci ha dato indicazioni che li abbiamo presi quasi tutti.

– Bravi, – disse il vicequestore, alzandosi.

Antonio Tabucchi

I treni che vanno a Madras

I treni che da Bombay vanno a Madras partono dalla Victoria Station. La mia guida assicurava che una partenza dalla Victoria Station vale da sola un viaggio in India, e questa era la prima motivazione che mi aveva fatto preferire il treno all'aereo. La mia guida era un libretto un po' eccentrico che dava consigli perfettamente incongrui[1] e io lo stavo seguendo alla lettera. Il fatto era che anche il mio viaggio era perfettamente incongruo, dunque quello era il libro fatto apposta per me. Trattava il viaggiatore non come un predone avido di immagini stereotipe[2] al quale si consigliano tre o quattro itinerari obbligatori come nei grandi musei visitati di corsa, ma alla stregua di un essere vagante e illogico, disponibile all'ozio e all'errore. Con l'aereo, diceva, farete un viaggio comodo e rapido, ma salterete l'India dei villaggi e dei paesaggi indimenticabili. Con i treni di lunga percorrenza vi sottoporrete al rischio di soste fuori programma e potrete anche arrivare un giorno piú tardi del previsto, ma vedrete la *vera* India. Però, se avrete la fortuna di prendere il treno giusto, sarà puntualissimo e confortevole, avrete cibo eccellente e un servizio perfetto, e un biglietto di prima classe vi costerà meno della metà di un biglietto aereo. E poi non dimenticate che sui treni indiani si possono fare gli incontri piú imprevedibili.

1. *incongrui*: poco logici, incoerenti.
2. *stereotipe*: sempre uguali, rese fisse dall'abitudine.

Queste ultime considerazioni mi avevano definitivamente convinto; e forse mi era anche capitata la fortuna del treno giusto. Avevo attraversato paesaggi di rara bellezza, o comunque indimenticabili per l'umanità che avevo visto; il vagone era di un conforto eccezionale, l'aria condizionata gradevole, il servizio impeccabile. Stava calando il crepuscolo e il treno attraversava un paesaggio di montagne rosse e scabre[3]. il servitore entrò con uno spuntino su un vassoio di legno laccato, mi porse una salvietta umida, mi versò il tè, mi informò con discrezione che ci trovavamo in mezzo all'India. Mentre mangiavo sistemò la mia cuccetta, specificò che il vagone ristorante restava aperto fino alla mezzanotte e che se desideravo cenare nel mio scompartimento bastava suonassi il campanello. Lo ringraziai con una piccola mancia e gli restituii il vassoio vuoto. Poi restai a fumare guardando dal finestrino quel panorama ignoto, pensando al mio strano itinerario. Andare a Madras a visitare la Società Teosofica[4], per un agnostico[5], e per di più fare due giorni di treno, era un'impresa che probabilmente sarebbe piaciuta agli strambi autori della mia stramba guida di viaggio. Ma la verità era che una persona della Società Teosofica mi avrebbe potuto fornire un'informazione alla quale tenevo moltissimo. Era una tenue speranza, forse un'illusione, e non volevo bruciarla nel breve spazio di un viaggio aereo: preferivo cullarla e assaporarla con un certo agio, come si ama fare con le speranze alle quali teniamo molto e che sappiamo hanno poche possibilità di realizzarsi.

La frenata del treno mi strappò alle mie considerazioni, forse al mio torpore. Probabilmente mi ero appisolato per qualche minuto e il treno era già entrato in

---

3. *scabre*: pietrose e brulle.
4. *Società Teosofica*: associazione che si fonda su una dottrina religiosa e filosofica che unisce elementi del cristianesimo ed elementi di religioni orientali.
5. *agnostico*: chi è indifferente nei confronti delle religioni.

una stazione senza che potessi leggere il nome sul cartello. Avevo letto sulla guida che una delle fermate intermedie era Mangalore o forse Bangalore, non ricordavo bene, ma ora non avevo voglia di mettermi nuovamente a sfogliare il libro per cercare l'itinerario della strada ferrata. Sotto la pensilina c'erano rari viaggiatori: indiani vestiti all'occidentale dall'aspetto di persone facoltose, un gruppo di donne, alcuni facchini affaccendati. Doveva essere una città importante e industrializzata. In lontananza, oltre i binari, si vedevano le ciminiere di una fabbrica, grandi edifici e viali alberati.

L'uomo entrò mentre il treno si stava rimettendo in movimento. Mi salutò frettolosamente, verificò che il numero della cuccetta libera corrispondesse a quello del suo biglietto e dopo avere constatato che non c'erano errori mi chiese scusa dell'intrusione. Era un europeo di una grassezza flaccida, portava un completo blu abbastanza fuori luogo dato il clima e un cappello elegante. Come bagaglio aveva soltanto una valigetta ventiquattrore di cuoio nero. Si sedette al suo posto, trasse di tasca un fazzoletto candido e si pulí con cura gli occhiali da vista, sorridendo. Aveva un'aria affabile ma riservata, quasi compunta. – Anche lei va a Madras? – mi chiese senza aspettare la mia risposta, – questo treno è molto puntuale, arriveremo domani mattina alle sette.

Parlava un buon inglese con accento tedesco, ma non mi parve tedesco. Olandese, mi venne da pensare senza sapere perché, o forse svizzero. Aveva l'aria di un uomo d'affari, cosí a prima vista pareva sulla sessantina, ma forse era piú vecchio. – Madras è la capitale dell'India dravidica[6], – aggiunse, – se non c'è mai stato avrà cose straordinarie da vedere. – Parlava con la disinvoltura un po' distaccata degli europei che conoscono l'India, e mi preparai a una conversazione ba-

---

6. *dravidica*: appartenente ai Dravidi, antichissima popolazione del subcontinente indiano.

sata sulle banalità. Decisi che era opportuno informarlo che potevamo cenare nel vagone ristorante, preferendo intercalare i prevedibili luoghi comuni dell'inevitabile dialogo con i necessari silenzi previsti da un pasto consumato civilmente.

Mentre camminavamo nel corridoio mi presentai scusandomi per la distrazione di non averlo fatto prima. – Oh, le presentazioni sono diventate una formalità inutile, ormai, – affermò con la sua aria affabile. Accennò un lieve inchino con la testa. – Mi chiamo Peter, – concluse.

A cena si dimostrò un esperto prezioso. Mi sconsigliò le cotolette vegetali sulle quali mi stavo orientando per pura curiosità, – perché i vegetali devono essere molto variati e lavorati, – disse, ed è difficile che ciò possa verificarsi nelle cucine di un treno –. Tentai timidamente altri cibi a caso suscitando sempre la sua disapprovazione. Alla fine acconsentii al *tandoori* di agnello che egli aveva scelto per sé, – perché l'agnello è un cibo nobile e sacrificale, e gli indiani hanno il senso della ritualità del cibo.

Parlammo molto delle civiltà dravidiche, anzi, parlò quasi sempre lui, perché i miei interventi si limitavano alle domande tipiche dell'inesperto, a qualche timida obiezione, perlopiú al consenso incondizionato. Mi descrisse con dovizia di dettagli i rilievi rupestri di Kancheepuram e l'architettura dello Shore Temple, mi parlò di culti arcaici e ignoti, estranei al panteismo induista[7], come quello delle aquile bianche di Mahabalipuram; del significato dei colori, dei riti funebri, delle caste. Gli esposi con qualche esitazione quello che sapevo: le mie conoscenze della penetrazione europea sulle coste del Tamil; parlai della leggenda del martirio di San Tommaso a Madras, del fallito tentativo dei portoghesi di fondare un'altra Goa[8] su quelle coste,

---

7. *induista*: appartenente all'induismo, religione indiana.
8. *Goa*: colonia portoghese in India.

delle loro guerre con i reami locali, dei francesi di Pondicherry. Egli completò le mie informazioni e corresse certe mie inesattezze sulle dinastie indigene citando nomi, date, luoghi e avvenimenti. Parlava con sicurezza e competenza, e la sua erudizione denotava una vastità di conoscenze che lo facevano supporre un esperto qualificato, forse un professore universitario o uno studioso illustre. Glielo chiesi in modo diretto, con una certa ingenuità, sicuro di una risposta affermativa. Egli sorrise non senza finta modestia e scosse il capo. – Solo un semplice amatore, – disse, – è una passione che il destino mi ha invitato a coltivare.

La sua voce aveva una nota struggente, mi parve, come un rimpianto o una pena. I suoi occhi erano lustri, e il volto glabro pareva piú pallido sotto la luce del vagone ristorante. Aveva mani delicate e i gesti stanchi. C'era una sorta di incompiutezza, nel suo aspetto, qualcosa di dimidiato[9], ma era difficile dire che cosa: pensai a qualcosa di infermo e di nascosto, come una vergogna.

Tornammo nel nostro scompartimento continuando a conversare, ma ora la sua verve[10] si era affievolita e il nostro colloquio era intercalato da lunghi silenzi. Mentre ci disponevamo a prepararci per la notte, solo per dire qualcosa, senza una ragione specifica, gli chiesi perché viaggiasse in treno, piuttosto che in aereo. Pensavo che per una persona della sua età sarebbe stato piú agevole e comodo usare l'aereo, invece di sottoporsi a un viaggio cosí lungo; e probabilmente mi aspettavo la confessione del timore di un simile mezzo di trasporto, come a volte accade a persone che non vi furono abituate nella giovinezza.

Il signor Peter mi guardò perplesso, come se non ci avesse mai pensato. Poi si illuminò all'improvviso e disse: – Con l'aereo si fanno viaggi comodi e rapidi, ma si

---

9. *dimidiato*: dimezzato.
10. *verve*: vivacità.

salta la vera India. Certo con i treni che fanno lunghi percorsi c'è il rischio di arrivare anche con un giorno di ritardo, ma se si ha la fortuna di indovinare il treno giusto si può fare un viaggio molto confortevole e arrivare con estrema puntualità. E poi sul treno c'è sempre il piacere di una conversazione che l'aereo non permette.

Fu piú forte di me e mormorai: – India, *a travel survival kit*[11].

– Come? – disse lui.

– Niente, – risposi, – mi era venuto in mente un libro. – E poi dissi con sicurezza: – Lei non è mai stato a Madras.

Il signor Peter mi guardò con candore. – Per conoscere un luogo non è sempre necessario esserci stati, – affermò. Si tolse la giacca e le scarpe, infilò la sua valigetta sotto il cuscino, tirò la tenda della sua cuccetta e mi augurò la buona notte.

Avrei voluto dirgli che anche lui aveva una tenue speranza, e per questo aveva preso il treno: perché preferiva cullarla e assaporarla a lungo, invece di bruciarla nel breve spazio di un viaggio aereo, ne ero certo. Ma naturalmente non dissi niente, spensi la luce centrale, lasciai la *veilleuse*[12] azzurra, tirai la mia tenda e gli augurai la buona notte.

Ci svegliò il fastidio della luce accesa all'improvviso e una voce che chiedeva qualcosa. Dal finestrino si vedeva una baracca di tavole rischiarata da una luce fioca, con un cartello incomprensibile. Il controllore era accompagnato da un poliziotto molto scuro dall'aria sospettosa. – Stiamo entrando nel paese Tamil Nadu, – disse il controllore con un sorriso, – è una pura formalità. – Il poliziotto tese la mano e disse: – Documenti, prego.

---

11. *India, a travel survival kit*: il titolo di una celebre guida turistica: «India, manuale di sopravvivenza». In inglese.
12. *veilleuse*: lampada dalla tenue luce azzurrina che si tiene accesa anche durante il sonno. In francese.

Guardò il mio passaporto con aria distratta e lo richiuse subito. Sul documento del signor Peter si tratenne con maggiore attenzione. Mentre lo esaminava mi accorsi che era un passaporto israeliano. – Mister... Shi... mail? – sillabò faticosamente il poliziotto.

– Schlemihl, – corresse il mio compagno di viaggio, – Peter Schlemihl[13].

Il poliziotto ci restituí i documenti, spense la luce e si accomiatò freddamente. Il treno aveva ripreso a correre attraverso la notte indiana, la luce della lampada azzurra creava un'atmosfera di sogno, restammo a lungo in silenzio, poi alla fine io parlai. – Lei non può avere questo nome, – dissi, – esiste un solo Peter Schlemihl, è un'invenzione di Chamisso, e lei lo sa perfettamente. Una cosa del genere va bene per un poliziotto indiano.

Il mio compagno di viaggio non rispose. Poi mi chiese: – Le piace Thomas Mann?

– Non tutto, – risposi.

– Che cosa?

– I racconti, alcuni romanzi brevi, *Tonio Kröger, Morte a Venezia*[14].

– Non so se conosce una prefazione al *Peter Schlemihl*, – disse lui, – è un testo ammirevole.

Il silenzio cadde di nuovo. Pensai che il mio compagno si fosse addormentato, ma non poteva essere, certo. Aspettava solo che parlassi io, e io parlai.

– Che cosa va a fare a Madras?

Il mio compagno di viaggio non rispose subito. Tossí leggermente. – Vado a vedere una statua, – sussurrò.

– È un lungo viaggio, per vedere una statua.

Il mio compagno non rispose. Si soffiò il naso a piú

---

13. *Peter Schlemihl*: nome di un personaggio, creato dalla fantasia dello scrittore tedesco Chamisso, che cede la propria ombra al diavolo in cambio della ricchezza.
14. *Tonio Kröger, Morte a Venezia*: romanzi dello scrittore tedesco Thomas Mann.

riprese. – Voglio raccontarle una piccola storia, – disse poi, – ho voglia di raccontarle una piccola storia –. Parlava sommessamente e la sua voce mi giungeva attutita da dietro la tenda. – Molti anni fa, in Germania, conobbi un uomo. Era un medico, e doveva visitarmi. Stava seduto dietro una scrivania e io stavo in piedi nudo davanti a lui. Dietro di me c'era una fila di altri uomini nudi che egli doveva visitare. Quando ci avevano condotti in quel luogo[15] ci avevano detto che noi servivamo al progresso della scienza tedesca. Accanto al medico c'erano due guardie armate e un infermiere che riempiva delle schede. Egli ci poneva delle domande precise concernenti le nostre funzioni virili, l'infermiere procedeva a certe analisi sui nostri corpi, e poi scriveva. La fila procedeva svelta, perché quel medico aveva fretta. Quando avevo già superato il mio turno, invece di proseguire verso la stanza in cui ci conducevano, indugiai qualche attimo, perché il mio sguardo fu attratto da una statuetta che il medico teneva sulla scrivania. Era la riproduzione di una divinità orientale, ma io non l'avevo mai vista. Rappresentava una figura danzante, con le braccia e le gambe in posizioni armoniche e divergenti iscritte in un circolo. C'erano solo pochi spazi aperti in quel circolo, piccoli vuoti che aspettavano di essere chiusi dall'immaginazione di chi lo guardava. Il medico si accorse del mio rapimento e sorrise. Aveva una bocca sottile e beffarda. Questa statua rappresenta il circolo vitale, disse, nel quale tutte le scorie devono entrare per raggiungere la forma superiore della vita che è la bellezza. Le auguro che nel ciclo biologico previsto dalla filosofia che concepí questa statua lei possa avere, in un'altra vita, un gradino superiore a quello che le è toccato nella sua vita attuale.

Il mio compagno di viaggio tacque. Nonostante il rumore del treno potevo avvertire perfettamente la sua respirazione pausata e profonda.

15. *quel luogo*: un campo di concentramento nazista.

– Vada avanti, la prego, – dissi.

– Non c'è molto da aggiungere, – disse lui, – quella statua era l'immagine di Shiva[16] danzante, ma io allora non lo sapevo. Come vede non sono ancora entrato nel circolo del riciclaggio vitale, e la mia interpretazione di quella figura è un'altra. Ci ho pensato ogni giorno, è l'unica cosa a cui ho pensato in tutti questi anni.

– Quanti anni sono passati?

– Quaranta.

– Si può pensare a una sola cosa per quarant'anni?

– Credo di sí, se si è provata su di noi la turpitudine[17].

– E quale è la sua interpretazione di quella figura?

– Credo che essa non rappresenti affatto il circolo vitale. Rappresenta semplicemente la danza della vita.

– In che cosa consiste la differenza? – chiesi io.

– Oh, è molto diverso, – sussurrò il signor Peter. – La vita è un cerchio. C'è un giorno in cui il cerchio si chiude, e noi non sappiamo quale –. Si soffiò di nuovo il naso e poi disse: – E ora mi scusi, sono stanco, se permette vorrei cercare di dormire.

Mi svegliai nei dintorni di Madras. Il mio compagno di viaggio era già rasato e pronto nel suo impeccabile vestito blu. Aveva un'aria riposata e sorridente, aveva rialzato la sua cuccetta e mi indicava il vassoio della colazione posato sul tavolo accanto al finestrino.

– Ho aspettato che si svegliasse per prendere il tè insieme, – disse. – Non ho voluto disturbarla, dormiva cosí bene.

Entrai nello stanzino del lavabo e feci rapidamente la toeletta mattutina, raccolsi le mie cose, sistemai il mio bagaglio e mi sedetti davanti alla colazione. Cominciavamo a percorrere un luogo abitato, una zona di villaggi popolosi con le prime avvisaglie di città.

16. *Shiva*: divinità indiana.
17. *turpitudine*: azione vergognosa e ributtante.

– Come vede siamo in perfetto orario, – disse il mio compagno, – sono le sette meno un quarto –. Piegò con cura il suo tovagliolo. – Mi piacerebbe che anche lei andasse a vedere quella statua, – aggiunse, – si trova nel museo di Madras. Mi piacerebbe sapere cosa ne pensa –. Si alzò in piedi e prese la sua valigetta. Mi tese la mano e mi salutò col suo tono affabile. – Sono grato alla mia guida di viaggio che consigliava questo mezzo di trasporto, – disse, – è vero che sui treni indiani si possono fare gli incontri piú inattesi: la sua compagnia è stata per me un piacere e un conforto.

– È un piacere reciproco, – replicai, – sono io che sono grato ai consigli della mia guida.

Stavamo entrando nella stazione, davanti a un marciapiede brulicante di folla. Il treno azionò i freni e il convoglio si fermò dolcemente. Gli cedetti il passo ed egli scese per primo, facendomi un cenno di saluto con la mano. Mentre si allontanava lo chiamai e lui si voltò.

– Non so dove potrei eventualmente comunicarle la mia opinione, – gridai, – non ho il suo indirizzo.

Lui tornò sui suoi passi, con quell'aria perplessa che già gli conoscevo, e rifletté un istante. – Mi lasci un messaggio all'American Express, – disse, – passerò a raccoglierlo.

Poi ciascuno di noi si perse tra la folla.

A Madras restai solo tre giorni. Furono giorni intensi, quasi febbrili. Madras è una città enorme di case basse e di immensi spazi incolti, ingorgata da un traffico di biciclette, di autobus sconnessi e di animali; per percorrerla da una punta all'altra ci vuole molto tempo. Assolti gli obblighi che mi aspettavano mi restò un solo giorno di libertà, e al museo preferii una visita ai rilievi rupestri di Kancheepuram, che distano molti chilometri dalla città. La mia guida, anche in quell'occasione, si rivelò una preziosa compagnia.

La mattina del quarto giorno mi trovavo in una stazione degli autobus che fanno il percorso per il Kerala e per Goa. Mancava un'ora alla partenza, faceva un caldo torrido e le pensiline dell'enorme hangar[18] della stazione erano l'unico rifugio contro la calura delle strade. Per ingannare l'attesa comprai il giornale in lingua inglese di Madras. Era un giornale di appena quattro fogli, dall'aspetto di giornale di parrocchia, con molti annunci di ogni specie, riassunti di film popolari, cronaca cittadina. In prima pagina, con molto rilievo, c'era la notizia di un omicidio avvenuto il giorno precedente. La vittima era un cittadino di nazionalità argentina che viveva a Madras dal 1958. Era descritto come un signore schivo e discreto, senza amicizie, settantenne, che viveva in una villetta nel quartiere residenziale di Adyar. La moglie era deceduta tre anni prima per cause naturali. Non avevano figli.

Era stato ucciso con un colpo di pistola al cuore. Era un omicidio apparentemente inspiegabile, perché l'assassino non aveva agito a scopo di furto. La casa risultava in ordine, senza tracce di scassi. L'articolo descriveva l'abitazione come una residenza semplice e sobria, con alcuni pezzi d'arte di buon gusto e un piccolo giardino. Pareva che la vittima fosse un intenditore di arte dravidica; il giornale menzionava alcuni servigi resi nella catalogazione del locale museo e riportava la fotografia di uno sconosciuto: il viso di un vecchio calvo, con gli occhi chiari e la bocca sottile. Era una descrizione neutra e anodina[19]. L'unico particolare curioso era la fotografia di una statuetta abbinata al volto della vittima. Si trattava certo di un abbinamento plausibile, perché la vittima era un intenditore di arte dravidica e la danza di Shiva è il pezzo piú noto del museo di Madras, una specie di simbolo. Ma quell'accostamento plausibile suscitò in me un altro accostamento. Mancavano ancora venti minuti alla partenza, cercai un telefono e feci il numero dell'American Express. Mi

---

18. *hangar*: capannone che serve da autorimessa.
19. *anodina*: di scarsa efficacia, insignificante.

rispose una signorina gentile. – Vorrei lasciare un messaggio per il signor Schlemihl, – dissi. La signorina mi pregò di attendere un attimo e poi disse: – Per il momento non abbiamo nessuna persona con un recapito a questo nome, ma se lo desidera può lasciare ugualmente il suo messaggio, gli sarà consegnato appena passerà.

– Pronto, pronto, – ripeté la telefonista che non sentiva piú la mia voce.

– Un attimo, signorina, – dissi, – mi lasci riflettere un attimo.

Che cosa potevo dire? Pensai al ridicolo del mio messaggio. Forse che avevo capito? E che cosa? Che per qualcuno il cerchio si era chiuso?

– Non ha importanza, – dissi, – ho cambiato idea –. E riattaccai.

Non escludo che la mia immaginazione abbia lavorato piú del consentito. Ma se avessi indovinato quale era l'ombra che il signor Schlemihl aveva perduto; e se mai gli capitasse di leggere questo racconto, per lo stesso strano caso che ci fece incontrare quella sera in treno, vorrei che gli giungesse il mio saluto. E la mia pena.

Apparati didattici

# Elementi della narrazione

Il racconto è uno dei generi letterari piú diffusi presso tutti i popoli ed è anche, in un certo senso, quello piú vicino all'uso quotidiano della lingua: ciò non significa però che sia una modalità di scrittura semplice o senza regole. Al contrario: per dare alla pagina scritta la fluidità e la vivacità della lingua parlata, per racchiudere in poche pagine tutta una vicenda, per dare spessore psicologico ai personaggi e metterli in azione è necessario tenere presente alcuni accorgimenti fondamentali, che non dipendono dal contenuto, ma da come il contenuto viene organizzato.

Infatti riguardo al contenuto la variabilità è massima: anche in questa piccola antologia possiamo trovare racconti rigorosamente legati a eventi storici, come *Inverno in Abruzzo* di N. Ginzburg, e altri assolutamente fantastici, come *Tempesta solare* di I. Calvino o *Il buon vento* di M. Bontempelli, e ancora racconti polizieschi, come *Stazione Ostiense* di C. Lucarelli e *L'odore del diavolo* di A. Camilleri, oppure a contenuto psicologico, come *Atrazina* di C. Sereni e tanti altri. Ma qualunque sia l'oggetto della narrazione in nessun racconto possono mancare alcuni elementi fondamentali: gli eventi, la trama, i personaggi, lo spazio, il tempo, lo stile e il narratore.

## Gli eventi

Gli eventi in un certo senso sono la materia inerte con cui viene costruito il racconto; essi vengono scelti dall'autore tra i mille a sua disposizione. Non vi è alcuna norma, infatti, che costringe uno scrittore a utilizzare nella narrazione un fatto piuttosto che un altro. Si veda questo passo di Carlo Lucarelli:

> «Lei è arrivata col diretto da Formia. È salita a Campoleone, dopo aver preso il bus da Torvaianica, ed è scesa alla stazione Ostiense, binario 10» (*Stazione Ostiense*, p. 165).

Nulla avrebbe potuto impedire all'autore di scrivere che lei era arrivata col locale da Castelporziano o che era scesa al binario 7 o alla stazione Termini ecc. Le scelte fatte sono solo in piccola parte finalizzate al successivo svolgimento del racconto, ma nel complesso sono del tutto libere e soggettive, sostituibili con altre.

Naturalmente gli eventi non appartengono solo all'ambito della realtà: possono essere inventati in un contesto verosimile – come avviene nel racconto di G. Pontiggia *La presenza scenica* –; possono unire, con fine satirico, elementi reali e altri volutamente amplificati (si vedano per esempio i fatti narrati nel racconto *Il buon nome* di D. Buzzati), oppure essere completamente frutto della fantasia dello scrittore, senza alcun dovere di verosimiglianza:

> «"La mia testa è un vulcano." Mi alzai e detti un balzo indietro spaventatissimo. Infatti un torbido pennacchio di fumo gli sgorgò dalla testa. Avevo raggiunto l'uscio. Mi voltai un momento, a tempo per vedere un nugolo di faville e sputi di lava...» (M. Bontempelli, *Il buon vento*, p. 16).

Ma i fatti da soli non fanno un racconto, come i mattoni ammucchiati non fanno una casa. Ci vuole un progetto, in base al quale dare ordine e movimento, creare collegamenti e successioni, creare uno sviluppo dell'azione.

La trama

Questo progetto si chiama *trama*. Essa consiste nel passaggio da una condizione iniziale a quella finale attraverso una serie di passaggi che si susseguono completandosi. Tali passaggi determinano le *sequenze*, che sono delle sezioni piú brevi dell'intero racconto, ma sufficientemente complete da contenere uno sviluppo narrativo comprensibile, che presenta cioè un inizio, un'azione e una conclusione.

A. «C'è un uomo molto vecchio e sdentato che dice di sapere com'è cominciato tutto quanto esiste. Se n'è accorto una notte guardando il cielo, e dopo l'ha studiato sui libri»;

B. «Quando l'ho conosciuto questo vecchio era all'ospedale da molti mesi, avvolto in garze e dentro un pigiama di tela grigia fornitogli dagli infermieri. (G. Celati, *Com'è cominciato tutto quanto esiste*, p. 1).

A. è una sequenza, B. l'inizio di una seconda sequenza. In questo caso le sequenze sono piuttosto brevi, ma possono essere di misura differente, anche molto lunghe, a seconda delle scelte stilistiche dell'autore.

Lo svolgimento della trama non rispetta necessariamente la successione cronologica degli avvenimenti, ma viene definita liberamente dall'autore in base a proprie esigenze compositive: per questo in ogni trama si riscontrano due aspetti distinti, la *fabula* e l'*intreccio*. Con *fabula* si intende la successione rigorosa dei fatti nel loro ordine logico e temporale, con *intreccio* la disposizione che l'autore dà ai fatti stessi; egli può infatti anticipare o ritardare le informazioni riguardanti certi fatti rispetto al tempo della narrazione, ricorrendo per esempio al ricordo di vicende passate, al preannuncio di eventi futuri o addirittura fornendo informazioni volutamente parziali, che vengono completate piú tardi. Uno degli strumenti piú importanti e diffusi per spezzare la continuità cronologica e rendere piú mossa e vivace la narrazione, consiste nel ricorso a inserimenti narrativi con la tecnica del "ritorno all'indietro" (indicata col termine inglese *flash-back*), che permette di dare particolare evidenza a un certo momento del racconto o valorizzare le motivazioni psicologiche dei personaggi:

«Passarono degli ufficiali ed Elio ripensò, subitamente, gli anni di prima; [...]. Suo padre era morto come può morire un colonnello di fanteria "che deve impadronirsi ad ogni costo di quota 960". Era caduto con tre pallottole nello stomaco ed egli, il giovane, non aveva piú avuto pace finchè non se n'era procurate altrettante. "Papà, papà!", pensava» (C.E. Gadda, *La fidanzata di Elio*, p. 150).

## I personaggi

I personaggi, cioè tutti coloro che compiono le azioni o si trovano in qualche modo coinvolti negli avvenimenti, hanno un'importanza e una presenza diversa nell'insieme del racconto, ma sono tutti utili, magari anche solo per caratterizzare meglio l'ambiente "psicologico" delle narrazioni. Per esempio nel racconto di E. Morante *Il gioco segreto*, la figura del servo, che appare pochissime volte, ha la funzione di accrescere il clima di sorveglianza occhiuta e di oppressione in cui vivono i tre ragazzi:

«Il servo era un uomo alto e volgare, con polsi pelosi, narici larghe e rossastre e piccoli occhi mutevoli. Egli si ripagava della soggezione in cui era tenuto dalla marchesa trattando i fanciulli come un padrone; quando li accompagnava, dondolando leggermente le anche e guardandoli dall'alto, o li richiamava con voci secche, essi tremavano per l'odio» (p. 96).

Spesso l'autore dà particolare rilievo a uno dei personaggi, facendone il protagonista, cui solitamente si contrappongono uno o piú antagonisti, che in maniera piú o meno esplicita gli rendono piú difficile l'azione: per esempio, nel racconto di L. Malerba *L'amore in fondo al pozzo*, Govi è il protagonista, la moglie è l'antagonista e in questa funzione collaborano con lei gli altri due personaggi, Pinai e Coriolano. Altre volte, come avviene nel racconto *Pàghen, pàghen* di P. Chiara, numerosi personaggi, con caratteristiche analoghe tra loro, sono fusi in un unico blocco e costituiscono un personaggio collettivo.

Tutti i personaggi, importanti o meno, hanno una propria psicologia e delle motivazioni che li spingono ad agire. Talvolta nel corso del racconto l'autore si sofferma per informarci sugli aspetti della personalità del personaggio, ma piú frequentemente i tratti psicologici vengono svelati a poco a poco nel corso della narrazione. Si tenga presente infine che i personaggi sono raccordati tra loro perché le scelte, le azioni, i sentimenti dell'uno coinvolgono direttamente o indirettamente gli altri. In questo modo si crea un *sistema dei personaggi* che costituisce il motore stesso della narrazione.

## Lo spazio

Ogni racconto è collocato in uno spazio piú o meno preciso e verosimile, reale o immaginario: la scelta dei luoghi spesso determina in maniera decisiva l'atmosfera e il tono del racconto:

> «In una valle chiusa da colline boschive, sorridente nei colori della primavera, s'ergevano una accanto all'altra due grandi case disadorne, pietra e calce. Parevano fatte dalla stessa mano, e anche i giardini chiusi da siepi, poste dinanzi a ciascuna di esse, erano della stessa dimensione e forma. Chi ci abitava non aveva però lo stesso destino» (I. Svevo, *La madre*, p. 76).

Le determinazioni spaziali inducono a pensare a una situazione di perfetta uguaglianza e ciò rende piú netta ed efficace, perché in contrasto, la breve frase che chiude la sequenza.

La collocazione nello spazio, infatti, determina la condizione psicologica tanto dei personaggi quanto del lettore, è cioè un fattore di forte avvicinamento tra il messaggio e il destinatario del messaggio stesso. Si legga per esempio il racconto *Mario* di A. Moravia: lo spazio ristretto, anzi sempre piú ristretto in cui si svolge il movimento frenetico del protagonista fa risaltare il crescere della sua agitazione e coinvolge il lettore nella ricerca ansiosa dell'informazione corretta:

> «Uscii senza salutarla e andai dirimpetto, alla stireria. Dalla strada potei subito vedere Vincenzina, ritta in piedi davanti al tavolo...» (p. 57).

Talvolta lo spazio assume un rilievo tanto forte da divenire a tutti gli effetti un vero e proprio personaggio. Nel racconto *Il bosco degli animali* di I. Calvino il bosco è il vero protagonista della storia, l'antagonista decisivo del soldato tedesco:

> «Una volta nel bosco Coccinella parve perdere la riluttanza a muoversi, anzi poiché il tedesco si raccapezzava poco, era lei a guidarlo e a decidere nei bivi. Non passò molto tempo e il tedesco s'accorse che non era sulla scorciatoia dello stradone ma in mezzo al bosco fitto...» (p. 135).

## Il tempo

Il tempo del racconto è anzitutto quello in cui gli avvenimenti narrati si svolgono. Esso può essere rapportato ad avvenimenti esterni che permettono di situarlo storicamente – si veda per esempio *Inverno in Abruzzo* di N. Ginzburg, p. 140 – oppure può costituire solo una relazione temporale tra avvenimenti interni al racconto, senza alcun contatto con ciò che è esterno:

> «Il professore Leprani non può essere smentito da chicchessia. Ha detto una settimana. Tiriamogli pure il collo, alla sua diagnosi. Vede che in fondo anch'io sono comprensivo. Ma entro quindici giorni, i funerali» (D. Buzzati, *Il buon nome*, p. 121).

Come si vede, la segnalazione temporale interna è precisa, mentre non vi è alcun riferimento, se non molto indiretto, al contesto temporale esterno.

Inoltre un testo narrativo ha sempre una propria *durata*, costituita dall'arco di tempo nel quale si svolge la vicenda narrata; la durata si intreccia poi col tempo proprio della narrazione: a volte vicende di anni o secoli vengono raccolte in una frase (dando risalto all'azione), altre volte le sensazioni di un istante vengono dilatate in numerose pagine, privilegiando l'indagine psicologica, oppure ancora vi è una sorta di corrispondenza tra il tempo dell'azione narrata e il tempo solitamente necessario alla lettura: tale rapporto temporale favorisce un'identificazione tra lettore e personaggio in azione.

## Lo stile

Il mezzo attraverso cui un racconto viene concretamente realizzato è la *lingua*, strumento flessibile ed efficace che offre a chi la sa usare infinite possibilità per esprimersi. La lingua è formata dalle singole parole, dal valore che esse possono assumere e dalla maniera con cui si legano tra loro.

Tutte le parole hanno un significato proprio, ma nell'insieme del patrimonio lessicale vi sono i *sinonimi,* parole dal significato "quasi uguale", che indicano il medesimo oggetto o comunicano lo stesso concetto, ma pur sempre con qualche sfumatura differente. Il loro corretto utilizzo è importante perché tramite i sinonimi si possono meglio esprimere particolari descrittivi e psicologici che rendono gradevole e coinvolgente la pagina narrativa. Una funzione analoga è quella svolta dalle *similitudini,* che si producono accostando due termini o due espressioni e stabilendo tra loro una corrispondenza basata su tratti comuni. Attraverso le similitudini si rafforzano le descrizioni di situazioni e di stati d'animo o si può far comprendere qualcosa di sconosciuto attraverso il ricorso a immagini e situazioni normalmente note:

«Si vide sedicenne, biondo, roseo, etereo, coi capelli ben ravvivati e il nodo della cravatta all'altezza giusta: come un ricordino dei morti, pensò fra sé» (P. Levi, *Il fabbricante di specchi*, p. 85).

Bisogna sempre tenere presente che le singole parole (e spesso anche intere espressioni) posseggono oltre che un *valore proprio* anche un *valore figurato* da cui nasce la *metafora,* figura retorica grazie alla quale si può sostituire un termine con un altro che abbia almeno una qualità in comune con il primo. Per esempio D. Buzzati nel racconto *Il buon nome* scrive: «Il Marasca, intrepido arrampicatore universitario»; il termine "arrampicatore" è tratto dall'alpinismo e in questo contesto serve ad assimilare la carriera universitaria a una scalata verso il successo. Inoltre l'uso metaforico delle parole permette di legare tra loro le espressioni sulla base dell'*analogia* e quindi di sollecitare l'attenzione e la fantasia del lettore.

Oltre alle singole parole ed espressioni, l'intero racconto o parti consistenti di esso possono assumere un tono particolare: per esempio il tono ironico, come quello che caratterizza *Il bosco degli animali*, o il tono parlato e addirittura dialettale usato spesso da A. Camilleri:

«Il fatto è che sono tanticchia imbarazzata a parlarne. Ecco, Antonietta ieri mi ha telefonato per dirmi che ha sentito nuovamente il feto del diavolo» (*L'odore del diavolo*, p. 173).

Possiamo avere cioè diversi *registri* linguistici e narrativi. Ogni scrittore ha un suo modo particolare di utilizzare queste caratteristiche della lingua, anche in riferimento ai contenuti che intende svolgere e agli effetti che desidera ottenere. Proprio il contenuto determina il *genere* di un racconto: vi sono racconti di genere poliziesco, altri fantascientifici, altri ancora storici e cosí via; ogni genere ha proprie caratteristiche, ma sopra tutte rimane la caratteristica fondamentale del racconto, quella di essere una bella storia che è piacevole ascoltare.

## Il narratore

Ma la figura piú importante di un racconto, anche se la piú nascosta è il *narratore*, figura alla quale l'autore affida il compito specifico di raccontare la storia al lettore-destinatario. Questo ruolo non ha una connotazione fissa: può toccare a un personaggio e in questo caso si dice che il narratore è *interno* alla trama; egli parla come una persona piú o meno ampiamente coinvolta nei fatti narrati (può essere il protagonista o anche una figura del tutto secondaria) e racconta in prima persona, come fa Qfwfq, protagonista del racconto di I. Calvino:

«Io, per esempio, ho preso un brevetto da capitano di lungo corso, ho assunto il comando dello steamer *Hal-*

*ley*: segno nel giornale di bordo latitudine, longitudine, i venti, i dati degli strumenti meteorologici, i messaggi della radio...» (*Tempesta solare*, p. 29).

Altre volte invece è un narratore *esterno*, è cioè quasi una voce intermedia che mette in contatto i lettori con gli eventi riferiti in terza persona:

«Aveva in mente un progetto piú ambizioso. Provò in gran segreto vari tipi di vetro e di argentatura, sottopose i suoi specchi a campi elettrici, li irradiò con lampade che aveva fatto venire da paesi lontani, finché gli parve di essere vicino al suo scopo, che era quello di ottenere specchi metafisici» (P. Levi, *Il fabbricante di specchi*, p. 84).

L'insieme degli avvenimenti e dei personaggi viene trattato dal narratore secondo un proprio *punto di vista* liberamente scelto, che può coincidere in parte o in tutto con quello del protagonista o di un altro personaggio nel quale il narratore si riconosce, o anche essere del tutto autonomo. Nel corso della narrazione il narratore può anche cambiare il punto di vista, portando in primo piano di volta in volta quello dei diversi personaggi e assumendo una posizione di equidistanza tra loro. In questo caso il narratore spesso rende esplicito un proprio giudizio per correggere o sottolineare i punti di vista dei diversi personaggi:

«Decoro e dignità, pulizia e precisione, il lavoro ben fatto. Era il modo che avevano per dare ordine al mondo insieme, controllarlo, adattarvisi: senza illusioni, con determinazione. E con speranza» (C. Sereni, *Atrazina*, p. 44).

# Obiettivi specifici di apprendimento per l'educazione alla convivenza civile

Le indicazioni nazionali per i Piani di studio personalizzati nella Scuola Secondaria di primo grado prevedono che, entro il termine della classe terza, la scuola organizzi per lo studente attività educative e didattiche unitarie che abbiano lo scopo di fornire competenze individuali utili per partecipare con piena consapevolezza alla vita civile.

Tale compito naturalmente investe tutte le discipline insegnate, ma un ruolo particolare lo può e lo deve svolgere l'insegnamento di italiano, in particolare attraverso la lettura e la riflessione su testi importanti e significativi.

I racconti presenti in questa antologia possono essere utilizzati anche come supporto ad alcune di queste attività educative. In particolare proponiamo percorsi relativi a:
a. Educazione all'affettività;
b. Educazione alla cittadinanza.

# Educazione all'affettività

*Per conoscere*

Il percorso della formazione all'affettività inizia fin dai primi giorni di vita: la metafora di tale dimensione psicologica si trova espressa in maniera splendida nel racconto *La madre* di I. Svevo (p. 76). Il protagonista è un pulcino che, nato in un'incubatrice, cerca disperatamente sua madre, trovando davanti a sé solo rifiuti e ostilità. Eppure il bisogno della madre è piú forte di ogni delusione e ostilità e il pulcino non si rassegna anche se la madre gli appare come un essere crudele. Anche altre figure possono svolgere un ruolo fondamentale, come il nonno che, nel racconto di E. De Luca, *Il violino* (p. 5), dona al nipote il proprio spirito libero e assetato di bellezza. Il cammino dell'affettività si arricchisce, col passare degli anni, di scoperte e di interiorità: i libri divengono compagni indispensabili e con essi i coetanei, soprattutto se sono i fratelli, con i quali si sviluppa una fondamentale complicità di affetti e di interessi (E. Morante, *Il gioco segreto*, p. 93).

Col passare degli anni si fa forte il bisogno di avere una propria identità e di vederla confermata nel giudizio degli altri, come in uno specchio che abbia la virtú magica di mostrare ciò che solitamente non si vede e di riflettere un'immagine di chi vi si specchia sempre diversa e non sempre gradevole per chi l'osserva (P. Levi, *Il fabbricante di specchi*, p. 82).

Quando poi arriva il momento dell'amore, tutto il mondo cambia aspetto: le cose piú comuni appaiono splendide se attraverso di esse il pensiero corre alla persona che si desidera, mentre ciò che è straordinario appare grigio e insignificante se non suscita l'interesse di lei: ce lo dice con gradevole umorismo S. Benni, *Il marziano innamorato* (p. 18), e ce lo fa intendere con piú amarezza, ma in maniera profonda e psicologicamente acuta C.E. Gadda nel racconto *La fidanzata di Elio* (p. 146).

Certo, in qualsiasi famiglia non mancano i momenti un po' difficili, dovuti all'incomprensione tra i coniugi: può trattarsi di una crisi di gelosia non motivata, ma alimentata dall'invidia e dalle chiacchiere fuori misura e senza controllo degli altri, come avviene tra i protagonisti del racconto *Mario* di A. Moravia (p. 54), oppure di una pretesa lievemente assurda, come quella di condividere i sogni, espressa con decisione da uno dei due (T. Landolfi, *Pioggia*, p. 111), ma se il sentimento d'amore e di fiducia reciproca è forte, anche le crisi si rivelano del tutto passeggere.

*Per saper fare*

1. Uno dei fondamenti della sapienza greca era «Conosci te stesso»; traccia un tuo ritratto fisico e psicologico, in cui metti in evidenza gli aspetti della tua persona che vorresti far apprezzare agli altri.

2. I rapporti con i genitori non sempre sono semplici: scrivi a un tuo amico (o a un'amica) una lettera scherzosa in cui esprimi motivi di attrito (reali o inventati) con mamma e/o papà.

3. *Ho inventato un gioco*: scrivi le regole o descrivi lo svolgimento di un gioco creato da te e che ti permette di entrare in rapporto con molti tuoi coetanei.

4. *Ho fatto un sogno*: descrivi fino a metà un tuo sogno in tutti i suoi particolari e chiedi a un tuo compagno di concluderlo; poi scrivi la conclusione del tuo sogno e infine verifica se in tutto o in parte le due conclusioni coincidono.

5. Scrivi un racconto in cui il/la protagonista si innamori: puoi decidere se si tratta di un amore corrisposto oppure no.

6. Spesso i giudizi espressi da piú soggetti su una stessa persona non coincidono: scrivi un dialogo in cui due interlocutori esprimono giudizi discordanti su una terza persona.

7. Scrivi la recensione di un film che hai visto di recente, incentrato su sentimenti (amore, amicizia ecc.) vissuti intensamente dai protagonisti.

8. I sentimenti non sono sempre buoni, a volte anzi sono perfidi. Descrivi (in non piú di 20 righe ciascuno) i profili di persone che mostrano i seguenti atteggiamenti: invidia, gelosia, rancore, insofferenza.

9. Scrivi due brevi dialoghi su uno stato d'animo (amore, rancore, noia, gelosia, amicizia, paura ecc.) tra due coppie di personaggi scelti tra i seguenti: te stesso; ragazzi/e; genitori; parenti di vario grado; un vicino di casa molto anziano; un amico incontrato dopo molto tempo; un poeta o scrittore; un regista; un personaggio del passato; una figura letteraria; un animale; un corpo celeste; un extraterrestre; un paesaggio.

10. Utilizza i seguenti spunti narrativi per scrivere un racconto in cui essi compaiano tutti e con una significativa funzione narrativa:
    - una giornata molto piovosa;
    - un migliore amico/una migliore amica;
    - una lettera;
    - un giornale di due giorni prima;
    - una riunione (assemblea, convegno, cena di classe ecc.);
    - un motorino.

    Tieni presente che spetta a te scegliere l'ordine di utilizzo degli spunti, del genere e delle modalità stilistiche e linguistiche, ma che la tua scelta deve avere una sua coerenza interna.

# Educazione alla cittadinanza

*Per conoscere*

L'educazione alla cittadinanza prende origine dal rifiuto cosciente dell'orrore che ha caratterizzato le dittature che hanno dominato in Europa nel corso degli Anni '30 e fino alla fine della Seconda guerra mondiale. Due sono state le caratteristiche salienti: la repressione e l'arbitrio del potere e la persecuzione razzista. Del primo aspetto viene fornito un quadro molto convincente nel racconto di N. Ginzburg, *Inverno in Abruzzo* (p. 140), in cui viene raccontato il disagio subíto da una famiglia costretta al confino, bambini compresi, a causa delle scelte politiche del padre, oppositore del fascismo: ci mostra quale fosse la durezza del regime fascista, che, dopo aver dominato per vent'anni, ha trascinato l'Italia in guerra e, a partire dal 1943, l'ha messa nelle mani della feroce occupazione tedesca. Degli stessi anni, ma con un tono piú lieve, si narra in altri due racconti: il primo – P. Chiara, *Pàghen, pàghen* (p. 87) – tratteggia quasi un quadro di cronaca paesana, mentre nell'altro – I. Calvino, *Il bosco degli animali* (p. 131) – l'incapacità di un cacciatore dalla mira sghemba mette in crisi uno strampalato soldato tedesco. Ben piú drammatica è invece l'immagine della persecuzione razziale presentata nel racconto *I treni che vanno a Madras* di A. Tabucchi (p. 213), nel quale, in un contesto che sembra lontano dai giorni del Terzo Reich, vediamo risorgere le mostruosità dei campi di sterminio.

Ai problemi dei nostri giorni ci riporta invece il racconto di C. Sereni, *Atrazina* (p. 43), una storia di speranze stroncate da un incidente sul lavoro e di un inquinamento che minaccia la vita di ciascuno. Allo stesso modo, altri racconti possono diventare punti di riferimento per il confronto sui grandi problemi del vivere civile: per esempio, il racconto *Il rumorino crudele* di V. Cerami (p. 62) invita a riflettere sulla facilità con cui, di fronte a una situazione imprevista, si cede spesso al pregiudizio e al fanatismo, col risultato di distruggere non solo la propria casa ma anche quella comune.

*Per saper fare*

1. Prendendo in esame la prima parte della Costituzione italiana individua:

    a. quali libertà vengono garantite ai cittadini della Repubblica italiana;
    b. quali articoli condannano in maniera esplicita ogni forma di razzismo;
    c. qual è l'atteggiamento della Costituzione nei confronti della guerra;
    d. quali indicazioni vengono date rispetto alla scuola.

2. La tutela dell'ambiente è dovere fondamentale dello Stato e del singolo cittadino.

    a. Fai una ricerca nel tuo comune per trovare almeno una delibera emanata a questo scopo.
    b. Racconta un episodio in cui un comportamento individuale è stato determinato in senso positivo da questa preoccupazione.
    c. Illustra quali sono le conseguenze a livello ambientale della noncuranza e/o della volontà di disattendere disposizioni emanate a tutela dell'ambiente.

3. Le paure e in generale le emozioni collettive producono spesso comportamenti irrazionali e a farne le spese sono di solito coloro che vengono considerati diversi. Cerca sui giornali, tra le notizie di cronaca recente, qualche episodio a sostegno di questa affermazione.

4. Dialogo tra uguali/diversi.
    Scrivi un dialogo tra due-quattro persone che abbiano

le stesse caratteristiche di età e/o di professione ma che siano diverse per appartenenza a uno o piú dei seguenti contesti:

- temporale;
- geografico;
- sociale;
- culturale (religione, concezione di vita, idee politiche ecc.).

5. Scrivi una lettera a un giornale nella quale segnali una delle seguenti situazioni:

- un avvenimento che ti ha provocato disagio pratico o psicologico;
- un disservizio di qualche struttura pubblica;
- una considerazione su un fatto di costume.

La lettera deve essere lunga da un minimo di trenta a un massimo di cinquanta righe.

# Esercizi

**Fantasia e realtà**

Gianni Celati, *Com'è cominciato tutto quanto esiste*

1. In che luogo è ambientato il racconto?
   - ☐ In un'osteria
   - ☐ In una scuola
   - ☐ In un ospedale
   - ☐ In un manicomio

2. Da che cosa trae origine l'universo secondo le riflessioni del protagonista?
   - ☐ Dal vento e dalla polvere
   - ☐ Dalla pioggia e dal ghiaccio
   - ☐ Dalla luce e dal calore del sole
   - ☐ Da un'esplosione nucleare

3. Da che cosa è avvolto l'universo secondo la teoria del vecchio?
   - ☐ Da onde radio
   - ☐ Da un muro di ghiaccio
   - ☐ Dalla luce delle stelle
   - ☐ Da un'immensa vescica

4. In quale animale il vecchio pensa di trasformarsi dopo la morte?
   - ☐ In una rondine

- [ ] In un pesce
- [ ] In una zanzara
- [ ] In un cagnolino

Erri De Luca, *Il violino*

1. Il racconto di Erri De Luca è caratterizzato da una serie di passaggi narrativamente molto marcati, solitamente chiamati sequenze. Individua e indica le principali sequenze del testo trascrivendone l'inizio e la fine.

2. Quale passione coltivava il nonno dopo le lunghe ore di lavoro in miniera?
   ................................................................
   ................................................................

3. Quali sono le attività svolte dal nipote protagonista del racconto?
   ................................................................
   ................................................................
   ................................................................

4. Che cosa hanno in comune la passione del nonno e le attività del nipote?
   - [ ] Il colpo d'occhio
   - [ ] La sensibilità delle mani
   - [ ] La forza dei muscoli
   - [ ] L'acutezza dell'udito

5. Che funzione ha la musica nell'insieme del racconto? Che cosa simboleggia, a tuo parere?
   ................................................................
   ................................................................
   ................................................................
   ................................................................

5. Qual è l'ultimo atto del protagonista?
   - [ ] Si uccide per disperazione
   - [ ] Muore per aiutare un giovane ammalato

- ☐ Uccide il giovane ammalato per non farlo soffrire
- ☐ Muore nello sforzo di chiamare un infermiere

Massimo Bontempelli, *Il buon vento*

1. Il racconto è incentrato sulle straordinarie proprietà di una polverina, a vantaggio di chi la porta in tasca. Di quali doti si tratta?
   - ☐ Dà la capacità di leggere i pensieri di chi s'incontra
   - ☐ Rende invisibili e dà una forza straordinaria
   - ☐ Permette di spostare gli oggetti col pensiero
   - ☐ Rende reali le espressioni figurate

2. Che cosa fa il protagonista quando si accorge della potenza della propria scoperta?
   - ☐ La usa a proprio vantaggio e a danno di molte persone
   - ☐ La usa per aiutare i piú deboli e i poveri
   - ☐ La usa per diventare un re
   - ☐ Si spaventa e butta via la polverina

3. Che cos'è una metafora?
   - ☐ Un'affermazione senza un senso logico
   - ☐ Un paragone poco chiaro
   - ☐ Un'espressione figurata
   - ☐ Una similitudine tra persone

4. Il racconto presenta anche espressioni ironiche; individuane e trascrivine almeno tre, indicando in che cosa consiste, in esse, l'ironia.

Stefano Benni, *Il marziano innamorato*

1. Il narratore di questa storia è decisamente inconsueto e descrive le cose dal suo strano punto di vista. Sei riuscito a capire che cosa vuole indicare l'amico becodiano con le seguenti espressioni?

   a. «I quazz che mangiano gli aborigeni»,

b. «Uno scatolone metallico, simile a un becodiano obeso».
c. «Un animale splendido, formato da un corpo tutto irsuto di pelo terminante in una lunga coda di legno».
d. «La creatura con i bellissimi occhi gialli». TORO
e. «I quazz luccicanti». DIAMANTE
f. «una fetta di pelo verde». campo di calcio

2. Anche con le parole il becodiano non scherza: macrocanocchio, quazzomobile, universibolario, trondopattini ecc.
Sono parole composte. Prova a elencarne almeno otto di uso un po' piú comune e a inventarne qualcuna altrettanto stravagante.

3. Oltre che fantastico, come definiresti questo racconto?

   ☐ avventuroso      ☐ psicologico
   ☐ poliziesco       ☐ ironico
   ☐ drammatico       ☐ comico
   ☐ storico          ☐ sentimentale
   ☐ scientifico      ☐ ....................

4. Che cosa significa l'indicazione di spazio «L'universo era abitato da molti mondi trond e grandi strutture quazz»? E che cosa significa quella di tempo «Lukzeccetera è molto giovane, ha diciotto anni becodiani, che corrispondono circa a due telenovele terrestri»?


Italo Calvino, *Tempesta solare*

1. Nel corso del racconto si parla di una tempesta che ha conseguenze particolarmente rilevanti: di che cosa si tratta?

   ☐ Una tempesta magnetica che fa saltare tutti gli apparecchi elettrici
   ☐ Una tempesta sul mare che fa affondare la nave
   ☐ Una tempesta di vento che scoperchia molte case
   ☐ Una tempesta di sabbia che uccide gli abitanti del villaggio

2. Come si comportano gli abitanti del villaggio nei confronti del capitano Qfwfq?

- ☐ Lo rispettano perché capiscono che è un grande scienziato
- ☐ Lo vogliono cacciare perché è uno straniero
- ☐ Vogliono ucciderlo perché pensano che sua moglie sia una strega
- ☐ Vogliono interrogarlo perché non sanno che cosa stia facendo

3. Consulta un'enciclopedia e cerca di capire perché la moglie di Qfwfq viene chiamata Rah.

    ..................................................................
    ..................................................................
    ..................................................................
    ..................................................................
    ..................................................................
    ..................................................................

4. In quale tempo è ambientato questo racconto?

- ☐ Nella preistoria
- ☐ Nel medioevo
- ☐ Ai nostri giorni
- ☐ In un lontano futuro

**Protagonisti e antagonisti**

Clara Sereni, *Atrazina*

1. Che attività svolgeva la protagonista prima di sposarsi?

- ☐ Insegnante
- ☐ Impiegata
- ☐ Medico
- ☐ Collaboratrice domestica

2. Che cosa succede al marito?

- ☐ Subisce un incidente sul lavoro e perde le capacità mentali

- ☐ Ha un grave incidente stradale e perde l'uso delle gambe
- ☐ Si ammala in maniera grave e non può piú alzarsi dal letto
- ☐ Finisce in prigione e perde il lavoro

3. Che cos'è l'«atrazina» che dà il titolo al racconto?
    - ☐ Un detersivo per lavare i piatti
    - ☐ Una cura medica molto pericolosa
    - ☐ Una sostanza velenosa che inquina l'acqua
    - ☐ Una droga molto potente

4. Riassumi l'intero racconto in non piú di dieci righe.

Luigi Pirandello, *Il corvo di Mízzaro*

1. Il narratore usa diversi sostantivi peggiorativi parlando del corvo («babbaccio», «alacce» ecc.). Per quale dei seguenti motivi?
    - ☐ non gli piacciono gli animali;
    - ☐ vuole divertire il lettore;
    - ☐ ritiene sciocco il comportamento del corvo;
    - ☑ assume il punto di vista di Cichè;
    - ☐ non c'è un motivo particolare.

2. Sottolinea nel testo gli elementi che concorrono a creare l'atmosfera di solitudine, isolamento, arretratezza culturale che caratterizza la novella.

3. Se tu dovessi cambiare il titolo alla novella, quale sceglieresti tra quelli qui elencati?
    - ☑ *Il corvo porta sfortuna*;
    - ☐ *Non si maltrattano gli animali*;
    - ☐ *Chi la fa, l'aspetti*;
    - ☐ *La rabbia è cattiva consigliera*;
    - ☐ *Un corvo lassú...*
    - ☐ ........................

4. Nel testo compaiono diverse parole onomatopeiche, che riproducono cioè rumori, suoni, versi degli animali ecc. Anche nella lingua parlata usiamo spesso ono- *gridi ecc.*

matopee: scrivine almeno sei, indicando a fianco il loro significato.

Alberto Moravia, *Mario*

1. «Che sono tre ore? Molto e poco, dico io, secondo i casi».
   Che cosa vuol dire il narratore con questa frase?

   ☐ molto e poco, secondo la premura che uno ha;
   ☐ secondo ciò che capita nelle tre ore;
   ☐ secondo il traffico che si incontra;
   ☐ secondo le persone che si incontrano.

2. Il racconto è molto ricco di personaggi: di alcuni l'autore ci fornisce una certa descrizione dell'aspetto fisico, di altri no. Elenca tutti i personaggi di cui puoi riportare i particolari fisici. Trovi un collegamento tra aspetto fisico e psicologia?

3. La durata temporale della storia è piuttosto breve: una mezza mattinata. Ma gli avvenimenti sono molti: che effetto produce tale situazione?

   ☐ Rende poco chiaro il racconto
   ☐ Rende rapida l'azione
   ☐ Rende lento lo sviluppo narrativo
   ☐ Rende troppo breve il racconto

4. L'autore usa molte espressioni tratte dal dialetto romanesco: «buttare» per "perdere", «manco» per "nemmeno", «scucchia» per "mento sporgente", «mo'» per "adesso", e altre ancora.
   Conosci anche tu vocaboli o modi di dire tipici della città o della regione in cui vivi? In caso affermativo, prova a elencarne alcuni.

5. La trama del racconto è lineare, ma vi si fa un largo uso del *flash-back* (vedi p. 54). Rintraccia nel testo almeno due esempi di tali "ritorni all'indietro" e riassumili in maniera sintetica.

Vincenzo Cerami, *Il rumorino crudele*

1. Alcune espressioni presenti nel racconto danno l'impressione che il rumore provenga da qualcosa di animato. Elencane cinque, spiegando per ciascuna il motivo della tua scelta.

   a. ....................................................................
   ........................................................................
   b. ....................................................................
   ........................................................................
   c. ....................................................................
   ........................................................................
   d. ....................................................................
   ........................................................................
   e. ....................................................................
   ........................................................................
   ........................................................................

2. Con quali lugubri caratteristiche viene descritto l'inquilino del secondo piano che non risponde alle chiamate degli altri coinquilini?

   ........................................................................
   ........................................................................
   ........................................................................

3. Quale elemento è in contrasto con l'immagine inquietante che di lui si sono fatti gli altri inquilini?

   ........................................................................
   ........................................................................
   ........................................................................

   C'è qualche informazione che rivela la sua vera attività?

   ........................................................................
   ........................................................................
   ........................................................................

4. Qual è la vera causa del «rumorino» e come viene scoperta?

..................................................................................
..................................................................................
..................................................................................


Luigi Malerba, *L'amore in fondo al pozzo*

1. Quali sono le caratteristiche fisiche di Govi?
   - ☐ È molto alto
   - ☐ È molto basso
   - ☐ È molto grasso
   - ☐ È molto veloce

   E quali sono le sue caratteristiche psicologiche?

   ..................................................................................
   ..................................................................................
   ..................................................................................
   ..................................................................................

2. Che cosa gli rimprovera sempre sua moglie?
   - ☐ Di parlare sempre senza conoscere gli argomenti che tratta
   - ☐ Di addormentarsi mentre gli altri parlano
   - ☐ Di non saper mai dire niente di interessante
   - ☐ Di essere poco ospitale con gli amici

3. Descrivi brevemente il sogno di Govi.

   ..................................................................................
   ..................................................................................
   ..................................................................................

4. Su quali argomenti Govi discute con Pinai e Coriolano?
a. Con Pinai: ........................................................................
..................................................................................
b. Con Coriolano: ..................................................................
..................................................................................
   Che cosa rimprovera a Coriolano?
   ..................................................................................

## Punti di vista

Italo Svevo, *La madre*

1. Il racconto può essere suddiviso in quattro grandi sequenze. Individua dove esse iniziano e dove finiscono, indicale citando le prime parole e le ultime di ciascuna e riassumile separatamente in non piú di dieci righe l'una.

2. La vicenda narrata, piú che su avvenimenti, si basa sui desideri e sulle aspettative dei diversi personaggi. L'autore, infatti, mette spesso in rapporto la condizione fisica e psicologica dei pulcini e l'immagine che essi hanno della madre.
Schematizza questo intreccio, scrivendo su una colonna le caratteristiche di ciascun personaggio e su un'altra il contenuto del suo desiderio.

3. Il racconto presenta passi scritti in discorso diretto e altri in cui le parole dei personaggi vengono riferite ricorrendo al discorso indiretto. Naturalmente l'autore avrebbe potuto anche compiere scelte opposte. Prova a farlo tu, trasformando in discorso diretto il passo che va da «Interloquí» a «morire» (pp. 77-78) e in forma indiretta quello che va da «Questa è la madre» a «insensati» (p. 79).

4. Che cosa significa l'ultimo periodo del racconto? («Ammirando il proprio atroce destino, egli disse con tristezza: – La madre mia, invece, fu una bestiaccia orrenda e sarebbe stato meglio per me ch'io non l'avessi mai conosciuta»).

Primo Levi, *Il fabbricante di specchi*

1. Descrivi brevemente alcune caratteristiche degli specchi che Timoteo confezionava segretamente dopo il lavoro: ..............................................................
..............................................................

2. Qual è la caratteristica fondamentale di uno «Spemet»?

    ☐ Rivela le condizioni di salute di chi vi si specchia
    ☐ Rivela il giudizio di chi lo porta in fronte su chi vi si specchia
    ☐ Rivela il giudizio di chi vi si specchia su chi lo porta in fronte
    ☐ Rivela il futuro di chi vi si specchia

3. Timoteo prova l'efficacia dello «Spemet» con diverse persone. Indica l'esito di tale esperimento con:

    Agata ....................................................................
    La madre ................................................................
    Emma....................................................................

4. A quali conclusioni giunge Timoteo dopo una serie di esperimenti? ....................................................
    ..........................................................................


Piero Chiara, *Pàghen, pàghen*

1. Il quale momento storico è ambientato questo racconto?

    ☐ Durante la Prima guerra mondiale
    ☐ Durante il fascismo
    ☐ Durante la Seconda guerra mondiale
    ☐ Durante una guerra immaginaria

2. In che Paese si trova la località che fa da sfondo alla vicenda?

    ☐ In Italia
    ☐ In Svizzera
    ☐ In Francia
    ☐ In Germania

3. Qual è la preoccupazione fondamentale dei commercianti?

    ☐ Che i soldati brucino il paese
    ☐ Che i soldati non paghino ciò che acquistano
    ☐ Che i soldati obblighino a chiudere i negozi

☐ Che i soldati prendano degli ostaggi

4. Come si conclude il racconto? Riassumi la parte finale del testo (da «Proprio all'angolo...» alla fine).

Elsa Morante, *Il gioco segreto*

1. I personaggi del racconto sono molto caratterizzati sia in termini fisici che psicologici. Esponi le loro caratteristiche completando la seguente tabella.

| Personaggi | Caratteristiche fisiche | Caratteristiche psicologiche |
|---|---|---|
| Madre | | |
| Padre | | |
| Antonietta | | |
| Pietro | | |
| Giovanni | | |

2. Osserva, per due personaggi a scelta, in che maniera si intreccino le caratteristiche fisiche con quelle psicologiche.
   ..............................................................................
   ..............................................................................
   ..............................................................................

3. Come nasce nei ragazzi la passione per la lettura?
   ..............................................................................
   ..............................................................................
   ..............................................................................

   Perché mettono in scena le avventure che trovano raccontate nei libri?
   ..............................................................................
   ..............................................................................
   ..............................................................................

4. Indica brevemente, e in successione cronologica, gli avvenimenti relativi all'ultima recita.

...................................................
...................................................
...................................................

5. Durante la recita Antonietta, Pietro e Giovanni utilizzano un registro linguistico particolare. Come lo definiresti? (Puoi dare piú risposte)

   ☐ Colloquiale
   ☐ Infantile
   ☐ Ricercato
   ☐ Tecnico
   ☐ Gergale
   ☐ Letterario
   ☐ Scolastico
   ☐ Giornalistico
   ☐ Altro............................


Tommaso Landolfi, *Pioggia*

1. In che cosa consiste l'improvvisa richiesta della moglie?

   ☐ Vuole sapere se il marito ha sognato
   ☐ Vuole sapere che cosa ha sognato il marito
   ☐ Vuole sapere il contenuto del proprio sogno
   ☐ Vuole sapere se piove sul serio o se sta sognando

2. Il testo presenta diverse espressioni metaforiche che fanno riferimento al corpo umano:
   a. «Senza batter ciglio»;
   b. «te ne lavi le mani»;
   c. «ho la testa sul collo»;
   d. «ti ci aspettavo a piè fermo».
   Spiegane il significato e poi scrivine altre cinque dello stesso tipo, di tua scelta.

3. Il narratore è anche protagonista della vicenda e spesso, nel corso della storia, introduce considerazioni personali e riflessioni che rallentano un po' il ritmo del dialogo, ma offrono importanti informazioni psicologiche. Individua nel racconto alcuni di questi passi.

4. «Come avresti potuto sbagliarti, se? Non avresti dovuto poterti sbagliare, o avresti dovuto non poterti sbagliare, se». L'autore lascia in sospeso questa frase. Prova a completarla tu nella maniera piú adeguata.

5. Le battute di dialogo sono ovviamente scritte al presente, eppure si inseriscono in un contesto che ha una diversa dimensione temporale: come la definiresti? E su quali elementi linguistici ti basi per definirla?

Dino Buzzati, *Il buon nome*

1. Prova a scrivere un altro finale al racconto, modificando la trama a partire dalla frase «La macchina dell'onore accademico si mise ben presto in moto» (p. 121).

2. Questo racconto può essere definito "dell'assurdo" perché:

    ☐ Non si capisce bene che cosa voglia dire
    ☐ Vi è un capovolgimento delle situazioni che si verificano di solito
    ☐ È impossibile che un famoso professore sbagli completamente una diagnosi cosí facile
    ☐ L'autore vorrebbe far ridere ma non ci riesce
    ☐ ................................................................

3. «Impassibile, le palpebre abbassate a scopo di concentrazione mentale (o il sonno aveva avuto la meglio?) il leprani ascoltava senza fare una piega» (p. 118).
Con le informazioni ricavabili dall'insieme del racconto puoi risolvere il dubbio dell'autore?

4. Nel testo vi sono molte determinazioni di tempo, alcune relative all'età di certi personaggi, altre a fatti reali, altre ancora alle previsioni del prof. Leprani. Elencale suddividendole secondo questo schema:

| *Età* | *Fatti reali* | *Previsioni* |
|---|---|---|
| 74 anni | una notte | una settimana |
| ............ | ............ | ............ |

## Vita e storia

Beppe Fenoglio, *La sposa bambina*

1. Qual è il particolare piú importante di questo racconto?
   - [ ] La giovane età di Catinina
   - [ ] Il fatto che non abbia mai visto il mare
   - [ ] L'obbligo di dare del "voi" che il marito le impone
   - [ ] Il fatto che Catinina, pur avendo un figlio, continui a giocare a biglie
   
   Motiva brevemente la tua scelta.

2. Perché, a tuo parere, lo sposo «riempí di schiaffi la faccia di Catinina»?

   - [ ] È un violento
   - [ ] È ubriaco
   - [ ] È geloso
   - [ ] Catinina non gli ha dato del "voi"
   - [ ] Catinina ha bevuto, pur essendo giovane
   - [ ] Catinina avrebbe voluto tornare subito a Murazzano

3. In questo racconto vi è una sostanziale coincidenza tra *fabula* e *intreccio*: vi è solamente un *flash-back* che modifica in parte la successione cronologica. Sai trovarlo? Indicalo riportando le parole iniziali e finali.

4. Chi racconta la storia?
   - [ ] Catinina
   - [ ] Lo sposo
   - [ ] Il panettiere di Murazzano
   - [ ] Un narratore esterno che conosce tutta la vicenda


Italo Calvino, *Il bosco degli animali*

1. Come definiresti questo racconto? (Puoi fare al massimo due scelte)

☐ Umoristico      ☐ Avventuroso
☐ Drammatico      ☐ Psicologico
☐ Storico         ☐ Autobiografico
☐ Realistico      ☐ Fantastico

Esponi le ragioni della tua risposta.

2. Nella storia vi sono situazioni ripetute con regolarità che ne rendono omogeneo lo sviluppo. Quali sono?

3. Di Giuà Dei Fichi abbiamo una descrizione fisica molto chiara e situata all'inizio del racconto, mentre la descrizione psicologica è fornita attraverso spunti che si distribuiscono lungo tutta la narrazione. Raccogli tali informazioni e delinea il carattere di Giuà.

4. Nel racconto è fatto largo uso di espressioni colorite del linguaggio popolare e di situazioni paradossali. Trovane nel testo alcuni esempi, poi spiega perché, a tuo parere, l'autore vi fa ricorso tanto spesso.

Natalia Ginzburg, *Inverno in Abruzzo*

1. Tra queste sintesi, quale esprime meglio il contenuto del racconto?
   a. L'autrice è costretta a vivere in esilio in un paese d'Abruzzo, dove la vita le sembra monotona e talvolta insopportabile. Ma, dopo le terribili vicende che la colpiscono al suo ritorno a Roma, si rende conto che quei mesi sono stati i più sereni della sua vita.
   b. L'autrice trova molto interessanti i costumi e le abitudini del paese in cui è costretta a vivere. Ma, dopo l'uccisione del marito, rimpiange di aver sprecato quei mesi che avrebbe potuto usare più proficuamente.
   c. L'autrice, arrivata in un paese d'Abruzzo, fa amicizia con tanti abitanti del posto. Purtroppo la guerra e la morte del marito la costringono a tornare a Roma e a perdere i contatti con quella gente a lei cara. Per questo essa rimpiange quei giorni felici.

2. All'interno del racconto è inserita una fiaba. Sai rintracciarla? Con quale aggettivo la definiresti? Conosci altre fiabe dello stesso tipo?

3. Molti personaggi presentano delle particolarità che li caratterizzano. Completa questo elenco, ponendo accanto a ciascun nome la caratteristica che ti sembra piú pertinente:

   a. La sartoretta......................................................
   b. Girò ................................................................
   c. Crocetta..........................................................
   d. Gigetto di Calcedonio .......................................

5. Trasforma la sequenza che va da «D'inverno qualche vecchio» fino a «finché non ci fu niente da dire» in un dialogo tra due persone, delle quali una informa e l'altra fa commenti.


Carlo Emilio Gadda, *La fidanzata di Elio*

1. Quali dei seguenti aggettivi si adattano meglio al personaggio di Luisa? Segna con una crocetta tutti quelli che ti sembrano adeguati.
   - ☐ Vivace
   - ☐ Generosa
   - ☐ Puntuale
   - ☐ Affettuosa
   - ☒ Severa
   - ☐ Religiosa
   - ☒ Precisa
   - ☐ Tirchia
   - ☒ Fredda
   - ☐ Comprensiva
   - ☐ Imprevedibile
   - ☐ Sensibile
   
   Ora prova a descriverla con parole tue.

2. Quale punto di vista assume il narratore?
   - ☒ Quello di Elio
   - ☐ Quello di Luisa
   - ☐ Quello delle zie di Elio
   - ☐ Quello dell'amica di Elio
   
   Verso quali personaggi il narratore mostra di nutrire maggiore simpatia?

3. In quale arco di tempo possiamo immaginare che si svolga il racconto? In altre parole, qual è la sua durata?

☐ Poche ore (o anche meno)   ☐ Diversi giorni
☐ Piú di un anno             ☒ Dieci anni

4. La trama del racconto è piuttosto complessa, perché:

   ☐ ai fatti si intrecciano i ricordi e le riflessioni del protagonista
   ☒ il protagonista non sa che cosa fare, non sembra in grado di poter prendere una decisione ferma, definitiva
   ☐ i personaggi da seguire sono troppo numerosi

5. L'autore di questo racconto si serve di un lessico difficile, ricco di espressioni non usate nel linguaggio quotidiano. Per le parole qui sotto elencate trova l'equivalente nella lingua parlata.

   a. «rattenere»: ..........................................................
   b. «di tra le concitate voci»: ...................................
   c. «li argenti»: ..........................................................
   d. «velocipedastri»: .................................................
   e. «impalmare»: ......................................................
   f. «educandato»: .....................................................
   g. «sulfúreo»: ..........................................................


Giuseppe Pontiggia, *La presenza scenica*

1. Qual è la passione profonda della protagonista?

   ☐ Viaggiare
   ☐ Recitare
   ☐ Scrivere
   ☐ Insegnare

2. Che cosa le aveva predetto una zingara quando era ancora giovane?

   ☐ Che sarebbe stata felice con suo marito
   ☐ Che sarebbe vissuta molto a lungo
   ☐ Che un suo figlio sarebbe diventato importante
   ☐ Che il marito sarebbe morto in guerra

3. Luisa Annoni dove trascorre gli ultimi anni della sua vita?

    ☐ In una casa di riposo per anziani
    ☐ In una villa al mare
    ☐ A casa della figlia
    ☐ All'estero perché non vuole incontrare piú nessuno

4. Che cos'è una biografia?

    ☐ Il racconto della propria vita
    ☐ Il racconto della storia della propria famiglia
    ☐ Il racconto di un importante avvenimento di cronaca
    ☐ Il racconto della vita di un altro

## Thrilling

Carlo Lucarelli, *Stazione Ostiense*

1. Perché i due protagonisti conoscono pochissimo la città di Roma, in cui si trovano?
    Lei ....................................................................
    Lui ....................................................................

2. Delinea il carattere di ciascuno dei due attraverso alcune citazioni tratte dal testo.
    Lei ....................................................................
    Lui ....................................................................

3. Che cosa succede loro?

    ☐ Vengono aggrediti da alcuni delinquenti
    ☐ Restano chiusi in un centro commerciale abbandonato
    ☐ Perdono la strada di casa
    ☐ Vengono sequestrati da una banda di malviventi
    Perché non possono chiedere aiuto alla polizia?
    ....................................................................
    ....................................................................

5. A quale drammatico avvenimento assistono durante la loro disavventura?
   ..................................................................
   ..................................................................

Andrea Camilleri, *L'odore del diavolo*

1. Che caratteristiche presenta la protagonista di questo racconto?
   - ☐ È anziana ma in ottime condizioni
   - ☑ È anziana e molto malata
   - ☐ È giovane e bellissima
   - ☐ È giovane d'età ma invecchiata precocemente

2. In che maniera le si manifesta il "diavolo"? Riassumilo brevemente.
   ..................................................................
   ..................................................................

3. Chi era in realtà il "diavolo"?
   - ☑ Un parente della protagonista
   - ☐ Un vicino di casa
   - ☐ Il commissario Montalbano
   - ☐ La signora Clementina che fingeva di essere sua amica

4. Esponi brevemente qual era il reale obiettivo del "diavolo".
   ..................................................................
   ..................................................................
   ..................................................................
   Riesce a raggiungerlo?
   - ☐ Sí, perché ..................................................
   - ☑ No, perché *a causa dell'intervenzione di Montalbano*

Leonardo Sciascia, *Gioco di società*

1. Il racconto è ricco di colpi di scena. Elencane il maggior numero possibile nell'ordine in cui compaiono nel testo. Quale ti sembra piú clamoroso? E perché?

2. Sia la moglie che il marito hanno in testa un piano. Indica in ordine cronologico i diversi passaggi preparatori dell'uno e dell'altro, e quindi cerca di evidenziare le analogie tra i due piani unendole tra loro con delle frecce.

| *Piano del marito* | *Piano della moglie* |
|---|---|
| a. ................ | a. ................ |
| b. ................ | b. ................ |
| c. ................ | c. ................ |

3. In quale ambito spaziale avvengono i fatti? Si tratta di uno spazio aperto o chiuso? Vi sono altri riferimenti spaziali? In che modo vengono introdotti?

4. Che c'entra in tutta questa vicenda la moglie del professore di matematica? È una figura importante o no? Rispondi cercando di spiegare in non piú di venti righe il ruolo di questo personaggio che compare sulla scena solo in fotografia.

5. Prosegui il racconto con una breve narrazione dei fatti che si possono prevedere in base a quanto hai letto; cerca di imitare il piú possibile lo stile del narratore.

Giorgio Scerbanenco,
*Stazione centrale ammazzare subito*

1. Tutta la prima parte del racconto è volutamente "costruita" secondo una scansione del tempo molto precisa e particolareggiata.
Scrivi in una tabella tutte le azioni compiute tra le quattro e le cinque di quel mercoledí pomeriggio, completando lo schema seguente.

| Ore | Azioni |
|---|---|
| Quattro | prese la rivoltella dalla borsa di pelle |
| ............ ............ | ............ ............ |

Per quale motivo, secondo te, l'autore è cosí preciso nella narrazione?

2. Nel racconto vi sono alcuni esempi di comunicazione in codice. Trovali e riassumili brevemente.
Conosci qualche altro sistema di linguaggio in codice? Descrivilo o, se non lo conosci, prova a inventarlo.

3. A tuo avviso il narratore:

   ☐ partecipa all'azione con un ruolo secondario;
   ☐ è il brigadiere Mazzarelli;
   ☐ è un cronista esterno;
   ☐ è la donna del protagonista.

4. Quale giudizio esprime il narratore, implicitamente, su Domenico Barone?
   ☐ È un feroce assassino che non si ferma davanti a nulla
   ☐ È una vittima inconsapevole della ferocia altrui
   ☐ È uno sprovveduto che tutti possono sfruttare
   ☐ È un piccolo malvivente entrato in un giro criminale troppo grosso

   Motiva la tua risposta.


Antonio Tabucchi, *I treni che vanno a Madras*

1. Perché l'autore dice che in India è meglio viaggiare con i treni che con l'aereo? (Puoi dare piú di una risposta)

   ☐ Gli aerei non sono sicuri
   ☐ I treni sono di lusso e sempre in orario
   ☐ Col treno si vedono molte piú cose
   ☐ Le persone importanti viaggiano sempre in treno
   ☐ Sui treni si possono fare incontri imprevedibili
   ☐ Gli aerei sono rarissimi e hanno solo tre o quattro linee

2. Nel corso del racconto si ricorda un episodio avvenuto in un altro tempo. Individualo e ricordalo brevemente, citandone le prime parole e le ultime.

A quale vicenda si riferisce?

3. Nel testo vi sono parecchi verbi usati in senso metaforico:

   a. *cullare* una speranza;
   b. *coltivare* una passione;
   c. *illuminarsi*;
   d. il silenzio *cadde*;
   e. *ingannare* l'attesa.

   Spiega il significato e, se riesci, l'origine di tali metafore. Per esempio, cosí:

   | Metafora | Significato | Origine |
   |---|---|---|
   | Assaporare la felicità | Essere completamente felici | Si immagina la felicità come un cibo delizioso |

4. Il narratore di questo racconto è sicuramente *interno*. Servendoti di quale semplice artificio potresti renderlo *esterno*?

5. Diventa tu il detective e risolvi questo giallo: chi è l'ucciso? Chi l'uccisore? Motiva le tue scelte.

   ....................................................................
   ....................................................................
   ....................................................................
   ....................................................................
   ....................................................................
   ....................................................................
   ....................................................................
   ....................................................................
   ....................................................................
   ....................................................................
   ....................................................................
   ....................................................................
   ....................................................................
   ....................................................................
   ....................................................................
   ....................................................................

# Biografie

## Stefano Benni

È nato a Bologna nel 1947 e ha iniziato la sua attività di scrittore satirico collaborando col quotidiano «Il Manifesto» e diversi settimanali. Dopo la raccolta di poesie satiriche *Prima o poi l'amore arriva* (1981) ha pubblicato il romanzo satirico-fantascientifico *Terra!* (1983) e il romanzo *Comici spaventati guerrieri* (1986) in cui sviluppa la satira di condizioni metropolitane. Altri romanzi sono *Baol, un romanzo*, edito nel 1990 e *La compagnia dei Celestini*, del 1992, che ha ottenuto un notevole successo. Piú recentemente sono usciti *Spiriti* (2000), *Saltatempo* (2001), il romanzo *Achille piè veloce* (2003) e infine *Margherita Dolcevita* (2005). Notevole anche la produzione di racconti: la prima raccolta è *Bar sport* (1976), alla quale sono seguite *Il bar sotto il mare* (1987), *Bar sport duemila* (1997), *Blues in sedici* (1998) e i racconti satirici *Dottor Niú: corsivi diabolici per tragedie evitabili* (2001).

TESTO CONSIGLIATO: *Margherita Dolcevita*

Margherita Dolcevita è una ragazzina vivace, intelligente, un po' sovrappeso e con un cuore che non funziona proprio bene. Un giorno, davanti alla sua casa fra città e campagna, spunta un cubo di vetro nero circondato da un inquietante giardino sintetico. Sono arrivati i signori Del Bene, i portatori del "nuovo", della felicità del consumo, una beatitudine che non si può rifiutare. La famiglia di Margherita cade in una sorta di incantesimo indecifrabile, da cui nessuno riesce a liberarsi.

## Massimo Bontempelli

Nacque a Como nel 1878 e iniziò la sua attività di scrittore nell'ambito del futurismo, ma individuò presto una sua poetica originale, che definí «realismo magico», alla quale sono riconducibili numerose delle sue opere di narrativa. Morí a Roma nel 1960. Tra le sue opere ricordiamo *La scacchiera davanti allo specchio* (1922), *Vita e morte di Adria e dei suoi figli* (1930), *522. Racconto di una giornata* (1932), *Gente nel tempo* (1937), *L'amante fedele* (1953). Bontempelli fu anche un notevole scrittore di teatro: i suoi testi piú significativi sono *Nostra dea* (1925), *Minnie, la candida* (1927), *Cenerentola* (1942), *Venezia salva* (1947).

TESTO CONSIGLIATO: *522. Racconto di una giornata*

È un romanzo breve e costituisce una celebrazione di uno dei massimi protagonisti dei tempi moderni: l'automobile. *522* è una buona rassegna degli interessi dell'autore, per la confluenza fra la modernità tecnologica e la sfera letteraria, tradizionalmente riservata ad altre tematiche. Sebbene il testo sia ancora futurista per il suo elogio implicito della moderna società delle macchine, il suo modo di far fronte alla presenza ineluttabile dell'*orribil ingegno* tecnologico, cioè l'automobile, rappresenta un approccio molto diverso al tema.

## Dino Buzzati

Nacque a Belluno nel 1906 e visse quasi sempre a Milano, dove svolse l'attività di giornalista al «Corriere della Sera» e dove morí nel 1972. La sua produzione narrativa è vasta e significativa; la sua opera piú nota è *Il deserto dei tartari* (1940), romanzo ricco di significati esistenziali. Altre sue opere narrative sono: *Bàrnabo delle montagne* (1933), *Il segreto del Bosco Vecchio* (1935), *I sette messaggeri* (1942), *Paura alla Scala* (1949), *Il crollo della Baliverna* (1954), *Sessanta racconti* (1958), *Un amore* (1963), *Le notti difficili* (1971). In esse si intrecciano spunti surreali, invenzioni fantascientifiche, dati di cronaca o di pseudocronaca, avvolti in un'atmosfera magica. Buzzati, che fu anche un apprezzato pittore, scrisse alcuni libri a fumetti – *Poema a fumetti* (1969), *I miracoli di Val Morel* (1971) – di cui curò sia il testo sia le illustrazioni.

TESTO CONSIGLIATO: *Il deserto dei tartari*

Il giovane sottotenente Giovanni Drogo è inviato in servizio presso una lontana fortezza ai confini del paese, di fronte al deserto da cui si teme un'invasione di Tartari. Tutto è predisposto per fronteggiarla ma l'invasione, sempre annunciata, non avviene. Tutta la vita nella fortezza continua però a funzionare secondo un cerimoniale rigoroso e privo di senso. Quando, dopo diversi anni, Drogo ottiene una licenza e fa ritorno in città, si accorge di aver perso ogni contatto con il mondo dei «civili». Torna nella fortezza e lí si ammala. Proprio allora, però, i Tartari iniziano ad avanzare dal deserto. Drogo, vecchio e debole, non può partecipare alla difesa e muore in solitudine.

## Italo Calvino

Nacque nel 1923 a Cuba ma ritornò presto in Italia, stabilendosi a San Remo. L'8 settembre 1943 si uní ai partigiani delle Brigate Garibaldi e con essi rimase fino alla Liberazione. Nel 1947 si laureò a Torino e iniziò a collaborare con la casa editrice Einaudi, presso cui pubblicò il suo primo romanzo di argomento resistenziale *Il sentiero dei nidi di ragno* (1947); lo stesso taglio è presente, sostanzialmente, anche nei racconti di *Ultimo viene il corvo* (1949). Tra la fine degli anni Cinquanta e i primi anni Sessanta Calvino scelse la trasfigurazione fantastica, come testimoniano i romanzi *Il visconte dimezzato* (1952), *Il barone rampante* (1957) e *Il cavaliere inesistente* (1959). A questi titoli si intrecciarono testi narrativi incentrati sul "miracolo economico": *La speculazione edilizia* (1957) e *La nuvola di smog* (1958). Nel 1964 Italo Calvino si trasferí a Parigi, dove scrisse *Le Cosmicomiche* (1965), racconti in cui l'infinitamente lontano serve per gettare luce sulle vicende della vita quotidiana e usuale. Due anni dopo uscí *Ti con zero*; seguirono i brevi e raffinatissimi testi de *Il castello dei destini incrociati* (1969) e *Le città invisibili* (1972). Nel 1979, dopo un lungo silenzio, pubblicò il romanzo *Se una notte d'inverno un viaggiatore* e nel 1983 una raccolta di narrazioni-riflessioni intitolata *Palomar*. Nel 1985, mentre stava preparando le *Lezioni americane. Sei proposte per il prossimo millennio* (pubblicate nel 1988), morí improvvisamente a Siena.

TESTO CONSIGLIATO: *Il sentiero dei nidi di ragno*

In questo romanzo la guerra è raccontata attraverso lo sguardo di un bambino. Pin, il protagonista, osserva dal suo mondo fiabesco di «bambino vecchio» le esistenze misteriose e ingarbugliate dei grandi: tutto questo è la storia, ma Pin non lo sa, non sa ancora cosa sia la storia, quest'oggetto incomprensibile che nei suoi sogni prende la forma di una pistola rubata a un ufficiale tedesco, uno degli amanti di sua sorella. La pistola diventa allora l'oggetto "magico" che permette a Pin di entrare nel mondo favoloso, scostante, tragico e spesso disgustoso dei grandi. Pin, sospeso tra un'infanzia che non gli è mai appartenuta e un mondo adulto ancora lontano ed estraneo, sente che lí forse potrà avere un'occasione di riscatto, potrà trovare un vero amico, con cui condividere i sogni e i segreti su cui poggia la sua piccola vita senza affetti.

## Andrea Camilleri

È nato a Porto Empedocle nel 1925 ma ha svolto tutta la sua attività a Roma, dove è stato regista e sceneggiatore per il teatro e per la televisione. La sua fortuna letteraria è iniziata molto tardi, alla metà degli anni Novanta. Il successo di Camilleri è dovuto alla creazione del personaggio del commissario Montalbano, figura schietta e accattivante di funzionario di polizia impegnato nella lotta contro il crimine in tutte le sue forme. Attorno a Montalbano Camilleri ha costruito un'ampia e fortunata serie di romanzi brevi, ambientati a Vigàta, immaginaria cittadina siciliana, i cui titoli piú noti sono: *La forma dell'acqua* (1994), *Il cane di terracotta* (1996), *Il ladro di merendine* (1996), *La voce del violino* (1997), *La gita a Tindari* (2000), *L'odore della notte* (2001). Da questi libri è stato tratto un fortunata serie televisiva su *Le inchieste del commissario Montalbano*. Camilleri è anche autore di altri libri, piú incentrati sulla ricerca storica, svolta sempre con un occhio all'attualità politica e sociale: *La strage dimenticata* (1984), *La bolla di componenda* (1993), *La concessione del telefono* (1998), *Il corso delle cose* (1998), *Il re di Girgenti* (2001).

TESTO CONSIGLIATO: *La gita a Tindari*

Vigàta, il paese in cui è ambientata la maggior parte dei romanzi di Camilleri, non è un luogo tranquillo. Sparizioni e assassinii non mancano. Questa volta è stato ucciso con un colpo d'arma da fuoco davanti al portone di casa, in via Cavour 44, un giovane, ma la faccenda non impressiona perché a detta di tutti si trattava di un poco di buono. Per questa «ammazzatina» partono indagini di routine. Contemporaneamente un uomo di mezza età si reca al commissariato per denunciare la scomparsa dei genitori, i coniugi Griffo. All'inizio sembra una questione di poca importanza: ma i Griffo abitavano proprio in via Cavour 44. Partendo da questa singolare coincidenza, il commissario Montalbano indaga su due fronti interrogando tutti gli inquilini: da un lato per avere informazioni sul morto, dall'altro per conoscere meglio i misteriosi scomparsi.

## Gianni Celati

È nato a Sondrio nel 1937 e vive tra l'Italia e il Nord America. Docente di letteratura angloamericana all'Università di Bologna, è traduttore di importanti autori inglesi e francesi: tra gli altri Céline, Melville, Stendhal, Swift, Twain, London, Barthes. Nel 1970 ha esordito come narratore con *Comiche*, presentato da Italo Calvino. Con *Narratori delle pianure* ha vinto nel 1985 il Premio Grinzane Cavour; nel 1987 ha pubblicato la raccolta *Quattro novelle sulle apparenze*, nel 1988 il reportage sulla pianura Padana *Verso la foce* e nel 2001 *Avventure in Africa*.

Testo consigliato: *Avventure in Africa*

«Nel gennaio 1997», scrive Celati nella *Notizia* che introduce il volume, «ho accompagnato Jean Talon in un viaggio in Africa Occidentale, che dal Mali ci ha portato in Senegal e in Mauritania. [...] Si doveva studiare la possibilità di un documentario sui metodi dei guaritori dogon, usati nel Centro di Medicina Tradizionale di Bandiagara, nell'alto Mali». *Avventure in Africa* è il libro che raccoglie i diari di quel viaggio.

## Vincenzo Cerami

È nato a Roma nel 1940. Ha avuto come insegnante nella scuola media Pier Paolo Pasolini, che gli ha trasmesso il piacere per la letteratura, la poesia e il cinema. Nel 1966 è stato al suo fianco come aiuto regista del film *Uccellacci e uccellini*. Da allora Cerami ha svolto soprattutto attività di sceneggiatore, lavorando con alcuni dei piú importanti registi contemporanei, come Gianni Amelio, Marco Bellocchio, Giuseppe Bertolucci e soprattutto Roberto Benigni, col quale ha firmato film come *Il piccolo diavolo* (1988), *Johnny Stecchino* (1991) e soprattutto *La vita è bella* (1997), che ha vinto il premio Oscar. È autore dei romanzi *Un borghese piccolo piccolo* (1976), col quale ha esordito, *Ragazzo di vetro* (1983), *La Lepre* (1988), *Fattacci* (1997) e *Fantasmi* (2001), delle raccolte di racconti *L'ipocrita* (1991) e *La gente* (1993), del manuale *Consigli a un giovane scrittore* (1996) e di numerosi testi per il teatro.

Testo consigliato: *Ragazzo di vetro*

Il ragazzo di vetro è Stefano, studente di liceo che si muove tra le sabbie mobili di sensazioni in confitto tra loro, che esplodono e si annullano di continuo. Lo domina un'ansia di assoluto, un bisogno segreto e furente di buttare all'aria, di rompere, di cancellare tutto ciò che intorno è pallido e mediocre, di cercare il vuoto, in preda a un desiderio di cose nuove e lontane. Attraverso i fili di una trama leggera, l'autore percorre gli intricati meandri del comportamento degli adolescenti, che a volte usano urla brutali per far sentire che sono vivi.

## Piero Chiara

Piero Chiara nacque a Luino, sul Lago Maggiore, nel 1913. Pubblicò racconti e romanzi nei quali il realismo di fondo, provinciale e padano, si risolveva in invenzioni comiche, umoristiche e talvolta grottesche. Morí a Varese il 31 dicembre 1986. Tra le sue molte opere vanno ricordate: *Il piatto piange* (1962), *La spartizione* (1964), *L'uovo al cianuro* (1969), *La stanza del vescovo* (1976), *Il cappotto di astrakan* (1978), *Una spina nel cuore* (1979), *Il capostazione di Casalino e altri 15 racconti* (1986). Da alcuni di questi testi sono stati tratti film che hanno avuto una buona accoglienza di pubblico. Tradusse *La storia della mia vita* di Casanova (1964-1965), scrisse una fortunata *Vita di Gabriele D'Annunzio* (1978), e curò un'antologia di poesie dal titolo *Quarta generazione* (1954, in collaborazione con Luciano Erba).

TESTO CONSIGLIATO: *Il piatto piange*

Il romanzo, ambientato nella Luino del periodo fascista, è basato sul racconto delle partite a carte e delle avventure amorose di un gruppo di giocatori d'azzardo. La trama, che prende le mosse dall'insofferenza di chi si sente chiuso tra il lago e le montagne e cerca sollievo nel gioco d'azzardo, passa alla descrizione delle avventure di chi è partito, dei viaggi all'estero delle maestranze operaie, e termina parlando dell'emigrazione dei valligiani in fuga dalle miserie economiche.

## Erri De Luca

È nato a Napoli nel 1950 da una famiglia medio borghese. In età giovanile è stato tra i maggiori esponenti del gruppo di sinistra Lotta Continua; in seguito ha deciso di esercitare diversi mestieri manuali in Italia e all'estero, lavorando come camionista, operaio, muratore. Nel 1989 pubblica il suo primo libro, *Non ora, non qui*, seguito da numerosi brevi testi narrativi: *Una nuvola come tappeto* (1991); *Aceto, Arcobaleno* (1993); *In alto a sinistra* (1994); *Prove di risposta* (1994); *Ora prima* (1997); *Tu, mio* (1998); *Tre cavalli* (1999); *Montedidio* (2001). In questi anni ha studiato da autodidatta l'ebraico per leggere i testi biblici, che in seguito ha iniziato a tradurre, prima per sé e poi per la pubblicazione: tra gli altri sono significativi *Giona* (1995) e *Kohèlet/Ecclesiaste* (1996).

TESTO CONSIGLIATO: *Montedidio*

Il romanzo è ambientato in un misero quartiere napoletano, Montedidio, all'inizio degli anni Sessanta. I protagonisti sono persone del grado piú basso della scala sociale: persone umili, però dotate di orgoglio, solidali e non rassegnate. Il mondo che ci viene descritto per bocca del giovane protagonista è tutt'altro che idilliaco. E tuttavia c'è ancora spazio per i puri di cuore, che costituiscono i personaggi principali del racconto: mast'Errico, il falegname presso cui il ragazzo va a bottega a imparare il mestiere, e soprattutto Rafaniello, un ciabattino ebreo gobbo, originario di un paese del Nord Europa e sfuggito all'Olocausto, il cui unico desiderio è quello di raggiungere Gerusalemme, la città che nei Salmi viene chiamata «il monte di Dio».

## Beppe Fenoglio

Nacque ad Alba (Cuneo) nel 1922 e trascorse quasi tutta la vita nelle Langhe, terra a cui dedicò gran parte della sua attività narrativa, incentrata su due temi che spesso si intrecciano: la dura condizione della vita contadina (*La malora*, 1954; *Un giorno di fuoco*, 1963) e la lotta di liberazione antifascista, cui egli partecipò come partigiano combattente (*I ventitré giorni della città di Alba*, 1952; *Una questione privata*, 1963; *Il partigiano Johnny*, 1968). Morí a Torino nel 1963. Buona parte della sua produzione narrativa, cui vanno aggiunti anche *La paga del sabato* (1969), *Un Fenoglio alla prima guerra mondiale* (1973), venne pubblicata postuma. Appassionato cultore della letteratura anglosassone, elaborò uno stile molto personale, lontano dal gusto neorealistico dei suoi contemporanei e fondato sull'intreccio di diversi registri linguistici e, specialmente nelle sue ultime opere, sulla presenza diretta e indiretta di vocaboli e di costruzioni sintattiche inglesi.

Testo consigliato: *Il partigiano Johnny*

Johnny è uno studente, appassionato del mondo e della cultura inglese, che nei giorni tragici della dissoluzione dello Stato italiano e dell'occupazione nazista, decide di unirsi alle forze della Resistenza che operano sulle colline delle Langhe. Qui però la durezza della vita, la solitudine, i contrasti politici che coinvolgono anche Johnny (egli si unisce prima ai «rossi» delle Brigate Garibaldi e poi passa agli «azzurri» filomonarchici), le incertezze e le sconfitte della lotta partigiana mettono a dura prova la scelta del giovane. Ma a dargli forza è la scoperta di una solidarietà umana ruvida ma tenacissima, viva tra i contadini e i partigiani, che giustifica tutti i sacrifici, i rischi e l'orrore del lungo inverno del 1944, quando attorno a Johnny cadono tutti i compagni, traditi da una spia, ed egli rimane «l'ultimo uccello sul ramo».

## Carlo Emilio Gadda

Nacque a Milano nel 1893. Il padre, che aveva dissipato il patrimonio di famiglia, morí nel 1906 lasciando la vedova e i figli in condizioni economiche disagiate. Dopo gli studi liceali s'iscrisse alla facoltà di ingegneria di Milano. Nel 1915, allo scoppio della Prima guerra mondiale, partí volontario come ufficiale degli alpini; dopo la rotta di Caporetto, fu imprigionato per piú di un anno in Austria e in Germania. L'esperienza di quegli anni è narrata nel *Giornale di guerra e di prigionia*, pubblicato solo nel 1965. Nel primo dopoguerra esercitò la professione di ingegnere per qualche tempo in Italia e poi in Argentina. Nel 1931 pubblicò il suo primo libro di racconti *La Madonna dei filosofi,* seguito nel 1934 da una seconda raccolta, *Il castello di Udine,* incentrata sui ricordi di guerra, che nel 1935 vinse il Premio Bagutta. Nel

1936 iniziò la stesura del suo capolavoro, *La cognizione del dolore,* giunto all'edizione definitiva solo nel 1970. Abbandonata definitivamente l'ingegneria, nel 1940 si trasferí a Firenze e pubblicò i racconti de *L'Adalgisa. Disegni milanesi* (1944). Nel 1957 pubblicò il romanzo "giallo" di ambientazione romana *Quer pasticciaccio brutto de via Merulana,* che ottenne, unica tra le opere gaddiane, un buon successo di pubblico. Frattanto nel 1950 si era stabilito a Roma, dove, fino al 1954, lavorò alla RAI; nel 1963 uscí una nuova raccolta, *I racconti. Accoppiamenti giudiziosi.* L'ultima produzione gaddiana è di tipo saggistico: tra gli altri saggi vanno ricordati *Eros e Priapo: da furore a cenere* (1967) caustica e implacabile indagine psicanalitica del regime fascista, e il divertente trattatello sotto forma di dialogo a tre voci *Il guerriero, l'amazzone, lo spirito della poesia nel verso immortale del Foscolo* (1967). Morí a Roma nel 1973.

TESTO CONSIGLIATO: *Quer pasticciaccio brutto de via Merulana*

Il romanzo si presenta come un "giallo" incentrato su due fatti criminosi avvenuti a breve distanza di tempo nello stesso palazzo di Roma: il furto dei gioielli della signora Menegazzi e l'assassinio di Liliana Balducci, una donna ricca, gentile e triste perché senza figli. Su entrambi i fatti indaga il commissario Ciccio Ingravallo. Ma invece di indirizzarsi verso la scoperta dei colpevoli il testo gaddiano devia continuamente, accentuando le complicazioni delle indagini, fornendo particolari che forse non sono utili alla scoperta della verità o forse lo sono, individuando moventi possibili ma non provati. Emerge dalle pagine del *Pasticciaccio* il ritratto di una società in cui i comportamenti dei singoli e della massa sono dettati da calcoli meschini e spesso miopi e ottusi, in un clima in cui domina l'ipocrisia e la corruzione del senso etico del dovere e dello Stato.

## Natalia Ginzburg

Natalia Levi nacque a Palermo nel 1916 e trascorse la giovinezza a Torino, in un ambiente culturalmente molto vivo e attivo nell'antifascismo. Nel 1938 sposò Leone Ginzburg, esponente di primo piano della cultura italiana e dirigente antifascista. All'inizio della guerra tutta la famiglia Ginzburg fu arrestata e confinata in Abruzzo fino al '43; dopo l'occupazione tedesca Leone venne catturato e torturato a morte dai nazifascisti. Le prime opere di Natalia Ginzburg sono incentrate sulle memorie autobiografiche: il filo rosso della sua narrativa sono i ricordi e le immagini dell'infanzia. I titoli piú importanti sono: *È stato cosí* (1947); *Tutti i nostri ieri* (1952); *Le voci della sera* (1961); *Le piccole virtú* (1962) e in particolare *Lessico famigliare* (1963). Di ispirazione diversa le successive: *Ti ho sposato per allegria* (1967); *Mai devi domandarmi* (1970) e il romanzo *Caro Michele* (1973). Natalia Ginzburg morí nel 1991.

TESTO CONSIGLIATO: *Lessico famigliare*

*Lessico famigliare* è un libro di memorie, che costituiscono il filtro attraverso cui rivivono i giorni dell'infanzia e della giovinezza dell'autrice, che è la minore dei numerosi figli della famiglia Levi. Vi sono molti avvenimenti che riguardano la vita privata – dal modo di fare e di parlare del padre alle serate in montagna, dagli incontri con amici e compagni di scuola agli amori e ai matrimoni dei fratelli – e altri che invece hanno punti di contatto con la sfera pubblica, come le pagine che comunicano lo stupore di una ragazzina di fronte alla stanza chiusa in cui sta nascosto Filippo Turati. Ricordi scritti in una lingua particolare, che ci trasmette un senso di pacatezza e di serenità.

## Tommaso Landolfi

Tommaso Landolfi nacque a Pico (Frosinone) nel 1908. In gioventú frequentò l'ambiente dei poeti ermetici, senza però una significativa produzione poetica. Esordí come narratore nel 1937 con il *Dialogo dei massimi sistemi*. Pubblicò poi alcuni studi sulla letteratura russa e numerosi libri di narrativa tra cui: *Il mar delle blatte e altre storie* (1939), *La pietra lunare* (1939), *Cancroregina* (1950), *La bière du pécheur* (1953), *Se non la realtà* (1960), *Racconti impossibili* (1966), *Rien va* (1963), *Le labrene* (1974), *A caso* (1975).

Notevole fu anche la sua attività di traduttore. Morí a Roma nel 1979.

La sofisticata narrativa di Landolfi, che si esprime per lo piú in testi brevi, verte soprattutto sull'incontro-scontro tra istinti e ragione, inconscio e consapevolezza. Attraverso una continua attenzione per gli uomini e le cose, specie quelle quotidiane osservate con sguardo allucinato, Landolfi ha applicato una poetica della «paura» dell'uomo di fronte al misterioso, allo strano, al paradossale presente nel mondo.

TESTO CONSIGLIATO: *Le piú belle pagine scelte da Italo Calvino*

Questa antologia dei racconti di Tommaso Landolfi permette al lettore di conoscere le infinite sfumature di questo scrittore difficile ma affascinante: in essa sono presenti racconti fantastici e racconti dell'orrido, racconti ossessivi e piccoli trattati. L'ironia, l'agilità narrativa, la grande ricchezza di risorse verbali fanno di Landolfi uno degli autori piú godibili e interessanti del Novecento italiano.

## Primo Levi

Primo Levi nacque a Torino nel 1919. Studiò al Liceo D'Azeglio e nel 1937 si iscrisse alla facoltà di chimica: questa scelta culturale e professionale fu per lui di estrema importanza, non solo in campo professionale, ma anche per l'acquisizione di una propensione all'osservazione e all'analisi. Nel 1941 si laureò a pieni voti; nel settembre del 1943 entrò nella resistenza attiva, ma poco dopo venne arrestato, imprigionato nel campo di Fossoli e presto deportato nel campo di sterminio di Auschwitz. Dopo alcuni mesi durissimi venne trasferito in una fabbrica del Lager di Buna-Monowitz, dove le condizioni di vita erano leggermente migliori; nel gennaio del 1945 fu tra i pochissimi salvati dall'arrivo dei russi. Finita la guerra, Levi iniziò il viaggio di ritorno verso l'Italia: un cammino lunghissimo che lo portò a Torino dopo circa sei mesi. Qui iniziò a scrivere *Se questo è un uomo*, il libro di memorie della deportazione che fu pubblicato in forma definitiva nel 1958, seguito cinque anni dopo da *La tregua* (1963), racconto della lunga odissea del ritorno. Nel frattempo, con lo pseudonimo di Damiano Malabaila, aveva iniziato a scrivere racconti di contenuto scientifico e di ambiente industriale che pubblicò poi nelle raccolte *Storie naturali* (1967) e *Vizio di forma* (1971). Di contenuto piú autobiografico sono invece le brevi narrazioni de *Il sistema periodico* (1975) e il romanzo *La chiave a stella* (1978). Negli ultimi tempi tornò a contenuti legati all'esperienza del campo di sterminio col romanzo *Se non ora, quando?* (1982) e con *I sommersi e i salvati* (1986), dolorosa e coraggiosa riflessione sulla condizione del deportato. All'inizio del 1987, Primo Levi cadde in una depressione che lo condusse, nell'aprile di quell'anno, alla morte volontaria.

Testo consigliato: *La tregua*

*La tregua* inizia da un momento che è quasi di sospensione tra vita e morte, tragedia e speranza: infatti un drappello di deportati ammalati, lasciati a morire dalle SS in fuga, è anche il primo nucleo di deportati che, all'arrivo dell'Armata Rossa, possono tornare a essere uomini, a sperare nella vita e nella libertà e a godere dei suoi primi timidi frutti. Dopo la liberazione per loro iniziò un viaggio di ritorno lungo un itinerario pazzesco; questo viaggio divenne anche una metafora concreta del ritorno dall'inferno, della riconquista lenta e continua della vita e della possibilità e capacità di goderla. La narrazione, che inizia con alcune tra le pagine piú tragiche di tutta la narrativa testimoniale della guerra, si sviluppa poi con gioia e ironia, percorsa da un desiderio di vita cosí intenso da assorbire e trasformare anche i segni di morte ancora ben visibili nelle campagne e nelle città dell'Europa orientale.

## Carlo Lucarelli

Carlo Lucarelli è nato a Parma nel 1960. Vive tra Mordano, in provincia di Bologna, e San Marino. È creatore del Gruppo 13, che riunisce i giallisti emiliano-romagnoli e anche commediografo, giornalista di cronaca nera, sceneggiatore di fumetti e soggetti per *videoclip*. Insegna scrittura creativa alla scuola Holden di Alessandro Baricco a Torino e nel carcere Due Palazzi di Padova. Nel 1993, ha vinto il Premio Alberto Tedeschi con *Indagine non autorizzata*. Nel 1996, ha trionfato al Premio Mistery con *Via delle oche*. È stato finalista al Premio Bancarella 2000 con *L'Isola dell'angelo caduto* (2000). Carlo Lucarelli può essere definito, a buon diritto, uno dei migliori giallisti contemporanei: esponente di spicco del genere *noir*, ha pubblicato una serie di romanzi e raccolte di racconti, tra cui *Il giorno del lupo* (1994); *Almost Blue* (1997); *Il trillo del diavolo* (1998); *Compagni di sangue* (1999); *Il lato sinistro del cuore* (2003), incontrando il consenso del pubblico e della critica. Nel 2000 ha pubblicato *Un giorno dopo l'altro*, nel quale ha ripreso il personaggio di Grazia Negro, apparso per la prima volta in *Lupo mannaro* (1995) e, successivamente, in *Almost Blue*.

TESTO CONSIGLIATO: *Il lato sinistro del cuore*

Si tratta di una selezione di racconti scritti nel corso di molti anni, nei quali Lucarelli sperimenta diverse tipologie narrative, dall'horror al comico, dal thriller al poliziesco tradizionale o d'ambiente. La raccolta comprende piú di cinquanta testi e fornisce quindi un vasto panorama di spunti narrativi, unificati dal tema della colpa e della crudeltà e da una continua complicità del narratore col lettore.

## Luigi Malerba

Luigi Malerba è nato a Berceto, località appenninica in provincia di Parma, nel 1927. Ha iniziato la sua attività di scrittore nell'ambito delle avanguardie degli anni Sessanta; nel 1963 ha pubblicato la sua prima opera, *La scoperta dell'alfabeto*, un originale "romanzo" costituito da una raccolta di novelle d'ambiente montanaro e contadino. Tre anni dopo è uscito *Il serpente* (1966), satira della piccola borghesia conquistata e trasformata dal boom consumistico. Il terzo romanzo, *Le rose imperiali* (1974), è ambientato nella Cina di un lontano passato, mentre *Il pataffio* (1978) rappresenta un medioevo grottesco e dichiaratamente inverosimile. Ritorna al presente e alla coinvolgente invadenza del potere televisivo con *Il pianeta azzurro* (1986), mentre con *Itaca per sempre* (1997) rivisita il mito del ritorno di Ulisse. L'attenzione per le zone profonde della psiche e l'universo onirico ha indotto Malerba a un singolare esperimento: ha infatti scritto un libro, *Diario di un sognatore* (1981), che riporta la trascrizione di tutti i sogni fatti nel corso di un anno.

TESTO CONSIGLIATO: *La scoperta dell'alfabeto*

*La scoperta dell'alfabeto* è uno strano libro, a metà tra il romanzo e la raccolta di racconti: si tratta in realtà di racconti-capitolo, legati tra loro dall'identità del luogo (l'aspro Appennino emiliano) e dei personaggi, ma perfettamente autonomi tra loro. Essi presentano una dura realtà di miseria e di fatica, in cui i rapporti umani fanno emergere una violenza nascosta e contratta, generata dalla necessità di sopravvivere, spesso a danno degli altri. Ciò che avviene nella pianura, verso il mare, è quasi impensabile per gli abitanti di Pietramagolana: il loro è un mondo chiuso, in cui è normale ciò che altrove è paradossale, sia che si tratti di uomini, di bestie o di fantasie; un mondo che viene attraversato dalla tragedia della guerra e che ne riemerge con dolore, ma senza mutare in profondità.

# Elsa Morante

Elsa Morante nacque a Roma nel 1912 e trascorse i suoi primi anni in condizioni di povertà con la madre e tre fratelli. Dopo aver concluso il liceo classico si iscrisse alla facoltà di lettere, ma non concluse gli studi per problemi economici. Ancora ragazza cominciò a scrivere racconti, pubblicati piú tardi col titolo *Le bellissime avventure di Catarí dalla trecciolina* (1942). Nell'aprile del 1941 si sposò con Alberto Moravia e nel 1944 iniziò a scrivere il suo primo romanzo, *Menzogna e sortilegio*, pubblicato nel 1948. Il secondo romanzo, *L'isola di Arturo* (1957), è incentrato sulla vicenda di un ragazzo, orfano della madre e affascinato da un padre misterioso e inafferrabile. Nel 1963 seguí la raccolta di racconti *Lo scialle andaluso*. Dopo un lungo silenzio, uscí la raccolta di poesie *Il mondo salvato dai ragazzini* (1968), utopia di un mondo governato dalla bellezza e dalla vitalità; questa ispirazione fa da sfondo anche al romanzo *La Storia* (1974). L'ultimo romanzo, *Aracoeli,* fu pubblicato nel 1982. Morí a Roma nel 1985.

Testo consigliato: *L'isola di Arturo*

Nell'isola di Procida, all'ombra del castello-penitenziario, si snodano gli anni dell'adolescenza di Arturo: orfano della madre dalla nascita, vive nella memoria appassionata di lei e nell'ammirazione sconfinata, per il padre, Wilhelm Gerace, un singolare individuo sempre impegnato in viaggi misteriosi. Da uno di questi viaggi sul continente, Wilhelm torna con una giovanissima nuova moglie, Nunziatina, una sedicenne cresciuta nei bassifondi di Napoli. Arturo prova prima astio e rancore verso di lei, perché si ribella al fatto che essa possa occupare il posto di sua madre; poco alla volta, però, prova verso la giovanissima matrigna un'attrazione che si manifesta come amore quando il padre abbandona di nuovo l'isola con un uomo, cui è legato da un rapporto omosessuale. Ma questo amore è impossibile e anche Arturo parte verso un futuro ignoto, che presto assume l'aspetto della guerra in Africa.

## Alberto Moravia

Nacque a Roma nel 1907 (il suo vero nome era Alberto Pincherle). Poco piú che ventenne, mentre era costretto a lunghe degenze in sanatorio, pubblicò il romanzo *Gli indifferenti* (1929), che suscitò l'ostilità della censura fascista. Moravia, anche per evitare repressioni, cominciò a viaggiare (Londra, Parigi, Stati Uniti, Cina) e a collaborare come inviato speciale con numerosi giornali. Nel 1941 sposò Elsa Morante e iniziò un periodo di grande intensità creativa: pubblicò il romanzo breve *Agostino* (1944), una delle sue opere piú efficaci, e numerosi romanzi e racconti, in alcuni dei quali, come *La romana* (1947), *Racconti romani* (1954),

*La ciociara* (1957) e *Nuovi racconti romani* (1959), esplora il vitalismo del popolino romano mentre in altri, come *La disubbidienza* (1948), *Il conformista* (1951), *Il disprezzo* (1954) e soprattutto *La noia* (1960), approfondisce la ricerca psicanalitica sul mondo borghese. A partire dagli anni Sessanta la sua produzione si arricchí di numerosissimi titoli, tra i quali vanno ricordati i romanzi *L'attenzione* (1965), *Io e lui* (1971), *La vita interiore* (1978), *1934* (1982), *L'uomo che guarda* (1985) e *Viaggio a Roma* (1989). Scrisse saggi di notevole interesse, tra cui *L'uomo come fine e altri saggi* (1963), *A quale tribú appartieni* (1972), *Lettere dal Sahara* (1981) e *Inverno nucleare* (1986). Morí a Roma nel 1990.

Testo consigliato: *Gli indifferenti*

Carla, la giovane figlia di Mariagrazia Ardengo, è insidiata dal libertino Leo Merumeci, amante della madre, il quale mira a impadronirsi del patrimonio di famiglia. Leo è facilitato nel suo proposito dall'ambiente in cui si trova la ragazza, contrassegnato dalla decadenza e dalla corruzione. Il tradimento di Leo è scoperto da Lisa, amica di famiglia degli Ardengo, innamorata respinta di Michele, fratello di Carla, e vecchio amore di Leo. Lisa rivela a Michele il nuovo imbroglio amoroso di Leo: il ragazzo tenta di ribellarsi a questa assurda novità affrontando ripetutamente Leo, fino a tentare di ucciderlo. Ma il disegno fallisce per l'incapacità di Michele di compiere qualsiasi azione concreta. Il romanzo si chiude con l'integrazione di Carla nella vita borghese e il pieno successo di Leo Merumeci.

## Luigi Pirandello

Luigi Pirandello nacque a Girgenti (ora Agrigento) nel 1867. Compiuti gli studi liceali a Palermo, si iscrisse alla facoltà di lettere a Roma e poi all'Università di Bonn, in Germania, dove si laureò in filologia nel 1891. Tornato in Italia nel 1892 si stabilí a Roma, dove scrisse il romanzo *L'esclusa*. Nel 1894 sposò Maria Antonietta Portulano, da cui ebbe tre figli, e nel 1897 ebbe l'incarico presso la facoltà di Magistero di Roma. Nel 1904 uscí a puntate il romanzo *Il fu Mattia Pascal* (1904), che ebbe subito un notevole successo, e nel 1908 furono pubblicati due saggi, *Arte e scienza* e *L'umorismo*. Durante gli anni della Prima guerra mondiale, Pirandello scrisse i suoi primi importanti testi teatrali: *Pensaci Giacomino* (1916), *Liolà* (1916), *Cosí è (se vi pare)* (1917), *Il berretto a sonagli* (1917), *Il piacere dell'onestà* (1917), *Il gioco delle parti* (1918), *L'uomo, la bestia e la virtú* (1919). Questo momento di grande originalità creativa culminò col fondamentale dramma *Sei personaggi in cerca d'autore* (1921), seguito nel 1922 dall'*Enrico IV* e nel 1925 dal romanzo-saggio *Uno, nessuno e centomila*. Cominciò anche a pubblicare in volume le *Novelle per un anno* (1922), la cui raccolta completa (in quindici volumi), fu conclusa nel 1937, dopo la sua morte. Altre opere importanti di questi anni furono *Vestire gli ignudi* (1922), *La vita che ti diedi* (1923), *Ciascuno a suo modo* (1924), *O di uno o di nessuno* (1929), *Questa sera si recita a soggetto* (1930), *Come tu mi vuoi* (1930), *Trovarsi* (1932). Nel 1934 ricevette il premio Nobel. La sua ultima opera è il dramma *I giganti della montagna*, lasciata incompiuta al momento della morte, avvenuta a Roma nel 1936.

TESTO CONSIGLIATO: *Il fu Mattia Pascal*

Mattia Pascal è un uomo tormentato dalla moglie e dalla suocera, addolorato per la perdita della madre e della figlioletta, rovinato dai debiti. Pieno di amarezza un giorno se ne va, arriva a Montecarlo, gioca al Casinò e vince una somma considerevole. Sulla via del ritorno, legge su un giornale la notizia della sua morte: i parenti l'hanno riconosciuto nel cadavere di un suicida. Dopo un momento di sconcerto Mattia decide di approfittare di questa occasione offerta dal caso per iniziare una vita totalmente nuova, con un nuovo nome, Adriano Meis. Ma l'impresa si rivela sempre piú difficile, perché si rende conto che non è la propria identità che conta ma quella che la società impone e che quindi, senza uno stato civile regolare, praticamente non si esiste. Cerca allora di tornare a essere Mattia Pascal nel proprio paese, ma ormai il tempo è trascorso: emarginato e incerto sulla sua stessa identità, non gli rimane che portare i fiori sulla propria tomba.

## Giuseppe Pontiggia

Nacque a Como nel 1934 e trascorse l'infanzia a Erba, in Brianza. Dopo la morte del padre, nel 1943, si trasferí a Milano. Ancora studente cominciò a lavorare in banca come impiegato; si laureò nel 1959 all'Università Cattolica di Milano con una tesi su Italo Svevo. Esordí con il romanzo *La morte in banca* (1959). Dopo un periodo di silenzio, nel 1968 pubblicò *L'arte della fuga*, seguito dieci anni dopo da *Il giocatore invisibile* (1978). Successivamente seguirono i romanzi *Il raggio d'ombra* (1983) e *La grande sera* (1989). Negli ultimi anni scrisse due opere molto originali: la raccolta di biografie immaginarie *Vite di uomini non illustri* (1993) e il romanzo *Nati due volte* (2000). Pontiggia è stato anche un acuto saggista e consulente editoriale e ha diretto a lungo una scuola di scrittura. È morto a Milano nel 2003.

TESTO CONSIGLIATO: *Nati due volte*

Il romanzo tratta un argomento molto singolare: il rapporto di un padre con il figlio, divenuto spastico per una momentanea interruzione d'ossigeno e un danno cerebrale provocato durante il parto. Sin dal titolo, il destino di Paolo è quello di una duplice nascita, la prima che lo consegna impreparato a un mondo in cui sembra avere diritti e legittimità solo chi è considerato "normale", la seconda che ne registra gli sforzi e la pena per farsi accettare nell'universo dei normali. Armato di una straordinaria e positiva pazienza, egli cammina lungo i muri delle case con passo incerto, segnato da un disagio fisicamente insanabile, portatore di una fragilità che assume un valore dirompente in una società fondata sulla competizione.

## Giorgio Scerbanenco

Nacque a Kiev nel 1911 (il suo vero nome era Vladimir). A 16 anni si stabilí a Milano, dove fece molti mestieri per guadagnarsi da vivere, finché non approdò al mondo dell'editoria. Dopo aver scritto moltissimi racconti "rosa" si dedicò al genere "poliziesco": esordí con una serie di sei romanzi, pubblicati tra il 1940 e il 1943 e incentrati su Arthur Jelling, un archivista della polizia di Boston, timido e introverso. Ma la sua creazione piú riuscita è un singolare personaggio d'investigatore, il dottor Duca Lamberti, protagonista dei romanzi *Venere privata* (1966), *Traditori di tutti* (1966, vincitore del "Grand Prix de la Littérature Policière" nel 1968), *I ragazzi del massacro* (1968) e *I milanesi ammazzano al sabato* (1969), che hanno segnato la storia del romanzo giallo italiano. Scerbanenco morí a Milano nel 1969. Fra gli altri titoli di maggior successo (in gran parte pubblicati postumi) ricordiamo: *La ragazza dell'addio*, *Milano calibro 9*, *Dove il sole non sorge mai*, *Ladro contro assassino*, *Al mare con la ragazza* e *La sabbia non ricorda*.

TESTO CONSIGLIATO: *Milano calibro 9*

*Milano calibro 9* raccoglie ventidue racconti neri: ventidue storie dure, disperate, di morti ammazzati e di traffici oscuri, con impreviste pieghe di tenerezza e inattesi sussulti d'amore. Sono ventidue frammenti di vita, fulminei e feroci, che parlano dell'atrocità, della miseria, dell'assurdità del mondo della malavita, ma anche di quello rispettabile dei colletti bianchi, che gli sta attorno. L'immaginazione di Scerbanenco raccoglie spunti e ambienta trame in qualsiasi parte d'Italia. Ma è a Milano che si svolgono quasi tutti questi racconti: una città piena di vizi e misfatti, odiosa e odiata ma anche amata in modo irresistibile.

## Leonardo Sciascia

Nacque a Racalmuto, in provincia di Agrigento, nel 1921. La sua prima opera fu *Cronache scolastiche* (1955), seguita da *Le parrocchie di Regalpetra* (1956) e *Gli zii di Sicilia* (1958). Dopo un soggiorno a Roma, Sciascia inaugurò una nuova stagione di attività letteraria: il primo successo fu *Il giorno della civetta* (1961), cui seguirono i romanzi *Il Consiglio d'Egitto* (1963), ambientato nella Palermo del Settecento, e *A ciascuno il suo* (1966), cui si affiancarono raccolte di racconti come *Il mare colore del vino* (1971) e piú tardi *Il cavaliere e la morte* (1988). Alle tensioni del mondo politico si rifanno *Il contesto* (1971), *Todo modo* (1974) e *L'affaire Moro* (1978) sul dramma del sequestro e dell'uccisione dello statista democristiano. Uomo mai identificabile con etichette di comodo, Sciascia fu sempre pronto ad assumere un ruolo nella battaglia delle idee. Morí a Palermo nel 1989.

TESTO CONSIGLIATO: *Il giorno della civetta*

In questo romanzo il capitano dei carabinieri Bellodi, originario di Parma, indaga sull'omicidio del costruttore edile Salvatore Colasberna. Nel clima di omertà e diffidenza che circonda l'omicidio, viene avanzato il sospetto che si tratti di un delitto per motivi d'onore, ma il capitano non si lascia ingannare. Intanto, a Roma, nei palazzi del potere politico, l'indagine è seguita con fastidio perché conduce fino a uomini vicini al partito di governo. Nel frattempo avvengono nuovi delitti: scompare un potatore, Nicolosi, e viene ucciso un confidente della polizia, Dibella, che però, prima di morire, ha rivelato a Bellodi i nomi di persone che contano. Cosí il capitano arriva finalmente ai possibili mandanti, e in particolare al capomafia don Mariano Arena. Mentre in Parlamento non si riesce a far procedere il dibattito sulla mafia, Bellodi prende un breve congedo e ritorna a Parma. Lí apprende dai giornali che un alibi di ferro trovato per don Mariano rende vana tutta la sua ricostruzione del delitto, mettendo al riparo i coimputati politici. Tutto sembra ricomporsi sotto il velo dell'omertà e della paura, ma Bellodi non si arrende e decide di ritornare in Sicilia.

## Clara Sereni

È nata a Roma nel 1946. Ha esordito nel 1974 con un breve romanzo sperimentale intitolato *Sigma Epsilon*. In seguito si è orientata su temi di carattere autobiografico, sulla famiglia e sull'ebraismo. Tra i suoi titoli piú apprezzati si possono ricordare i romanzi *Casalinghitudine* (1987), *Il gioco dei regni* (1993), *Eppure* (1995), *Taccuino di un'ultimista* (1998), *Passami il sale* (2002) e la raccolta di racconti

*Manicomio primavera* (1989). In anni recenti è stata vicesindaco di Perugia.

TESTO CONSIGLIATO: *Passami il sale*

In questo romanzo, Clara Sereni racconta in prima persona la sua storia di vicesindaco: storie quotidiane intrecciate col coraggio di una madre che aiuta il figlio a crescere, di una moglie alle prese con le esigenze della "normalità" coniugale, messa in crisi da un ruolo pubblico volontariamente assunto. Divisa simbolicamente tra indigesti panini e una famiglia amata e complessa, durezze politiche da combattere e tenerezze da conservare, l'autrice racconta i ritmi stravolti, le giornate divise tra diversi impegni, gli intrecci della vita con le persone amate in una quotidianità vissuta sempre in prima linea.

## Italo Svevo

Italo Svevo nacque a Trieste nel 1861 (il suo vero nome era Ettore Schmitz). Nel 1874 fu iscritto assieme al fratello al collegio di Segnitz, in Baviera, per compiere studi di tipo tecnico commerciale. Tornò a Trieste nel 1878 e nel 1880 venne assunto alla Banca Union; negli stessi anni cominciò anche a dedicarsi alla letteratura: nel 1892 pubblicò *Una vita*, il suo primo romanzo, che non ottenne alcun successo. La delusione non attenuò la passione letteraria di Svevo che stese il secondo romanzo, *Senilità* (1898). Ma il totale insuccesso dell'opera lo indusse a subire le pressioni della moglie perché abbandonasse le illusioni artistiche. L'avvenimento piú importante degli anni anteriori alla Prima guerra mondiale fu, nel 1905, l'incontro con James Joyce, che risiedeva a Trieste e che gli impartí lezioni di inglese alla Berlitz School. A partire dal 1919 tornò alla letteratura col romanzo *La coscienza di Zeno*, pubblicato nel 1923. Fu il successo, che fece riscoprire ai critici e al pubblico anche le opere precedenti e indusse Svevo a iniziare un quarto romanzo di ampio respiro, *Il Vecchione*. Ma non poté godere di questo momento di celebrità: morí improvvisamente a Motta di Livenza (Treviso) nel 1928, per i postumi di un incidente automobilistico.

Testo consigliato: *La coscienza di Zeno*

Zeno, ormai vecchio, tenta una cura psicanalitica per guarire da una morbosa dipendenza dal fumo: ciò lo porta a confrontarsi con la figura del padre, col senso di penosa inadeguatezza nei suoi confronti, con la mancanza di comunicazione, sanzionata in maniera simbolica e definitiva da uno schiaffo con cui il genitore lo colpisce pochi istanti prima di morire. Per difendersi da questo senso di inferiorità verso la figura paterna, Zeno si rifugia in una malattia psicosomatica, manifestazione evidente della sua inettitudine, e in un comportamento in cui la sua scelta personale appare sempre determinata da fattori esterni, mentre invece è l'espressione del suo inconscio. Cosí avviene per la vicenda del matrimonio, per quella relativa all'inizio, lo svolgimento e la conclusione della sua relazione amorosa con Carla, e infine quella attraverso cui, involontariamente, provoca il suicidio di suo cognato Guido e ne prende il posto salvando la sua famiglia dalla rovina.

## Antonio Tabucchi

È nato a Pisa nel 1943. Insegna letteratura portoghese all'Università di Siena e ha tradotto in italiano l'opera di Pessoa, facendo conoscere questo grande poeta al pubblico italiano. Nella sua opera narrativa Tabucchi è fedele a un gioco di continue citazioni, da Borges, Pessoa, Fitzgerald ecc., attraverso le quali costruisce un linguaggio che esprime i momenti contrastanti ed essenziali della condizione umana. Tra i tanti scritti narrativi, spesso brevi, si ricordano: *Piazza d'Italia*, con cui esordí nel 1975, *Il gioco del rovescio* (1981) in cui sviluppa i temi dell'ambiguità del destino, *La donna di Porto Pim* (1983), *Notturno indiano* (1984), la raccolta di racconti *Piccoli equivoci senza importanza* (1985), il cui motivo dominante è la relatività dell'essere, *Requiem* (1991), scritto in portoghese e ambientato a Lisbona. Un significato tutto particolare ha il romanzo *Sostiene Pereira* (1994). Negli ultimi tempi Tabucchi ha pubblicato i romanzi *La testa perduta di Damasceno Monteiro* (1997) e, in forma epistolare, *Si sta facendo sempre piú tardi* (2001).

Testo consigliato: *Sostiene Pereira*

È un mese d'estate del 1938 e Pereira, giornalista responsabile della pagina culturale del «Lisboa», vive a Lisbona sotto il regime di Salazar. Lentamente, di fronte alla violenza del potere affiora in lui una coscienza civile. Quasi senza volerlo, assume come scrittore di necrologi il giovane Monteiro Rossi, che gli propone pezzi che non possono essere pubblicati in quanto sovversivi. Questo fatto prima irrita Pereira, ma poi lo lega sempre piú al giovane, segretamente impegnato con la misteriosa Marta a reclutare volontari anti-franchisti. Un giorno la polizia segreta fa irruzione in casa di Pereira e uccide Monteiro. Pereira allora trova il coraggio di agire: con uno stratagemma molto rischioso elude la censura e fa passare sul giornale la notizia dell'assassinio del giovane Monteiro. Poi fugge verso la Francia con un passaporto clandestino.

## Nota bibliografica

I racconti pubblicati in questa raccolta sono contenuti nelle seguenti opere:

Stefano Benni, *Il bar sotto il mare*, Feltrinelli 2003

Massimo Bontempelli, *Opere scelte*, Mondadori 1978

Dino Buzzati, *Le notti difficili*, Mondadori 1998

Italo Calvino, *Tutte le Cosmicomiche*, Mondadori 2003

Italo Calvino, *Ultimo viene il corvo*, Mondadori 2001

Andrea Camilleri, *Un mese con Montalbano*, Mondadori 1999

Gianni Celati, *Narratori delle pianure*, Feltrinelli 2003

Vincenzo Cerami, *La gente*, Einaudi 1993

Piero Chiara, *Le corna del diavolo e altri racconti*, Mondadori 2001

Erri De Luca, *In alto a sinistra*, Feltrinelli 2002

Beppe Fenoglio, *Un giorno di fuoco*, Einaudi 2000

Carlo Emilio Gadda, *Romanzi e racconti*, vol. I, Garzanti 1988

Natalia Ginzburg, *Le piccole virtú*, Einaudi 2005

Tommaso Landolfi, *Le piú belle pagine*, Adelphi 2001

Primo Levi, *L'ultimo Natale di guerra*, Einaudi 2002

Carlo Lucarelli, *Il lato sinistro del cuore*, Einaudi 2003

Luigi Malerba, *La scoperta dell'alfabeto*, Mondadori 1999

Elsa Morante, *Opere*, vol. 1, Mondadori 1988

Alberto Moravia, *Racconti romani*, Bompiani 2001

Luigi Pirandello, *In silenzio. Tutt'e tre. Dal naso al cielo*, Garzanti 1994

Giuseppe Pontiggia, *Vite di uomini non illustri*, Mondadori 2003

Giorgio Scerbanenco, *Racconti neri*, Garzanti 2005

Leonardo Sciascia, *Il mare color del vino*, Adelphi 1996

Clara Sereni, *Eppure*, Feltrinelli 1995

Mario Soldati, *I racconti del maresciallo*, Sellerio 2004

Italo Svevo, *I racconti*, Garzanti 2004

Antonio Tabucchi, *Piccoli equivoci senza importanza*, Feltrinelli 2002

# Indice

p. v  *Premessa*

## Racconti italiani del Novecento

### Fantasia e realtà

1   Gianni Celati, *Com'è cominciato tutto quanto esiste*
5   Erri De Luca, *Il violino*
10  Massimo Bontempelli, *Il buon vento*
18  Stefano Benni, *Il marziano innamorato*
28  Italo Calvino, *Tempesta solare*

### Protagonisti e antagonisti

43  Clara Sereni, *Atrazina*
48  Luigi Pirandello, *Il corvo di Mízzarro*
54  Alberto Moravia, *Mario*
62  Vincenzo Cerami, *Il rumorino crudele*
67  Luigi Malerba, *L'amore in fondo al pozzo*

### Punti di vista

76   Italo Svevo, *La madre*
82   Primo Levi, *Il fabbricante di specchi*
87   Piero Chiara, *Paghèn, paghen*
93   Elsa Morante, *Il gioco segreto*
111  Tommaso Landolfi, *Pioggia*
117  Dino Buzzati, *Il buon nome*

## Vita e storia

- 125   Beppe Fenoglio, *La sposa bambina*
- 131   Italo Calvino, *Il bosco degli animali*
- 140   Natalia Ginzburg, *Inverno in Abruzzo*
- 146   Carlo Emilio Gadda, *La fidanzata di Elio*
- 156   Giuseppe Pontiggia, *La presenza scenica*

## Thrilling

- 166   Carlo Lucarelli, *Stazione Ostiense*
- 173   Andrea Camilleri, *L'odore del diavolo*
- 182   Leonardo Sciascia, *Gioco di società*
- 195   Giorgio Scerbanenco, *Stazione centrale ammazzare subito*
- 214   Antonio Tabucchi, *I treni che vanno a Madras*

### *Apparati didattici*

- 229   Elementi della narrazione
- 241   Obiettivi specifici di apprendimento per l'educazione alla convivenza civile
- 251   Esercizi
- 277   Biografie
- 301   Nota bibliografica

*Novità 2005*

## Roald Dahl  Il GGG

pp. 160.
La piccola Sofia viene rapita dal Grande Gigante Gentile e con lui cercherà di salvare gli umani dalla voracità degli altri giganti. Una storia esilarante, fantastica e rocambolesca, raccontata con un linguaggio comicissimo.

## Neil Gaiman  Coraline

pp. 160.
La fuga di Coraline da una casa identica alla sua, ma abitata da genitori spettrali che la tengono prigioniera. Il passaggio dall'infanzia all'adolescenza in una storia avvincente che ha la struttura di una fiaba.

## Roberto Piumini  Diario di La

pp. 96.
All'inizio dell'anno scolastico, Laura ricomincia a scrivere il suo diario, di cui diventano protagonisti il compagno di classe Ahmed e la sua famiglia di origine marocchina. Un libro che, attraverso la sensibilità di una bambina, affronta temi importanti anche per i grandi.

## Jerry Spinelli  La schiappa

pp. 192.
Donald è un bambino pasticcione che tutti a scuola chiamano "schiappa" ma che non perde mai il suo entusiasmo. Un gesto eroico gli permette però di farsi notare e di giocare finalmente nella squadra di pallone. Un libro semplice e intenso, capace di dare una vera iniezione di ottimismo

*Novità 2004*

## Niccolò Ammaniti  Io non ho paura
pp. VIII-216.
Il giovane Michele scopre un segreto che lega gli abitanti del suo piccolo paese: un bambino sequestrato. Vincendo la paura riesce a liberarlo, ma non può evitare un drammatico epilogo. La versione riveduta per ragazzi del romanzo che ha reso celebre Niccolò Ammaniti.

## Fredric Brown  La sentinella e altri racconti
pp. XIV-178.
Immaginario e reale, luoghi e tempi, umano e alieno si confondono in questi racconti personalissimi e atipici che hanno segnato il genere fantascientifico. Una lettura avvincente e un'occasione per riflettere sul presente.

## Lucia Castelli (a cura di)  Fatti per pensare
I grandi temi di oggi
pp. VI-250.
Una raccolta di articoli di attualità, testi letterari e riflessioni scelti per stimolare gli studenti a "vivere con gli occhi aperti", a conoscere il nostro tempo, a interrogarsi sui problemi e le potenzialità dell'oggi.

## Roald Dahl  La magica medicina
pp. VIII-88.
Il piccolo George decide di dare una lezione alla nonna, che lo tiranneggia continuamente. Cosí le somministra una "medicina" che la fa crescere a dismisura. Una storia esilarante ed esplosiva con un finale da fiaba.

## Francesca Lazzarato  Magia. 40 fiabe da tutto il mondo
pp. VI-186.
Streghe, fate, gnomi, orchi, troll e sirene popolano le fiabe e le storie popolari di questa raccolta, che spazia dalla mitologia nordica a quella orientale, dalle fiabe italiane a quelle inglesi. Storie nuove e originali per arricchire la fantasia e stimolare il piacere della lettura.

*In catalogo*

**Italo Calvino** Il barone rampante
pp. 288.
Il giovane barone Cosimo di Rondò, ribellandosi alle regole della famiglia, scappa su un albero e decide di non scendere mai piú a terra, vivendo però intensamente il proprio tempo. Il testo viene presentato nell'illuminante versione scolastica che lo stesso Calvino curò per Einaudi.

**Italo Calvino** Il cavaliere inesistente
pp. 192.
Protagonisti del racconto sono alcuni paladini di Carlo Magno, tra i quali milita Agilulfo, cavaliere senza corpo con un disperato desiderio di "esistere". Galoppando all'inseguimento di una meta, ognuno di loro scoprirà il vero senso della vita.

**Italo Calvino** Marcovaldo
pp. XIV-194.
Le avventure dello stralunato Marcovaldo alla ricerca di un contatto con la natura nell'artificiale paesaggio della città. Venti favole moderne, facili e ricche di significati che la lettura in classe può aiutare a cogliere.

**Italo Calvino** Le piú belle fiabe italiane
pp. VIII-250.
Fiabe "magiche" provenienti da tutte le regioni italiane, scelte dall'importante raccolta che Calvino compose nel 1956. Una lettura ormai "classica" per trasmettere ai ragazzi il valore letterario delle fiabe e la "spiegazione generale della vita" che esse forniscono.

**Roald Dahl** La fabbrica di cioccolato
pp. 176.
Il viaggio strabiliante di cinque bambini nella fabbrica di cioccolato del signor Wonka, che alla fine nominerà il poverissimo Charlie erede dei suoi tesori. Un libro per discutere insieme sul comportamento dei ragazzi, osservato umoristicamente dall'autore.

**Michael Ende** Le avventure di Jim Bottone
pp. VIII-264.
Jim e il suo amico Luca girano il mondo su una vecchia locomotiva, imparando molto l'uno dall'altro e dai personaggi che incontrano. Una fiaba ricca di messaggi, che il lettore può cogliere nelle parole dei protagonisti e nella concretezza dei loro gesti.

**Anna Frank** Diario
pp. XII-324.
Per il lettore che già conosce la sua tragica fine nel campo di Bergen Belsen, il racconto di Anna sulla persecuzione ebraica acquista un significato struggente e le sue parole, cosí prive di odio, diventano un'efficace denuncia contro le atrocità del nazismo.

**Silvana Gandolfi** Occhio al gatto!
pp. 192.
Dante è un bambino che acquista la capacità di vedere con gli occhi del suo gattino. Quando la bestiola capita nelle mani di un'altra bambina, Dante segue la vita di entrambi e assiste per caso al loro rapimento. Una storia tenera e delicata, che avvince il lettore come un giallo.

**Natalia Ginzburg** Lessico famigliare
pp. XII-300.
La storia privata della famiglia dell'autrice, raccontata attraverso il ricordo di luoghi, parenti, amici e ospiti illustri. Sullo sfondo, emergono gli eventi pubblici di quarant'anni di storia italiana: il fascismo, la persecuzione razziale, la guerra, il dopoguerra.

**Carlo Levi** Cristo si è fermato a Eboli
pp. XII-324.
La testimonianza delle drammatiche condizioni di vita degli abitanti di uno sperduto paese del Sud. Un libro che è allo stesso tempo documento, romanzo, reportage giornalistico e saggio sulle cause economiche, politiche e sociali di una secolare emarginazione.

**Primo Levi**  Se questo è un uomo
pp. XII-292.
Il racconto della prigionia vissuta da Levi nel lager di Auschwitz, dove fu internato nel 1944. Una testimonianza scritta con un linguaggio essenziale e diretto che giunge con forza inalterata al lettore di oggi.

**Ian McEwan**  L'inventore di sogni
pp. 128.
Peter sogna a occhi aperti per difendersi dalla realtà, ma col tempo impara che nel mondo ci sono molti tesori da scoprire. Un libro divertente che affronta con semplicità e allegria il problema del "diventare grandi".

**Mino Milani** La storia di Enrico VIII e delle sue sei mogli
pp. 192.
Pilgrim de la Mare, poeta alla corte d'Inghilterra, racconta la storia di Enrico VIII e le vicende, pubbliche e private, legate alla sua tumultuosa esistenza. Una lettura appassionata e avvincente, uno strumento semplice ed efficace per conoscere la storia europea del XVI secolo.

**Mino Milani**  La storia di Tristano e Isotta
pp. 208.
Attraverso una scrittura lineare ma intensamente espressiva, l'autore ripropone una leggenda che affianca la nobiltà tragica dei due personaggi alla rievocazione di un mondo magico e animato da grandi ideali.

**Daniel Pennac**  Kamo
pp. VIII-184.
Tre racconti brillanti e coinvolgenti sulle avventure di Kamo, nei quali la vita è presentata come un'emozionante avventura: le armi suggerite sono la fiducia in sé, la forza degli affetti e un po' di fantasia.

**Ernestina Piccardi (a cura di)** Riso soffiato.
Storie comiche dai Grimm a Woody Allen
pp. 192.
Un'antologia che attinge alla vena umoristica di autori italiani e stranieri, attraversando anche la fiaba dei fratelli Grimm e di Rodari. Sfondi, personaggi e linguaggi che stimolano il piacere di leggere e offrono spunti per lavorare in classe.

**Roberto Piumini** Giulietta e Romeo
pp. VIII-142.
Nell'avvolgente fluire della sua scrittura, Piumini sa comunicare ai ragazzi la forza drammatica della tragedia shakespeariana. In un inatteso finale, però, riassume il messaggio di vitalità e allegria che percorre tutta la sua "versione" della storia.

**Gianni Rodari** C'era due volte il barone Lamberto
pp. VI-170.
Quando il decrepito barone Lamberto incarica sei persone di ripetere senza sosta il suo nome, vede rifiorire nel suo corpo salute e giovinezza. Una storia dai «significati nascosti» che lo stesso Rodari invita a modificare, cambiando finale o aggiungendo uno, anzi tanti capitoli.

**Luis Sepúlveda** Storia di una gabbianella e del gatto che le insegnò a volare
pp. 108.
Una gabbianella morente affida il suo uovo al gatto Zorba perché accudisca il piccolo che nascerà. Un libro che si legge d'un fiato, un grido d'allarme per la natura in pericolo, con un finale pieno di speranza.

**Vincenzo Viola (a cura di)** Racconti italiani
del Novecento
pp. VIII-296.
Una raccolta di ventisei racconti di autori italiani (tra cui Pirandello, Svevo, Fenoglio, Sciascia, Tabucchi), raggruppati per affinità di temi e di genere (dal realismo al fantastico, dal grottesco all'umoristico), che la lettura in classe permette di comprendere secondo molteplici interpretazioni.

**Richard Wright** Ragazzo negro
pp. x-380.
L'autobiografia simbolica dello scrittore nero americano. Il racconto della maturazione di un giovane solo e arrabbiato, affamato di parole e di quei libri che le biblioteche non volevano concedere ai lettori di colore.

**Vittorio Zucconi** Stranieri come noi
pp. 236.
Racconti di grande immediatezza comunicativa che invitano a guardare senza pregiudizi alle altre culture, a considerare gli effetti dell'emarginazione e le cause della violenza giovanile. Un libro ricco di spunti di riflessione, particolarmente adatto alla lettura in classe.